SIR NELSON
LOND
CARP
QUALITY

Les premières aventures de
SHERLOCK HOLMES

Titre original :
Young Sherlock Holmes – Death cloud

87, quai Panhard et Levassor – 75645 Paris Cedex 13
ISBN : 978-2-0812-4394-1

ANDREW LANE

Les premières aventures de
SHERLOCK HOLMES

L'OMBRE DE LA MORT

Traduit de l'anglais (Grande-Bretagne)
par Marie Hermet

Flammarion

Ce livre est dédié à la mémoire des écrivains pour la jeunesse que j'ai adorés dans mon enfance et mon adolescence : Captain W.E. Johns, Hugh Walters, Andre Norton, Malcolm Saville, Alan E. Norse et John Christopher ; et aux écrivains de la nouvelle génération que j'ai la chance de compter parmi mes amis : Ben Jeapes, Stephen Cole, Justin Richards, Gus Smith et l'incomparable Charlie Higson.

Avec toute ma gratitude à :

Rebecca McNally et Robert Kirby, pour y avoir cru ; Jon Lellenberg, Charles Foley et Andrea Plunkett, pour leur autorisation ; Gareth Pugh, qui m'a tout raconté sur les abeilles, et Nigel McCreary, qui m'a aidé à ne pas devenir fou en cours de route.

Prologue

La première fois que Matthew Arnatt aperçut l'ombre de la mort, elle s'échappait d'une fenêtre située au premier étage d'une maison, non loin de chez lui.

Il arpentait High Street à Farnham, un bourg connu pour son marché, à la recherche d'un fruit ou d'un quignon de pain qu'un passant distrait aurait pu laisser tomber. Il aurait dû garder les yeux au sol, mais il ne pouvait s'empêcher de scruter les façades, les échoppes et la foule qui l'entourait. Il n'avait que quatorze ans. Pour autant qu'il pouvait s'en souvenir, jamais il ne s'était trouvé dans une ville aussi vaste. Dans ce quartier prospère, les premiers étages des vieux immeubles à colombages de bois surplombaient la rue comme un ciel de pierre au-dessus des têtes.

Les pavés ronds de la taille d'un poing qui couvraient la rue laissaient vite la place à de la simple terre battue.

Les sabots des chevaux et les roues des carrioles soulevaient des nuages de poussière en passant. Tous les trois mètres environ, on trouvait un tas de crottin, parfois frais, encore fumant et envahi par les mouches, parfois vieux et sec, tel un petit tas d'herbes sèches.

Matthew sentait l'odeur âcre du fumier, mélangée à celle du pain encore chaud et au fumet d'un cochon rôti sur un grand feu de bois. Il pouvait presque voir la graisse grésiller en coulant sur les flammes. La faim lui donnait de telles crampes d'estomac qu'il se plia en deux. Cela faisait plusieurs jours qu'il n'avait pas eu un vrai repas. Il ne savait pas combien de temps encore il allait pouvoir tenir.

Un passant s'arrêta pour lui tendre la main, comme s'il voulait l'aider. C'était un homme gras, vêtu d'un costume marron qui avait vu des jours meilleurs et coiffé d'un chapeau melon. Matthew recula. Il ne voulait pas de la charité d'autrui. Pour un enfant sans famille, la charité menait tout droit à l'hospice des indigents ou à l'église, or Matthew ne voulait faire un pas ni dans l'une ni dans l'autre direction. Il se débrouillait très bien tout seul. Tout ce qu'il avait à faire, c'était trouver quelque chose à manger. Quand il aurait quelque chose dans le ventre, tout irait bien.

Avant que l'homme ait pu lui poser une main sur l'épaule, il se glissa dans une ruelle, puis tourna encore vers une voie étroite où les étages supérieurs des maisons étaient si proches que quelqu'un aurait pu passer à son gré de l'une à l'autre.

C'est là qu'il vit l'ombre de la mort. À l'époque, il ne savait pas encore ce que c'était. Tout ce qu'il aperçut à ce moment-là, ce fut une tache sombre de la taille d'un gros chien qui paraissait s'échapper d'une fenêtre ouverte comme l'aurait fait de la fumée. Mais il s'agissait d'une fumée douée d'une volonté bien à elle, qui s'immobilisa un instant avant de dériver de biais vers une gouttière autour de laquelle elle s'enroula pour remonter jusqu'au toit. Oubliant sa faim, Matthew, stupéfait, suivit des yeux le nuage qui glissait sur les tuiles jusqu'au faîte avant de disparaître hors de sa vue.

Un hurlement déchira le silence – un hurlement qui provenait de la fenêtre ouverte. Matthew, rebroussant chemin, se mit à courir aussi vite que ses jambes trop maigres voulaient bien le porter. On ne criait pas de cette façon quand on était surpris, ni même quand on avait reçu un choc. Non, d'après l'expérience de Matthew, on ne pouvait crier ainsi que dans un état de terreur mortelle. Quelle que soit la cause de ce cri, Matthew ne voulait pas être là quand elle serait découverte.

Chapitre 1

— Toi, là-bas, viens ici !

Sherlock Holmes se retourna pour voir qui appelait, et qui était appelé. Ce matin-là, des centaines d'élèves étaient réunis au soleil dans la cour du pensionnat Deepdene, tous vêtus de leur uniforme impeccable, veillant sur leur malle en bois ceinturée de lanières de cuir ou sur une pile de valises bourrées à craquer. Ces tas de bagages évoquaient vaguement la silhouette de chiens bien dressés. L'appel aurait pu s'adresser à n'importe lequel des garçons présents. À Deepdene, les maîtres mettaient un point d'honneur à ne jamais s'adresser aux élèves par leur nom. Ils les apostrophaient avec des : « Toi, là-bas ! » ou bien « Garçon ! » ou encore « Élève ! » Cela rendait la vie difficile pour les pensionnaires et cela exigeait beaucoup d'attention de leur part, ce qui était sans doute l'effet désiré. À moins que les maîtres aient simplement renoncé depuis longtemps à retenir le nom de leurs élèves ; Sherlock ne savait pas ce qui était le plus plausible. Peut-être que les deux raisons se valaient, après tout.

Aucun de ses congénères n'accordait d'attention à l'appel : ils étaient tous en train de bavarder avec les membres de leur famille, ou bien de guetter les grilles pour apercevoir la voiture qui allait les ramener chez eux. À regret, Sherlock détourna son attention de l'entrée pour voir si le doigt funeste du destin allait pointer dans sa direction.

C'était bien lui que le doigt, en l'occurrence celui du maître de latin, M. Tulley, désignait. M. Tulley venait d'apparaître à l'angle du bâtiment où Sherlock se tenait, un peu à l'écart des autres élèves. Son costume, habituellement couvert de poussière de craie, avait été exceptionnellement nettoyé pour la fin du trimestre, en vue des entretiens avec les pères qui payaient cher l'éducation de leurs fils. La toque plate qu'il portait sur la tête paraissait collée en place par le directeur lui-même.

— Moi, monsieur ?

— Oui, monsieur. Vous, monsieur, aboya M. Tulley. Allez au bureau du directeur, *quam celerrime.* Vous rappelez-vous assez de latin pour savoir ce que ça veut dire ?

— Cela veut dire « immédiatement », monsieur.

— Alors dépêchez-vous.

Sherlock eut un regard en direction de la grille d'entrée.

— Mais, monsieur... j'attends mon père qui doit venir me chercher.

— Je suis sûr qu'il ne repartira pas sans vous, mon garçon.

Sherlock fit une dernière tentative.

— Mes bagages...

M. Tulley jeta un coup d'œil méprisant sur la vieille malle de bois que des années d'usage avaient tachée et éraillée : avant d'appartenir à Sherlock, elle avait accompagné son père dans ses campagnes militaires.

— Je ne vois pas qui pourrait vouloir la voler, dit-il, à part peut-être pour sa valeur historique ? Je vais demander à un surveillant de veiller sur votre malle. Maintenant, dépêchez-vous.

À regret, Sherlock abandonna ses possessions – ses chemises et sous-vêtements, ses livres de poésie, les carnets où il avait pris l'habitude de noter les idées, les réflexions, les rêveries et, de temps en temps, les mélodies qui lui venaient à l'esprit. Il se dirigea vers le porche à colonnades du bâtiment en se frayant un chemin dans la foule des élèves, des parents et des frères et sœurs. En même temps, il gardait l'œil sur l'entrée, où se bousculaient les voitures à équipages : entre celles qui cherchaient à entrer et celles qui voulaient sortir, la mêlée était totale.

Dans le grand hall lambrissé de chêne se dressaient des bustes en marbre représentant les directeurs et anciens mécènes de l'école, chacun sur son socle. Le soleil entrait à flots par les hautes fenêtres, projetant ses rayons jusqu'au sol dallé de noir et blanc et faisant danser de minuscules grains de craie. On sentait l'odeur du savon au crésol qu'utilisaient les femmes de ménage pour laver le dallage chaque matin. Il y avait tant de monde qu'on pouvait craindre qu'un de ces bustes finisse par être renversé. Certains portaient d'ailleurs les cicatrices des années passées : les fissures qui défiguraient le marbre montraient qu'en de telles circonstances, il arrivait effectivement que l'un ou l'autre soit cassé, puis réparé.

Sans attirer l'attention, Sherlock se fraya un chemin dans la foule et parvint enfin dans un couloir plus tranquille qui menait vers le bureau du directeur. Quelques pas plus loin, il s'arrêta sur le seuil, respira lentement, épousseta le revers de son veston, puis frappa.

— Entrez ! tonna une voix de basse qui n'aurait pas été déplacée dans un théâtre.

Sherlock tourna lentement la poignée et ouvrit la porte, en essayant de maîtriser le spasme d'angoisse qui lui tordait le ventre. Il n'avait eu l'occasion de pénétrer dans ce bureau que deux fois : la première, avec son père, quand il était arrivé à Deepdene ; l'année suivante, avec un groupe d'élèves accusés d'avoir triché à un examen. Les trois meneurs avaient été fouettés et expulsés ; quatre ou cinq autres avaient été fouettés jusqu'au sang et autorisés à poursuivre leurs études. Sherlock était celui dont les autres avaient reproduit la copie. Il s'était sorti d'affaire en jurant qu'il n'était au courant de rien. En réalité, il était parfaitement au courant, mais il ne s'était jamais senti chez lui dans cette école, et si le fait de laisser les autres copier son travail le faisait tolérer, voire accepter par le groupe, il n'allait pas s'y opposer pour des considérations éthiques. D'un autre côté, il ne pouvait pas dénoncer ses complices : il aurait certainement été battu, et peut-être même mis à rôtir devant la cheminée du dortoir jusqu'à ce que ses vêtements commencent à fumer et sa peau à griller. Telle était la vie en pension : c'était un exercice d'équilibre permanent entre les règles des maîtres et celles des élèves. Sherlock détestait cette vie.

Le bureau du directeur était bien tel qu'il se le rappelait : vaste, sombre, sentant le cuir et le tabac à pipe. M. Tomblinson était assis à un bureau assez grand pour servir de billard. C'était un homme replet, vêtu d'un costume un peu trop petit. Il devait choisir ses vêtements une taille en dessous de la sienne, dans l'illusion que cela le ferait paraître moins gros qu'il n'était en réalité.

— Ah ! Holmes, n'est-ce pas ? Entrez, entrez, mon garçon, et fermez la porte derrière vous.

Sherlock obéit et, en se retournant, il aperçut quelqu'un qu'il n'avait pas remarqué tout de suite. Un homme se tenait près de la fenêtre, un verre de sherry à la main. Le verre de cristal taillé réfléchissait la lumière et envoyait des éclats d'arc-en-ciel à travers la pièce.

— Mycroft ? s'écria Sherlock stupéfait.

Son frère aîné se tourna vers lui et eut un sourire si fugitif que, si Sherlock avait cligné des yeux à cet instant, il ne l'aurait pas vu.

— Sherlock. Tu as grandi.

— Toi aussi, répliqua Sherlock.

Et c'était vrai : son frère avait pris du poids. Il était presque aussi gros que le directeur, mais son costume sur mesure masquait son embonpoint au lieu de le révéler.

— Tu es venu dans la voiture de Père, ajouta Sherlock.

Mycroft leva un sourcil.

— Et comment en es-tu arrivé à cette conclusion, jeune homme ?

Sherlock haussa les épaules.

— J'ai vu les plis laissés par l'empreinte des sièges sur ton pantalon. Dans la voiture de papa, le siège est déchiré ; il a été réparé assez grossièrement il y a quelques années. On voit la marque de cette réparation sur ta jambe. Mycroft, où est papa ?

Le directeur se racla la gorge pour attirer son attention.

— Votre père est…

— Père ne viendra pas, coupa Mycroft d'une voix douce. Son régiment a été envoyé en Inde pour renforcer notre base militaire sur place. Il y a eu des troubles dans le Nord-Ouest, près de la frontière. Tu sais où c'est ?

— Oui. Nous avons étudié l'Inde en géographie et aussi en histoire.

— C'est très bien.

— Je ne savais pas que les indigènes nous posaient encore des problèmes, dit le directeur de sa voix de basse. On ne lit pas cela dans le *Times,* certainement.

— Ce ne sont pas les Indiens qui posent problème, confia Mycroft. Quand nous avons repris le pouvoir à la *East India Company*, les soldats se sont trouvés à nouveau sous le contrôle de l'armée britannique. Ils ont jugé ce nouveau régime beaucoup plus… strict… que celui auquel ils s'étaient accoutumés. Il y a eu des révoltes, et le gouvernement a décidé d'augmenter sérieusement la puissance militaire sur place, pour leur montrer à quoi ressemblent de vrais soldats. La rébellion des Indiens nous coûte déjà assez cher ; il serait impensable d'avoir à supporter une mutinerie au sein même de l'armée britannique.

— Et doit-on craindre une mutinerie ? demanda Sherlock, qui sentait son cœur se serrer. Père est-il en sécurité ?

Mycroft baissa la tête.

— Je n'en sais rien, dit-il.

C'était l'une des choses que Sherlock admirait chez son frère : à une question directe, il donnait toujours une réponse directe. Il ne cherchait jamais à noyer le poisson.

— Je le regrette, mais je ne sais rien. Pour l'instant, en tout cas.

— Mais tu travailles pour le gouvernement, insista Sherlock, tu dois bien avoir une idée de ce qui pourrait se passer. Vous ne pouvez pas envoyer un autre régiment, et garder notre père avec nous, en Angleterre ?

— Cela ne fait que quelques mois que je travaille au ministère des Affaires étrangères, répondit Mycroft, et même si je suis flatté que tu me croies assez puissant pour pouvoir changer le cours des choses, je dois admettre qu'il n'en est rien. Je ne suis qu'un conseiller, en réalité, un petit employé.

La gorge nouée, Sherlock revit soudain son père, avec sa veste de serge écarlate ceinturée de blanc – cet homme qui riait facilement et ne perdait presque jamais son sang-froid. Le jeune garçon contint l'émotion qui menaçait de l'étouffer, car, s'il avait appris une chose à la pension Deepdene, c'était qu'il ne fallait jamais montrer ses émotions à personne. Si vous vous laissiez aller à le faire, quelqu'un pouvait en faire usage contre vous.

— Combien de temps notre père va-t-il rester au loin ?

— Six semaines pour que le bateau arrive au port, six mois sur place, je pense, et encore six semaines de voyage pour le retour. Neuf mois en tout.

— Presque un an, soupira Sherlock en baissant la tête.

Il baissa la tête et resta immobile, le temps de se calmer, avant de faire un signe d'assentiment.

— Est-ce qu'on peut rentrer à la maison maintenant ?

— Nous ne rentrons pas à la maison, dit Mycroft.

Pétrifié, Sherlock attendit la suite.

— Il ne peut pas rester ici, marmotta le directeur. On fait des travaux d'entretien dans l'école.

Mycroft, qui avait les yeux sur son frère, les reporta sur le directeur.

— Notre mère… ne se porte pas bien, dit-il. Sa santé est délicate, même quand tout va bien. L'absence de notre père l'a beaucoup affectée. Elle a besoin de tranquillité et de repos, et Sherlock a besoin qu'un adulte s'occupe de lui.

— Mais je t'ai, *toi* ! protesta l'intéressé.

Mycroft hocha tristement la tête.

— Je vis à Londres désormais, et mon travail m'occupe de très longues heures tous les jours. Je ne serais pas un tuteur convenable pour un jeune homme, surtout pour quelqu'un d'aussi inquisiteur que toi.

Pour conclure, il s'adressa au directeur, comme s'il préférait lui annoncer sa décision plutôt qu'à Sherlock.

— Notre maison de famille est à Horsham, mais nous avons des parents à Farnham, pas très loin d'ici. Un oncle et une tante. Sherlock ira chez eux pour les vacances.

— Non ! explosa Sherlock.

— Si, répliqua doucement son frère, tout est déjà organisé. Oncle Sherrinford et tante Anna ont accepté de te recevoir pour l'été.

— Mais je ne les connais même pas ! Je ne les ai jamais vus !

— Ils sont pourtant de la famille.

Pendant que Mycroft faisait ses adieux au directeur, Sherlock, stupéfait, essayait d'assimiler l'énormité de la nouvelle. Plus de vacances à la maison. Il ne verrait pas son père, ni sa mère. Finies les grandes promenades en liberté dans les champs et les bois qui entouraient le manoir, son foyer depuis quatorze ans. Il ne pouvait pas dormir dans son lit d'enfant, dans la chambre sous les toits de la vieille maison, là où se trouvaient tous ses livres. Il n'irait plus se glisser à la cuisine réclamer une tartine de confiture à la cuisinière, qui la lui donnait en échange d'un sourire. Il allait passer des semaines chez des étrangers, obligé de se tenir le mieux possible, dans une ville, dans une région dont il ne connaissait rien. Il serait seul, jusqu'à son retour à la pension.

Comment allait-il faire pour le supporter ?

Sherlock sortit du bureau et suivit son frère dans le couloir qui menait au hall d'entrée. Un brougham fermé attendait devant le perron, orné sur la portière des armoiries de la famille Holmes. Les roues boueuses, les flancs poussiéreux révélaient le long voyage que Mycroft venait de faire jusqu'à l'école. La malle de Sherlock était déjà rangée à l'intérieur, et un cocher aux traits tirés attendait, les mains retenant les rênes relâchées sur l'encolure des deux chevaux.

— Comment savais-tu que c'était ma malle ?

Mycroft fit un geste négligent de la main.

— Je la voyais depuis la fenêtre du bureau du directeur. C'était la seule malle que personne ne surveillait. Et de plus, c'était celle de Père. Le directeur a eu la gentillesse d'envoyer un élève dire au cocher de la prendre.

Il ouvrit la portière et fit signe à Sherlock de monter. Sherlock s'attarda un instant pour regarder l'école et les quelques élèves qui attendaient encore.

— On dirait que tu les regardes comme si tu n'allais plus les revoir, remarqua Mycroft.

— Ce n'est pas ça. Je croyais seulement que je partais vers quelque chose de meilleur. Maintenant, je sais que je vais retrouver quelque chose de pire. Alors, tout compte fait, cette école n'était peut-être pas ce qu'il y avait de plus terrible.

— Ce ne sera pas si terrible que tu le crois. Oncle Sherringford est le frère de papa. Lui et tante Anna sont des gens bien.

— Alors pourquoi n'en ai-je jamais entendu parler ? Pourquoi Père n'a-t-il même jamais mentionné qu'il avait un frère ?

Mycroft eut un sursaut presque imperceptible.

— Je crains qu'il n'y ait eu une brouille au sein de la famille. Pendant un temps, les relations n'étaient plus très cordiales, mais notre mère a repris contact par lettre il y a quelques mois. Je ne sais même pas si Père est au courant.

— Et c'est là que tu m'envoies ?

Mycroft mit une main sur l'épaule de son frère.

— S'il y avait un moyen de faire autrement, je l'aurais trouvé, crois-moi. Et maintenant, y a-t-il des amis à qui tu souhaites dire au revoir ?

Sherlock jeta un coup d'œil à la ronde. Il connaissait ces garçons, certes, mais étaient-ils vraiment des amis ?

— Non, allons-y.

Le voyage jusqu'à Farham dura plusieurs heures. Après la ville de Dorking, la plus proche de l'école, la voiture suivit en cahotant des chemins de campagne ombragés par de grands arbres, traversant des champs d'orge mûr. Çà et là apparaissaient des cottages à toit de chaume et parfois des maisons de maître. Il faisait aussi chaud que dans un four dans le brougham, et le vent qui entrait par les fenêtres n'arrivait pas à rafraîchir la température. Des insectes vrombissaient paresseusement aux fenêtres. Jusqu'à l'heure du déjeuner, Sherlock regarda le paysage défiler. Ils s'arrêtèrent enfin dans une auberge où Mycroft acheta du fromage, du jambon et une demi-miche de pain. Plus tard, Sherlock s'endormit, et quand il se réveilla, la voiture roulait toujours. Sans savoir si des heures ou seulement des minutes venaient de s'écouler, il bavarda un moment avec son frère, lui demanda des nouvelles de leur sœur et s'enquit de la santé fragile de leur mère. Mycroft le questionna sur ses études. Sherlock parla des cours et surtout des professeurs, imita leurs voix, leurs manières, faisant rire son frère aux larmes par l'humour cruel de ses imitations.

Ils finirent par arriver dans une zone plus habitée, et, bientôt, ils se trouvèrent en ville. On entendait les sabots des chevaux résonner sur les pavés. En se penchant par la fenêtre, Sherlock aperçut ce qui semblait être l'hôtel de ville : un bâtiment de trois étages à la façade blanche garnie de poutres noires ; une grosse horloge était accrochée à un tasseau au-dessus des doubles portes.

— C'est Farham ? demanda-t-il.

— C'est Guildford. Farham n'est plus très loin maintenant.

De Guildford, la route suivait une crête d'où l'on voyait les champs et les bois s'étendre d'un côté et de l'autre comme en miniature. Des carrés de fleurs jaunes brillaient au soleil.

— Cette crête s'appelle le Dos du Porc, dit Mycroft. Il y a un sémaphore ici, sur Perk Hill. Il fait partie de la série qui s'étend du bâtiment de l'Amirauté à Londres jusqu'à Portsmouth. Est-ce qu'on t'a appris à l'école l'utilité des sémaphores ?

Sherlock fit signe que non.

— Typique ! murmura son frère. On te gavera de latin autant que ton crâne peut en contenir, mais on ne t'apprendra rien qui ait un usage pratique. Un sémaphore est un système qui permet de faire passer des messages rapidement sur de longues distances, beaucoup plus vite que ne pourrait le faire un cavalier, qui mettrait plusieurs jours à couvrir tous les kilomètres que cela représente. Les relais de sémaphore ont des toits pourvus de panneaux visibles de loin, et percés de six grandes ouvertures que l'on peut ouvrir ou fermer avec des volets. En fonction de l'ouverture de ces volets, les panneaux représentent des lettres. À chaque relais, un veilleur garde l'œil sur les deux stations les plus proches, celle qui le précède et celle qui le suit, à l'aide d'un télescope. S'il lit un message, il le répète en manipulant les volets de son toit, et l'envoie ainsi au suivant. Ce réseau-ci part de l'Amirauté, se dirige vers Chelsea et Kingston upon Thames, pour aboutir aux docks de Portsmouth. Un autre réseau mène aux docks de Chatham, un autre encore va vers Deel, Sheerness, Plymouth et Great Yarmouth. Ils ont été conçus pour que l'Amirauté puisse faire parvenir rapidement des messages à la Marine en cas d'invasion française. Et maintenant, dis-moi : en considérant qu'il y a six trous, que chacun peut être ouvert ou fermé, combien y a-t-il de combinaisons possibles pour exprimer des lettres ou des signes ?

Sherlock se retint de faire remarquer à son frère que la fin de l'année scolaire avait sonné. Il ferma les yeux et se mit à calculer. Un trou avait deux états possibles : ouvert ou fermé. Deux trous en offraient quatre :

ouvert-ouvert, ouvert-fermé, fermé-ouvert, fermé-fermé. Trois trous… Il fit le calcul de tête, rapidement, et vit un schéma se dessiner dans sa tête.

— Soixante-quatre, dit-il enfin.

— Très bien, approuva Mycroft. Je suis content de voir que ton niveau de maths, lui, est excellent. Ah ! Nous voilà à Aldershot, s'exclama-t-il en jetant un coup d'œil par la fenêtre. C'est un endroit intéressant. La reine Victoria l'a choisi il y a quatorze ans pour y domicilier l'armée britannique. Avant, c'était un hameau de moins de mille âmes. Aujourd'hui, c'est une ville en pleine expansion de seize mille habitants.

Sherlock se pencha pour regarder par la vitre du côté de son frère, mais il ne put distinguer qu'une rangée d'habitations et, un peu plus loin dans la pente, ce qui lui parut être des rails de chemin de fer. Il s'adossa de nouveau à son siège et ferma les yeux en essayant de ne pas penser à ce qui l'attendait.

Au bout d'un moment, il sentit que la voiture s'engageait dans une descente, puis dans une série de virages, et enfin le bruit des sabots sur le sol changea : on passait de la dalle à la terre battue. En fermant les paupières plus fort, Sherlock fit un effort pour retarder le moment où il lui faudrait affronter la réalité.

La voiture s'arrêta sur du gravier. Le chant des oiseaux et le gémissement du vent emplirent la cabine. On entendit des pas crisser sur le sol.

— Sherlock, dit doucement Mycroft, il est temps d'ouvrir les yeux sur le monde réel.

Sherlock ouvrit les yeux.

La voiture s'était immobilisée devant l'entrée d'une vaste demeure de briques rouges qui les dominait de toute sa hauteur : trois étages, plus un grenier aménagé en chambres, si l'on en jugeait par la rangée de petites fenêtres percées au milieu des tuiles grises. Un valet de pied se tenait à la portière ; Sherlock se glissa dehors à la suite de son frère.

En haut des marches conduisant au perron de la grande entrée, une femme entièrement vêtue de noir apparut. Son visage maigre avait une expression pincée ; ses yeux plissés et ses lèvres serrées faisaient penser que quelqu'un avait dû remplacer son thé du matin par du vinaigre.

— Bienvenue à Holmes Manor, dit-elle d'une voix sèche, je suis Mlle Eglantine, la gouvernante. M. Holmes va vous recevoir dans la bibliothèque, monsieur Mycroft, quand vous serez prêt. Le valet de pied se chargera de monter votre… bagage, dit-elle avec un regard à Sherlock. Le thé est servi à trois heures. D'ici là, vous aurez la bonté de rester dans votre chambre.

— Je ne resterai pas pour le thé, dit tranquillement Mycroft. Malheureusement, je dois repartir pour Londres.

Il se tourna vers Sherlock. Dans son regard, celui-ci

lut l'amour d'un frère, de la compassion, mais aussi une sorte d'avertissement.

— Prends bien soin de toi, Sherlock. Je serai de retour pour te ramener à l'école à la fin des vacances, et je vais faire mon possible pour venir te rendre visite entre-temps. Sois raisonnable, et pendant ton séjour, explore la région. Je crois que l'oncle Sherrinford a une bibliothèque exceptionnelle. Demande-lui si tu peux profiter des trésors de connaissances qu'elle recèle. Je donnerai mon adresse à Mlle Eglantine ; si tu as besoin de moi, envoie un télégramme ou écris-moi.

Il se pencha vers son frère et lui posa la main sur l'épaule.

— Ce sont des gens bien, chuchota-t-il hors de portée de la gouvernante, mais, comme tout un chacun dans la famille Holmes, ils ont leurs excentricités personnelles. Prends-en bien conscience, et évite de les perturber. Écris-moi quand tu en auras le temps, et souviens-toi : tout cela ne va pas durer indéfiniment. Il ne s'agit que de passer deux mois de vacances. Sois courageux.

Mycroft serra l'épaule de son frère.

Sherlock sentit une boule de rage lui monter à la gorge, mais il fit un effort pour la ravaler. Il ne voulait pas que Mycroft soit le témoin de sa frustration, et son séjour à Holmes Manor ne devait pas commencer sous de mauvais auspices. Ce qu'il allait faire dans les dix minutes suivantes donnerait le ton pour le reste de son séjour.

Il tendit la main à Mycroft, qui la serra en souriant avec chaleur.

— Au revoir, dit Sherlock du ton le plus ferme qu'il put. Embrasse maman et Charlotte, et si tu as des nouvelles de notre père, dis-le-moi.

Son frère se détourna et monta les marches vers la grande entrée. Mlle Eglantine croisa le regard de Sherlock, qu'elle soutint froidement, puis elle lui tourna le dos pour suivre Mycroft.

Perplexe, le garçon regarda le valet faire des efforts pour hisser la malle sur son dos et tituber péniblement vers les escaliers. Il lui emboîta le pas en baissant la tête.

Au centre du hall dallé de noir et blanc, un escalier d'albâtre monumental s'épanouissait comme une cascade pétrifiée. Les boiseries d'acajou mettaient en valeur les tableaux qui y étaient accrochés, paysages, scènes animalières et sujets religieux. Sherlock vit Mycroft s'engouffrer dans une pièce qui, l'espace d'un instant, lui apparut entièrement tapissée de livres reliés de cuir vert. Un homme âgé, très mince, vêtu d'un costume noir démodé, se levait pour accueillir le visiteur. Son fauteuil était recouvert de cuir, du même vert exactement que celui des reliures. Son visage blafard mangé de barbe était ridé, son crâne piqueté de taches brunes.

La porte se referma au moment où les deux hommes se serraient la main. Le valet de pied se dirigeait vers l'escalier, la malle en équilibre sur l'épaule, et Sherlock le suivit.

Mlle Eglantine se tenait au pied de l'escalier, près de la porte de la bibliothèque, qu'elle fixait d'un regard noir par-dessus la tête de Sherlock.

— Mon enfant, sachez que vous n'êtes *pas* le bienvenu ici, susurra-t-elle sur son passage.

Chapitre 2

Assis au milieu des bois près de Farnham, Sherlock voyait le paysage s'étendre jusqu'à un sentier qui serpentait à perte de vue comme le lit d'une rivière à sec. De l'autre côté de la ville, sur la pente d'une colline, un petit château se nichait au milieu des arbres. Il n'y avait personne. Sherlock était installé là depuis si longtemps que les animaux de la forêt s'étaient habitués à sa présence. De temps à autre, on entendait un frémissement dans l'herbe haute ; une souris ou un campagnol passait, pendant que les rapaces volaient en cercle dans le ciel bleu, attendant qu'un petit animal imprudent émerge à découvert.

Derrière lui, le vent faisait frémir les feuilles. Sans réfléchir au passé ni à l'avenir, il laissait dériver ses pensées, satisfait de profiter de l'instant présent aussi longtemps que possible. Le passé le faisait souffrir comme une blessure, et l'avenir n'était pas quelque chose vers quoi il avait envie d'arriver trop vite. Il valait mieux ne pas y penser, et laisser son esprit vagabonder en liberté pendant que les animaux allaient et venaient autour de lui.

Il vivait à Holmes Manor depuis trois jours, et les choses ne s'étaient pas arrangées après son arrivée. Mlle Eglantine était son principal sujet d'inquiétude : la gouvernante hantait les recoins ténébreux de la maison comme un spectre. Partout où il allait, Sherlock la trouvait, immobile dans l'ombre, le fixant d'un regard noir sous ses paupières ridées. Elle avait à peine échangé trois phrases avec lui. D'après ce qu'il avait compris, il était censé se montrer au petit déjeuner, au déjeuner, au thé de l'après-midi et au dîner, mais il devait manger aussi peu que possible et ne jamais prendre la parole. En sortant de table, il était prié de disparaître jusqu'au repas suivant. C'était ainsi que se passaient ses journées, et cela allait durer jusqu'à ce que son frère vienne le relever de sa peine.

Sherrinford et Anna Holmes, son oncle et sa tante, assistaient généralement au petit déjeuner et au dîner. Sherrinford avait le genre de présence qui ne passait pas inaperçue. Aussi grand que Mycroft, mais beaucoup plus maigre, il avait des pommettes saillantes, un front haut creusé sur les tempes et une barbe blanche qui cascadait jusqu'à sa poitrine. Ses cheveux, en revanche, étaient si rares qu'ils semblaient peints avec un pinceau fin sur le crâne avant d'être vernis. Entre les repas, l'oncle disparaissait dans son bureau ou dans la bibliothèque où il écrivait – d'après ce que Sherlock avait saisi grâce aux bribes de conversations qu'il avait entendues – des sermons pour les pasteurs des environs. La seule chose significative qu'il ait dite à Sherlock en trois jours, c'était lorsqu'il lui avait demandé en le fixant d'un œil sévère :

— Et dans quel état est ton âme, mon garçon ?

Sherlock s'était immobilisé, sa fourchette à la main. Fort à propos, il s'était souvenu des leçons de M. Tulley, son maître de latin à Deepdene.

– *Extra ecclesiam nulla salus,* avait-il répondu gravement.

Il était à peu près sûr que cela signifiait : « Hors de l'Église, point de salut. » Cela avait eu l'effet désiré : Sherrinford Holmes avait hoché la tête en murmurant :

— Ah, saint Cyprien de Carthage, naturellement !

Et il avait reporté son attention sur son assiette.

Mme Holmes, ou tante Anna, une petite femme qui ressemblait à un oiseau, semblait perpétuellement en mouvement. Même quand elle était assise, ses mains s'agitaient ; elle ne se posait jamais nulle part plus d'un instant. Elle parlait sans arrêt, mais à personne en particulier. Elle se contentait d'un monologue auquel personne n'avait besoin de participer, car elle ne s'attendait visiblement pas à ce qu'on réponde à ses questions largement rhétoriques.

Les menus, au moins, étaient corrects, bien meilleurs que ceux dont Sherlock avait pris l'habitude à Deepdene. Ils étaient surtout composés de légumes – carottes, choux-fleurs et pommes de terre dont on devinait qu'ils étaient cultivés sur les terres du manoir –, mais accompagnés de viande à tous les repas. Contrairement aux morceaux grisâtres et tendineux qu'on lui servait à l'école, et qu'on ne pouvait même pas identifier, les plats de viande ou de poisson à Holmes Manor étaient savoureux et bien préparés : jambons cuits, cuisses de poulet, filets de saumon et, une fois par semaine, épaisses et grasses tranches de gigot de mouton qu'on découpait directement à la table. S'il ne faisait pas attention, Sherlock allait prendre du poids, au risque de ressembler à son frère.

Sa chambre se trouvait sous les combles, pas exactement dans l'aile des domestiques, mais clairement à l'écart des appartements de la famille. Sherlock était obligé de se baisser pour circuler sous la mansarde. Le plancher de bois brut était recouvert d'un vieux tapis de provenance douteuse, et le lit, aussi dur que celui du dortoir de Deepdene. À cause du silence, les deux premières nuits, Sherlock avait mis des heures à s'endormir. L'absence de bruit le troublait, lui qui avait pris l'habitude d'entendre, dans le dortoir du pensionnat, les autres garçons ronfler, parler en dormant ou pleurer discrètement dans leur lit. Toutefois, quand il avait ouvert sa fenêtre, il avait compris que la nuit n'était pas vraiment silencieuse ; ici, à la campagne, elle était seulement peuplée de bruits plus subtils. Dès lors, il s'était endormi en écoutant hululer les chouettes, glapir les renards, ou piailler les poules lorsqu'un animal errant s'approchait du poulailler construit dans l'arrière-cour.

En dépit des conseils de Mycroft, il n'avait pas pu s'installer à la bibliothèque avec un livre. Sherrinford Holmes y passait la majeure partie de son temps ; il cherchait l'inspiration pour ses sermons et ses pamphlets religieux et Sherlock avait peur de le déranger. Il avait préféré explorer la propriété, d'abord près du manoir, dans le potager, le jardin clos et le poulailler. Puis, passant par-dessus les murs, il élargit le cercle de ses pérégrinations jusqu'à la route et s'enfonça dans les anciennes forêts qui bordaient l'arrière du domaine. Il avait toujours aimé marcher. Chez lui, il avait souvent arpenté la forêt, seul ou avec sa sœur, mais celle de Holmes Manor était plus profonde et plus mystérieuse que toutes celles qu'il avait eu l'occasion de voir jusque-là.

— Pour un type de la ville, vous savez rester tranquille, hein ?

— Vous aussi, répondit Sherlock à celui qui avait parlé dans son dos. Cela fait une demi-heure que vous m'observez.

— Comment le savez-vous ?

Sherlock entendit un petit bruit sourd, comme si quelqu'un sautait d'une branche basse dans les fougères.

— Il y a des oiseaux dans tous les arbres, sauf dans celui où vous êtes perché. Ils ont peur de vous, de toute évidence.

— Je ne compte pas leur faire de mal, pas plus qu'à vous.

Sherlock tourna lentement la tête. La voix était celle d'un garçon de son âge, mais l'inconnu était plus petit et plus râblé que lui. Il portait des vêtements usés et poussiéreux, ses ongles étaient noirs de crasse et ses cheveux lui arrivaient aux épaules.

— Je ne suis pas sûr que vous en soyez capable, même si vous le vouliez, rétorqua Sherlock aussi tranquillement que possible étant donné les circonstances.

— Je sais me battre, dit le garçon, et j'ai un couteau.

— Oui, mais moi, j'ai bien observé les matchs de boxe à l'école, et j'ai une bonne allonge.

Sherlock détailla le garçon d'un œil critique. Il portait des vêtements de toile ordinaire, rapiécés par endroits ; son visage était aussi sale que ses mains.

— À l'école ? On enseigne la boxe à l'école ?

— Oui, dans la mienne. Les professeurs pensent que ça nous aguerrit.

Le garçon s'assit à côté de Sherlock.

— C'est la vie qui vous aguerrit, murmura-t-il. Je m'appelle Matty. Matty Arnatt.

— Matty, c'est Matthew ?

— Probablement. Vous habitez dans cette grande maison au bout de la route, n'est-ce pas ?

— Seulement pour les vacances ; je suis chez mon oncle et ma tante. Je m'appelle Sherlock, Sherlock Holmes.

Matty jeta à Sherlock un regard critique.

— C'est pas un nom, ça, Sherlock !

— Et pourquoi ? Qu'est-ce qu'il a, mon nom ?

— Tu connais d'autres garçons qui s'appellent comme toi ?

— Non, dit Sherlock sans réagir au changement de ton autrement que par un haussement d'épaules.

— Comment s'appelle ton père ?

Sherlock fronça les sourcils.

— Siger.

— Et ton oncle ? Celui chez qui tu habites ?

— Sherrinford.

— Tu as des frères ?

— Oui, un.

— Qui s'appelle ?

— Mycroft.

Matty hocha la tête d'un air exaspéré.

— En voilà une équipe ! Sherlock, Siger, Sherrinford et Mycroft ! Pourquoi pas quelque chose de plus traditionnel, comme Matthew, Mark, Luke et John, par exemple ?

— Ce sont des noms qui se donnent dans notre famille, expliqua Sherlock ; c'est notre tradition à nous. Tous les garçons ont des prénoms de ce genre. Mon père m'a raconté que l'une des branches de notre famille est arrivée de Scandinavie ; c'est de là que viennent ces noms, ou quelque chose comme ça. Je pense que Siger est vraiment scandinave. Pour les autres, ils ressemblent plutôt à des noms de lieu en vieil anglais, et Sherlock, vraiment, je ne sais pas d'où ça vient. C'est un mystère. Il y a peut-être un Sher Lock, une écluse, sur un canal, quelque part.

— Tu sais beaucoup de choses, mais pas à propos des canaux. Il n'y a pas de Sher Lock ; je n'en ai vu nulle part. Et chez les filles de ta famille, il y a aussi des noms bizarres ?

Sherlock se crispa et détourna le regard.

— Tu vis dans les parages ? demanda-t-il.

Matty le regarda un moment et parut accepter le fait qu'il voulait changer de sujet.

— Pour le moment, oui. En fait, je voyage.

Sherlock sentit son intérêt s'éveiller.

— Tu voyages ? Tu veux dire que tu es un gitan ? Ou que tu appartiens à une troupe de cirque ?

Matty renifla de mépris.

— Si quelqu'un m'appelle « gitan », je lui casse la figure. Et je ne travaille pas dans un cirque. Je suis honnête, moi !

Sherlock pensa à quelque chose que Matty venait de mentionner.

— Tu as dit que tu ne connaissais aucune écluse appelée Sher Lock. Est-ce que tu vis sur les canaux ? Ta famille habite une péniche ?

— J'ai un bateau, mais pas de famille. Il n'y a que moi et Albert.

— Ton grand-père ?

— Mon cheval. Il tire le bateau.

Sherlock attendit un moment, pour voir si Matty allait en dire plus, et finit par demander :

— Qu'est-il arrivé à ta famille ?

— Tu en poses, des questions, hein ?

— C'est l'une des façons d'apprendre ce qu'on veut savoir.

Matty haussa les épaules.

— Mon père était dans la Marine. Il est parti sur un bateau et n'est jamais revenu. Je ne sais pas s'il a fait naufrage, s'il est resté quelque part dans un port au bout du monde, ou s'il est rentré en Angleterre, sans faire l'effort de parcourir les derniers miles pour rentrer à la maison. Ma mère est morte il y a quelques années. De tuberculose, ont dit les médecins.

— Je suis désolé.

Le garçon avait les yeux dans le vague et n'avait pas l'air d'avoir entendu. Il ajouta :

— Ils n'ont pas voulu me laisser la voir. Elle s'est éteinte petit à petit. Elle devenait toujours plus maigre, plus pâle, comme si elle mourait par degrés. La nuit, elle toussait et crachait du sang. Je savais qu'après sa mort on allait venir me chercher pour m'emmener dans un orphelinat, alors je me suis sauvé. Pas question que j'aille au Spike. Ceux qui y vont n'en reviennent jamais pour la plupart, ou alors ils reviennent infirmes, physiquement ou dans leur tête. J'ai pris la route des canaux pour m'éloigner plus vite.

— Et d'où vient ton bateau ? Est-ce qu'il appartenait à ta famille ?

— Pas vraiment, dit Matty avec un grognement. Disons que je l'ai trouvé, et n'en parlons plus.

— Mais alors, comment fais-tu pour vivre ? Où trouves-tu de quoi manger ?

Matty eut un geste vague.

— L'été, je travaille dans les champs. Je ramasse les fruits, je fais les moissons. Tout le monde a besoin de travailleurs bon marché, et ça ne dérange personne d'employer des enfants. L'hiver, je fais toutes sortes de petits travaux : un peu de jardinage, remplacer des tuiles sur le toit d'une église… je me débrouille. Je veux bien faire n'importe quoi, à part ramoner les cheminées et descendre à la mine ; ça, c'est une mort lente, pour sûr.

— C'est juste, concéda Sherlock. Depuis quand es-tu à Farnham ?

— Deux semaines. C'est un bon endroit, une ville respectable et tranquille. Les gens sont assez aimables et ils ne posent pas de questions. Enfin…

— Enfin quoi ?

— Rien.

Matty se ressaisit et secoua la tête.

— Écoute, je t'ai observé un bon moment. Tu n'as pas d'amis dans le coin, et tu n'es pas bête. Tu comprends les choses. Eh bien, j'ai vu quelque chose en ville, et je ne comprends pas ce que j'ai vu. Je pense que tu peux m'aider.

Intrigué, Sherlock hasarda :

— Je peux essayer. De quoi s'agit-il ?

— Il vaut mieux que je te montre, répondit Matty en s'essuyant les mains sur son pantalon. Tu veux venir en ville avec moi ? Je peux te montrer les meilleurs endroits pour manger et boire, et aussi pour observer les passants. Je connais les meilleures petites rues par où s'échapper, et les culs-de-sac à éviter.

— Tu me montreras aussi ton bateau ?

Matty lui jeta un regard de côté.

— Peut-être. Si je décide que je peux te faire confiance.

Les deux garçons se mirent à descendre la pente vers la route qui menait à la ville. Au-dessus de leurs têtes, le ciel était bleu. Sherlock sentait l'odeur d'un feu de broussailles ; au loin on entendait quelqu'un couper du bois, sur un rythme aussi régulier que celui d'une horloge. Comme ils traversaient un bouquet d'arbres, Matty montra un oiseau qui faisait des cercles très haut au-dessus d'eux.

— Un autour, fit-il remarquer. Il chasse.

La ville était à plusieurs kilomètres, et il leur fallut près d'une heure pour y arriver. Sherlock sentait la fatigue contracter les muscles de ses jambes. Il aurait des courbatures le lendemain ; mais, pour l'instant, la marche dissipait la dépression qui le gagnait depuis son arrivée à Holmes Manor.

Quand ils approchèrent de la ville et que les maisons se firent plus nombreuses, Sherlock perçut une déplaisante odeur de renfermé qui se glissait au milieu des parfums de la campagne.

— Qu'est-ce que c'est que cette odeur ? demanda-t-il.

Matty renifla.

— Quelle odeur ?

— Mais cette odeur, là ! Tu ne peux pas ne pas la sentir. On dirait celle de vieux tapis mouillés qu'on n'aurait pas fait sécher correctement.

— Ce doit être les brasseries. Il y en a pas mal le long de la rivière. La plus importante s'appelle Barratt's Brewery ; elle est en train de s'agrandir à cause des régiments qui s'installent à Aldershot. C'est l'odeur de l'orge mouillé que tu sens. La bière, c'est ce qui a perdu mon père. Il s'est engagé dans la Marine pour y échapper, mais là-bas, c'est au rhum qu'il a pris goût.

Ils étaient arrivés en bordure de la ville ; les maisons et les cottages se faisaient de plus en plus nombreux. La plupart étaient en briques rouges, recouverts de chaume ou de roseaux tressés qui gonflaient comme des pains, ou encore de tuiles d'un rouge foncé. Derrière les rangées de maisons, une colline montait doucement jusqu'au château de pierre grise qui dominait la ville. Plus haut encore, une corniche se découpait dans le lointain. Sherlock ne put s'empêcher de se demander à quoi servait un château fort dans cette position, puisqu'un attaquant pouvait monter à flanc de colline et le cribler de flèches, de jets de pierres ou de brandons.

— Il y a un marché tous les jours sur la place, annonça Matty. On y vend un peu de tout, des moutons, des vaches, du pain, des tourtes et des légumes. Le mieux, c'est d'y aller vers la fin, juste quand les marchands remballent. Ils sont toujours pressés de partir avant le coucher du soleil, et des tas de choses tombent des étalages ou sont jetées parce qu'elles paraissent un peu défraîchies ou véreuses. On peut très bien se nourrir, rien qu'avec les restes.

— Formidable, répondit sèchement Sherlock.

Au moins, il était bien nourri à Holmes Manor. À défaut d'espérer pouvoir converser avec ses hôtes, il savait qu'il pouvait compter sur un bon repas.

Ils se trouvaient maintenant dans le centre-ville, et la foule qui les entourait était si dense qu'ils devaient constamment descendre du trottoir et progresser dans la rue pleine d'ornières pour éviter de se cogner aux passants. De peur de marcher dans du crottin de cheval, Sherlock ne quittait pas le sol des yeux. Les gens étaient nettement mieux vêtus qu'à la campagne : moins de culottes, de gilets et de blouses, mais des vestes et des cravates pour les hommes et des robes pour les femmes. Des chiens couraient partout, certains bien nourris et tenus en laisse, d'autres maigres et hirsutes, errant à la recherche de quelque chose à manger. Des chats maigres se faufilaient dans l'ombre en ouvrant grand leurs yeux clairs. Sur la chaussée, les chevaux tiraient les voitures et les charrettes dans un sens et dans l'autre, écrasant sous leurs roues les tas de crottin frais qui disparaissaient vite dans la terre battue.

Quand ils atteignirent une petite rue parallèle à la voie principale, Matty s'arrêta net.

— Qu'est-ce qui se passe ? demanda Sherlock.

Son compagnon hésita.

— Cette chose que j'ai vue, avoua-t-il, c'était là, il y a quelques jours. C'est quelque chose que je ne comprends pas.

— Tu veux me montrer ?

Matty tourna les talons sans répondre et se mit à courir. Sherlock s'élança pour le rattraper.

La voie donnait sur une ruelle si étroite que l'on pouvait toucher les façades des deux côtés en étendant les mains. Des gens se penchaient aux fenêtres pour parler à leurs voisins, avec autant de facilité que s'ils avaient été accoudés à une clôture de jardin. Matty gardait les yeux fixés sur la fenêtre d'une maison. Personne ne s'y montrait ; la porte d'entrée était close. L'endroit semblait désert.

— C'était là-haut, dit Matty. J'ai vu de la fumée, mais elle bougeait d'une drôle de façon. Elle est sortie par cette fenêtre, a grimpé le long du mur, et a disparu sous le toit.

— La fumée ne fait pas ça, fit remarquer Sherlock.

— Celle-là, si.

— C'était peut-être le vent qui la déplaçait ?

— Peut-être, admit Matty d'un ton peu convaincu.

Il fronçait les sourcils, essayant de se rappeler le moindre détail.

— J'ai entendu quelqu'un hurler à l'intérieur. J'ai eu peur et je me suis sauvé. Seulement, je suis revenu un peu plus tard. Il y avait une charrette devant la porte ; on était en train d'y mettre un cadavre, recouvert d'un drap. Le drap s'est pris dans la porte et a glissé. J'ai vu le corps. J'ai vu son visage.

Il tourna vers Sherlock un regard troublé.

— Il était couvert de pustules, de grosses pustules rouges, partout sur la face, le cou, les bras, et il était défiguré par une grimace horrible, comme s'il était mort dans d'atroces souffrances. Tu crois que ça pouvait être la peste ? Tu crois qu'elle pourrait être de retour ?

Sherlock frissonna.

— Je suppose que cela pourrait annoncer le début d'une nouvelle épidémie, mais une seule mort ne suffit pas. Et puis c'est peut-être une scarlatine, ou encore un tas d'autres maladies.

— Et cette ombre que j'ai vue monter sur le mur, qu'est-ce que ça pouvait être ? Son âme ? Ou bien quelque chose qui était venu la prendre ?

— Ça, dit fermement Sherlock, ce n'était qu'une illusion d'optique créée par l'angle des rayons du soleil et l'ombre d'un nuage qui passait.

Il prit Matty par l'épaule.

— Viens, allons-nous-en.

Sherlock éloigna son compagnon de la maison en s'engageant dans les ruelles, et bientôt les deux garçons se retrouvèrent dans la rue principale. Matty était pâle et silencieux.

— Tu te sens bien ? demanda doucement Sherlock.

Matty hocha la tête, un peu honteux.

— Je suis désolé. Cette histoire m'a… fait peur. Je n'aime pas la maladie, depuis…

— Je comprends. Écoute, je ne sais pas ce que tu as vu, mais je vais y réfléchir. Mon oncle a une grande bibliothèque. J'y trouverai peut-être la réponse, ou alors, dans les archives de la presse locale.

Ils traversèrent un pont et, tout en se dirigeant vers le cœur de la ville, ils longèrent un mur de pierre percé d'un portail – devant lequel gisait un animal immobile, aux jambes raidies. Sa fourrure était sale et terne. Sherlock pensa d'abord qu'il s'agissait d'un chien, mais en approchant, il vit les rayures noir et blanc, le museau allongé : c'était un blaireau, qui avait été écrasé par une voiture et abandonné là.

Matty ralentit le pas.

— Tu devrais être prudent dans ces parages, suggéra-t-il à Sherlock, comme si celui-ci devait se sentir moins en sécurité que lui. Je ne sais pas ce qu'ils font dans cette propriété, mais il y a des gardes, des costauds, armés de bâtons et de crochets à bateau.

Sherlock allait répondre qu'il s'agissait sans doute de gardiens chargés d'assurer la protection de la paye des ouvriers, lorsque les portes s'ouvrirent. Deux hommes avancèrent sur la route, regardèrent à droite et à gauche, jetèrent un coup d'œil aux enfants, qu'ils ne jugèrent pas gênants, et firent signe d'avancer à quelqu'un qui se trouvait à l'intérieur. Les hommes étaient vêtus de costumes de velours noir immaculés, mais leurs visages sinistres s'ornaient de marques et de balafres.

Un équipage tiré par un seul cheval noir avança lentement. Le cocher, un type massif au front chauve barré de cicatrices, avait des mains aussi grandes que des pelles. Les gardes refermèrent la porte et sautèrent à l'arrière de la voiture, qui démarra.

— Allons voir si le gentleman nous donne un farthing[1], chuchota Matty.

Avant que Sherlock ait pu le retenir, il courait déjà vers la voiture.

Surpris, le cheval fit un écart et vint heurter les brancards. Le cocher voulut le maîtriser à coups de fouet, mais il ne fit qu'empirer les choses. Comme l'animal affolé essayait toujours de s'éloigner de Matty, la voiture se mit à déraper.

À travers l'ouverture de la portière, Sherlock aperçut un visage pâle, presque squelettique, encadré de maigres mèches de cheveux blancs. Choqué, il vit que le vieillard le fixait avec de petits yeux rosâtres, semblables à ceux d'un rat blanc. Il sentit une révulsion instinctive l'envahir, comme s'il avait touché une limace en voulant piquer une feuille de laitue dans son assiette. Il avait envie de se sauver, de s'éloigner, mais ce regard fixe et malveillant le clouait sur place. Enfin, le cocher réussit à maîtriser le cheval et l'équipage s'éloigna en emportant son occupant.

1. Voir la table de conversion, page 345.

— Je n'ai même pas eu le temps de demander quoi que ce soit, marmonna Matty en s'époussetant. J'ai bien cru que ce type allait me flanquer un coup de fouet, à moi aussi.

— Qui était l'homme dans la voiture ? demanda Sherlock d'une voix qui tremblait.

Matty hocha la tête.

— Je n'ai pas eu le temps de voir. Il avait l'air riche ? demanda-t-il avec un sursaut d'espoir.

— Il avait l'air mort depuis trois jours, répondit Sherlock.

Chapitre 3

Le lendemain matin.

Les tourbillons de fumée qui s'échappaient de la cheminée du train passaient à travers les lattes du pont en brûlant les jambes des garçons. Sherlock courait dans un sens, Matty dans l'autre. Ils riaient tous les deux à perdre haleine, trempés jusqu'aux os. Le train arrivait lentement dans la gare de Farnham, majestueux. Les deux amis se rejoignirent au milieu du pont qui reliait les plateformes pour le regarder s'arrêter au milieu d'un vacarme de chaînes ponctué par le sifflement assourdissant de la vapeur que le machiniste laissait s'échapper.

Avant l'arrivée du train, le quai était désert, mais il se remplit comme par magie d'une foule qui commença à se bousculer vers la sortie. Des hommes en redingote noire et chapeau claque émergeaient des compartiments de première classe, tels des insectes quittant leurs cocons.

Ils se frayaient un chemin au milieu des passagers de seconde – hommes ventripotents vêtus de tweed et coiffés de casquettes, femmes en robes correctes – et de la foule d'ouvriers en pantalons rapiécés et chemises usées jusqu'à la corde qui s'étaient entassés dans les wagons de troisième. Des hommes en uniforme ouvrirent la porte coulissante d'un wagon et commencèrent à en sortir des caisses de bois et des sacs remplis de ce que Sherlock devina être du courrier. Les portiers surgirent des bureaux où ils se réfugiaient aux heures creuses pour transporter ce chargement dans des chariots. En quelques minutes, le quai était à nouveau presque vide, peuplé seulement d'une poignée de citadins qui bavardaient en échangeant les nouvelles de la semaine. Le chef de gare, l'air important dans sa tunique bleue et sa casquette, avança sur le quai, jeta un coup d'œil sur toute la longueur du train, approcha son sifflet de ses lèvres et émit un bref son strident. Le train parut frémir et se mit en marche, doucement d'abord, puis de plus en plus vite. Les wagons cliquetèrent au fur et à mesure que leurs chaînes de raccordement se tendaient et les entraînaient à la suite de la locomotive.

— Est-ce que c'est le train qui arrive de Londres, ou celui qui y va ? demanda Sherlock.

Matty examina la ligne.

— C'est celui qui va à Londres, annonça-t-il après un moment de réflexion. De ce côté, la ligne passe par

Tongham, Ash, Ash Wharf, puis Brookwood et Guildford. De là, on peut prendre un train direct pour Londres.

Londres. Le regard de Sherlock s'attarda sur les voies d'où le train venait de disparaître. Arrivé au bout de son itinéraire, ce train ne serait plus qu'à un mile ou deux de Mycroft, que Sherlock imaginait assis à son bureau, lisant des documents, examinant des cartes du monde colorées en rouge dans les pays où l'Empire britannique avait laissé sa marque. Un instant, il fut presque submergé par le désir irrésistible de courir et de sauter dans ce train. Son frère lui manquait, ainsi que son père et sa mère, et ses sœurs. Il regrettait même la pension de Deepdene, mais pas autant, naturellement.

— Qu'est-ce qu'il y a à Brookwood ? demanda-t-il, plus pour détourner ses pensées de sa famille que par vraie curiosité.

Matty parut frissonner.

— Ne pose pas la question, tu n'as pas besoin de le savoir.

— Mais si ! s'écria Sherlock. Est-ce que cela vaut la peine d'aller voir ?

Matty fit un signe de dénégation.

— Il n'y a rien là-bas que tu puisses avoir envie de voir en plein jour, affirma-t-il avec autorité, et crois-moi, tu n'auras pas envie d'y aller de nuit.

— Je pensais que nous pourrions trouver des bicyclettes, aller explorer les environs, voir les villages et les villes de la région.

Matty lui jeta un regard surpris.

— Mais pour quoi faire ?

— Par curiosité ! Tu ne te demandes jamais comment sont les choses que tu n'as pas encore vues ?

— Les villes ressemblent à des villes, les villages à des villages, et les gens se ressemblent entre eux. C'est comme ça. Maintenant, allons-nous-en.

Il conduisit Sherlock au bout du pont. De là, ils descendirent les escaliers de fer jusqu'au quai où les passagers avaient débarqué, puis ils regagnèrent la rue.

Une carriole était garée au bord de la chaussée. Trois hommes y chargeaient des caisses pleines de glace isolée par de la paille, qui venaient d'arriver par le train.

L'un d'eux, un homme aux dents jaunes et au visage de fouine, fronça les sourcils en voyant passer les garçons.

— Jeune maître Sherlock, fit une voix sèche dans leur dos, je suis déçue de vous trouver errant en compagnie d'Arabes des rues débraillés. Votre frère en serait mortifié.

Avant de savoir qui lui adressait la parole, Sherlock fit demi-tour en rougissant de colère. Il se trouva face à Mlle Eglantine, la gouvernante. Deux hommes, qu'il reconnut comme faisant partie du personnel de Holmes Manor, étaient en train d'empiler des caisses d'épicerie dans une carriole attelée à un cheval placide. Ces caisses aussi provenaient du train.

— Des Arabes des rues ? dit-il en regardant autour de lui.

À ses côtés, il n'y avait que Matty, qui, prêt à s'enfuir si nécessaire, observait Mlle Eglantine d'un œil méfiant.

— Si vous croyez qu'il s'agit d'un Arabe des rues, c'est que vous avez besoin de sortir un peu plus souvent, mademoiselle Eglantine ! ajouta-t-il fièrement, irrité par l'attitude de la gouvernante.

Elle pinça les lèvres.

— Le maître veut vous voir à votre retour. Ne le faites pas attendre, s'il vous plaît.

Elle lui tourna le dos pour monter s'installer sur le siège avant de la carriole.

— Le déjeuner sera servi, que vous soyez présent ou non, précisa-t-elle comme l'un des hommes s'asseyait à ses côtés, votre ami n'est *pas* invité.

Le cheval se mit en marche et la carriole s'éloigna. Mlle Eglantine ne se retourna pas pour regarder Sherlock, mais le domestique assis à l'arrière lui fit un signe aimable en touchant le bord de sa casquette. Il lui manquait plusieurs dents, et aussi un morceau d'oreille, qui semblait avoir été découpé d'un coup de couteau ou de hache.

Matty s'était approché de Sherlock.

— Qui était-ce ?

— C'était Mlle Eglantine. C'est la gouvernante de la maison où j'habite. Elle ne m'aime pas, constata Sherlock après une pause.

— J'imagine qu'elle ne doit pas aimer grand monde.

— Il faut que j'y aille, dit Sherlock. J'en ai pour une demi-heure au mieux si je me dépêche. Elle ne plaisantait pas à propos du déjeuner. Si je n'arrive pas à l'heure, je mourrai de faim jusqu'au dîner. Je peux te voir demain ?

Matty approuva de la tête.

— Ici, vers dix heures ?

Sherlock mit près de quarante-cinq minutes à rentrer jusqu'à Holmes Manor ; il arriva au moment où sonnait le gong du déjeuner. Il entra dans la salle à manger après avoir brossé de la main la poussière qui recouvrait ses vêtements. Contrairement à son habitude, Sherrinford Holmes était assis au bout de la table ; il lisait un pamphlet. Sa femme s'affairait à vérifier les couteaux en parlant toute seule. Mlle Eglantine, qui montait la garde derrière l'oncle Sherrinford, ne bougea pas quand Sherlock entra dans la pièce mais, à sa manière d'éviter soigneusement de le regarder, Sherlock comprit qu'elle l'avait vu.

— Bonjour, oncle Sherrinford, bonjour, tante Anna, dit poliment Sherlock en s'asseyant.

Sherrinford fit un signe de tête sans interrompre sa lecture, et Anna fit un effort pour intercaler dans son monologue quelques mots de bienvenue.

Une bonne entra, chargée d'une soupière, et servit la soupe dans les bols, surveillée de près par Mlle Eglantine. Au bout d'un moment, Sherrinford posa son pamphlet et se pencha pour s'adresser à Sherlock.

— Jeune homme, j'ai un visiteur après le déjeuner, et je serais heureux que tu sois présent. Ton frère m'a instamment demandé de veiller à ton éducation pendant l'été ; il m'a aussi indiqué qu'il souhaitait t'éloigner de toute mauvaise tentation. Pour cette raison, j'ai retenu les services d'un précepteur. Il s'occupera de toi trois heures par jour, tous les jours, excepté le dimanche. Ce jour-là, tu accompagneras la famille à l'église. Ce précepteur s'appelle Amyus Crowe.

Sherrinford renifla avant de poursuivre.

— M. Crowe est de passage en Angleterre. Il vit aux Colonies, je crois, mais il s'est montré cultivé et compréhensif ; son latin et son grec sont excellents. J'attends de toi que tu obéisses à ses instructions.

Sherlock sentit une bouffée de rage l'envahir. Quand il était arrivé à Holmes Manor, il avait d'abord vu s'étendre devant lui d'interminables journées vides. Il s'était demandé ce qu'il allait faire de son temps, mais sa rencontre avec Matty lui avait ouvert tout un monde de possibilités nouvelles. Et maintenant, on allait lui en interdire l'accès !

— Merci, oncle Sherrinford, murmura-t-il.

Il essayait d'avoir l'air content, mais son visage ne lui obéissait guère. Un demi-sourire jouait sur les lèvres de Mlle Eglantine, qui évitait de rencontrer son regard.

Une tourte à la viande recouverte d'une épaisse couche de pâte feuilletée suivit la soupe, puis un pudding que Sherlock mangea sans le goûter. Ses pensées tournaient autour d'un seul fait : ses vacances devenaient un enfer personnel. Il mourait d'envie de retrouver la routine sans surprise de la pension.

Après le déjeuner, il demanda la permission de se lever de table.

— Ne t'éloigne pas, insista son oncle. Rappelle-toi que j'ai de la visite.

Sherlock resta dans le hall pendant que la famille partait vaquer à ses occupations, Sherrinford dans la bibliothèque, sa femme dans la serre. Sherlock s'amusait à classer les tableaux accrochés au mur par ordre de laideur, quand une femme de chambre vint le trouver. Elle portait un plateau d'argent sur lequel était posée une lettre.

— Maître Holmes, dit-elle à voix basse, cette lettre est arrivée pour vous ce matin.

Sherlock s'en saisit.

— Pour moi ? Merci !

Elle sourit et s'éloigna. Sherlock regarda autour de lui, s'attendant presque à voir surgir Mlle Eglantine, prête à lui arracher l'enveloppe des mains. Il était seul dans le hall. La lettre était adressée à M. Sherlock Holmes,

Holmes Manor, Farnham, et elle avait été envoyée de Whitehall. Mycroft ! C'était une lettre de Mycroft ! Fiévreusement, Sherlock passa un doigt sous le sceau et ouvrit.

Il ne trouva qu'une feuille simple à l'intérieur. L'adresse de Mycroft à Londres était gravée en haut, et l'écriture précise de son frère couvrait la page.

Mon cher Sherlock,

J'espère que cette lettre te trouvera en bonne santé. Tu dois certainement te sentir abandonné et très seul en ce moment, et cela doit te mettre en colère. S'il te plaît, n'oublie pas que je comprends tes sentiments, et que je voudrais pouvoir y remédier.

« Mais tu peux ! pensa Sherlock. Tu peux me proposer de venir vivre avec toi à Londres ! » Il écarta cependant vite cette pensée. Mycroft avait ses propres problèmes : un travail exigeant, et, à cause de l'absence de leur père, il devait aussi prendre *de facto* sur lui les responsabilités du chef de famille. C'était à lui de veiller sur sa mère, dont la santé était fragile, et sur sa sœur, qui causait aussi quelques soucis. Il fallait admettre que Mycroft avait fait au mieux. Parfois, pensa Sherlock, tous les choix possibles étaient injustes. À défaut de chercher la solution qui offrait le plus de suites positives, il fallait choisir celle qui présentait le moins de conséquences défavorables. Voir les choses sous cet angle lui donnait l'impression d'être devenu soudain très mature, mais il n'aimait guère envisager que la vie des adultes était faite de ce genre de choix.

Toute lettre que tu m'enverras à l'adresse ci-dessus me parviendra en un jour, et je te promets de répondre immédiatement à toute requête que tu pourrais me faire – la seule à laquelle je ne pourrais répondre étant la demande de venir vivre à Londres avec moi.

« Ah, tu m'as deviné, comme d'habitude ! » pensa Sherlock. Son frère avait toujours fait preuve d'une capacité stupéfiante à prévoir ce qu'il allait dire. Il continua sa lecture.

J'ai suggéré à l'oncle Sherrinford d'engager un tuteur pour t'aider dans tes études. J'ai reçu de bonnes références sur quelqu'un, Amyus Crowe, que j'ai recommandé à Sherrinford. Je crois que tu pourras lui faire toute confiance. Je sais qu'il a une fille, grâce à qui tu pourras peut-être te faire de nouveaux amis de ton âge dans la région.

« Cela montre que tu n'es au courant de rien, pensa Sherlock. Je me suis déjà fait un ami. »

En conclusion, je te demande instamment de te souvenir que tout ceci n'est que temporaire. Les choses changeront comme elles le font toujours ; tire avantage de la situation dans laquelle tu te trouves actuellement. Comme l'écrivait le poète persan Omar Khayyam : « Sous une branche, avec un pain, une bouteille de vin, un recueil de poésie, et toi, à côté de moi, chantant dans le désert – mais le désert, maintenant, est paradis… »

En lisant ces mots, Sherlock essayait de comprendre leur sens. Il connaissait assez bien la poésie d'Omar Khayyam, puisque la bibliothèque du lycée contenait une traduction de son *Rubaiyat,* offerte par le traducteur lui-même, Richard Burton. L'idée maîtresse des quatrains semblait être la suivante : la roue de la fortune tourne, personne ne peut l'arrêter, mais il n'est pas impossible à l'homme de prendre du plaisir le long du chemin. Le quatrain cité par Mycroft indiquait que Sherlock devait chercher son « pain », c'est-à-dire une chose simple qui l'aiderait à vivre au jour le jour. Son frère avait-il une idée particulière en tête, ou s'agissait-il d'un conseil d'ordre général ? Sherlock avait envie d'écrire tout de suite pour lui demander de s'expliquer plus en détail, mais il connaissait assez Mycroft pour savoir que, lorsqu'il avait dit quelque chose, celui-ci n'aimait pas s'y attarder.

Sherlock revint à la lettre.

Un dernier conseil – attention à Mlle Eglantine. Bien qu'elle occupe une place de confiance dans la maison, ce n'est pas une amie de la famille Holmes.

Je sais que tu ne laisseras pas traîner cette lettre, mais que tu la rangeras dans un endroit sûr.

Ton frère qui t'aime,
Mycroft

En lisant les dernières lignes, Sherlock sentit un frisson glacé le parcourir. De la part de Mycroft, un avertissement aussi direct était complètement inhabituel. On pouvait se demander pourquoi Mycroft avait éprouvé le besoin d'être aussi franc : était-ce parce qu'il ne voulait laisser à Sherlock aucun doute sur son opinion de Mlle Eglantine ? Sa suggestion finale, ou plutôt son ordre, de ne pas laisser traîner sa lettre était sa manière à lui de dire : Détruis-la. Cela lui ressemblait tout à fait de s'exprimer ainsi par code.

En glissant la lettre dans son enveloppe, Sherlock trouva un morceau de papier. Il le sortit : c'était un mandat postal de cinq shillings. Cinq shillings ! Il avait été trop intimidé pour aborder le sujet de l'argent de poche avec son oncle ou sa tante, mais Mycroft avait résolu le problème.

Sherlock était partagé entre deux sentiments : il se sentait rassuré et plus heureux, maintenant qu'il était entré en contact avec Mycroft, et que ce dernier recommandait Amyus Crowe. D'un autre côté, il se faisait désormais du souci à propos de quelque chose qui n'avait fait que vaguement l'ennuyer jusqu'à présent : l'antipathie évidente que Mlle Eglantine éprouvait à son égard.

— Une lettre intéressante ?

La voix était chaude et profonde, et révélait un accent que Sherlock ne savait situer. En glissant la lettre dans sa poche, il se retourna.

L'homme qui se tenait dans l'entrée était grand et large d'épaules. Sa chevelure indisciplinée d'un blanc éclatant et son cou ridé révélaient un âge contredit par la façon dont il se tenait. Il avait la peau brune et tannée d'un homme qui a passé la plus grande partie de sa vie dehors, sous un soleil plus chaud que celui de l'Angleterre. Vêtu d'un costume beige d'une coupe et d'une matière que Sherlock n'avait encore jamais vues, il tenait à la main un chapeau à larges bords.

— C'est une lettre de mon frère Mycroft, répondit Sherlock.

Il se demandait ce qu'il fallait faire : appeler un domestique ou inviter lui-même l'inconnu à entrer ?

— Ah, Mycroft Holmes, dit l'inconnu. Je crois que nous avons des amis communs. Comme je refuse de croire que vous êtes assez vieux pour être Sherrinford Holmes, vous devez être le jeune Sherlock.

— Sherlock Holmes, à votre service, dit le jeune homme en se redressant. Voulez-vous entrer, monsieur… ?

— Amyus Crowe, d'Albuquerque, dans l'État du Nouveau-Mexique, aux États-Unis. Merci, vous êtes très aimable. Mais, après la lecture de cette lettre, vous avez dû en déduire qui j'étais ? Comme je suis ici recommandé par votre frère, il n'a pu manquer de vous parler de moi.

— Je devrais aller chercher une femme de chambre, ou…

Avant que Sherlock ait terminé sa phrase, Mlle Eglantine sortit de l'ombre du grand escalier. Depuis combien de temps était-elle cachée là ? Avait-elle vu Sherlock lire sa lettre ?

— Monsieur Crowe ? Le maître vous attend. S'il vous plaît, par ici.

Elle indiqua la porte du bureau, et Sherlock frissonna malgré lui. Elle ne pouvait pas savoir ce que disait la lettre qu'il venait de recevoir… sauf si elle l'avait ouverte à la vapeur puis refermée. Mais même si Sherlock refusait de croire que la gouvernante fût capable d'une telle indiscrétion, il se sentait mal à l'aise, comme s'il avait été pris en train de commettre une mauvaise action.

Amyus Crowe entra, laissa son chapeau et sa canne au portemanteau, et se tourna vers Sherlock.

— Nous pourrons parler plus tard, dit-il en lui posant une main sur l'épaule.

Sherlock était grand pour son âge, mais Amyus Crowe le dominait d'une bonne tête et lui donnait l'impression d'avoir encore dix ans.

— Attends-moi, mon garçon. Et pendant ce temps, proposa Amyus avec un coup d'œil autour de lui, essaie donc de deviner combien de ces peintures sont des faux.

Mlle Eglantine se raidit.

— Aucun de ces tableaux n'est un faux ! s'écria-t-elle. Le maître ne l'aurait jamais permis !

— « Aucun » est une réponse acceptable, dit Amyus avec un clin d'œil en direction de Sherlock. Maintenant, si vous voulez bien m'annoncer…

Il tendit sa carte à Mlle Eglantine, qui l'accompagna dans la bibliothèque. Un instant plus tard, elle en sortit et s'éloigna, sans un regard pour Sherlock. Il la regarda se fondre dans l'ombre du palier en se demandant si elle n'allait pas se retourner pour l'épier.

Il entendait des voix en provenance de la bibliothèque, sans toutefois comprendre les propos échangés. Il se mit à déambuler en examinant les tableaux un à un. Aucun n'était complété par une note explicative, et comme la critique d'art n'était pas un sujet enseigné à Deepdene, Sherlock avait du mal à trouver le moindre intérêt à ces différents paysages, marines et scènes de chasse. Tous les tableaux avaient l'air de faux, avec leurs arbres sans défauts, leurs mers démontées et leurs chevaux aux jambes fines.

Albuquerque. Les États-Unis d'Amérique ! Tout cela paraissait si romantique… Sherlock ne savait pas grand-chose de l'Amérique, mis à part le fait que le pays s'était rebellé contre la domination anglaise environ un siècle plus tôt, et que son peuple était à la fois audacieux et indépendant. Ah, et quelques années plus tôt, une guerre civile avait éclaté à propos de l'esclavage. Mais Sherlock avait immédiatement trouvé Amyus Crowe sympathique, et si ses compatriotes lui ressemblaient, alors, cela lui donnait envie d'aller un jour aux États-Unis.

Il lui fallut attendre une demi-heure encore pour que s'ouvre la porte du bureau. Amyus Crowe sortit, souriant et serrant la main de Sherrinford Holmes. Derrière eux, les longues rangées de livres reliés de cuir formaient un arrière-plan aussi vert qu'un paysage de prairies.

— Ah, Sherlock ! s'écria Sherrinford. Monsieur Crowe, permettez-moi de vous présenter mon neveu, Sherlock.

— Nous avons déjà fait connaissance, dit Crowe avec un signe de tête vers Sherlock.

— Très bien. Je vous remercie de votre visite. Je vais demander à une femme de chambre de vous raccompagner.

— Inutile de vous déranger, monsieur Holmes. Je vais traverser la propriété avec le jeune Sherlock, si vous me le permettez.

— Mais naturellement, naturellement !

Sherrinford se retira dans son bureau comme une tortue rentre dans sa carapace, et Crowe s'approcha de Sherlock.

— Alors, lequel est-ce ? demanda-t-il. S'il y en a un ?

Sherlock regarda encore les tableaux. Même après une observation attentive, il n'était pas sûr de lui. Il montra du doigt un tableau particulièrement maladroit représentant un cavalier. Les jambes du cheval étaient si fines qu'elles auraient dû craquer sous leur charge.

— Celui-ci n'est pas bien peint, fit remarquer Sherlock en hésitant. La perspective est déformée et l'anatomie n'est pas juste. Est-ce le faux ?

— Ce qu'on remarque chez les faussaires, dit Crowe, c'est que ceux qui peignent mal se font prendre rapidement. Souvent, les faussaires sont donc plus convaincants que les vrais peintres. Tu as raison, ce tableau est de facture maladroite, mais c'est un original.

Crowe se planta devant une marine particulièrement saisissante, où les vagues s'abattaient sur la plage tandis qu'un navire tanguait à l'horizon.

— Voilà le faux.

Sherlock regarda le tableau bouche bée.

— Comment le savez-vous ?

— Comme un certain nombre des tableaux de votre oncle, c'est un Joseph Vernet. On trouve aussi dans la maison des œuvres du fils de Vernet, Horace. Le père est connu pour ses marines. Celle-ci représente le port de Douvres, mais Vernet n'est jamais venu en Angleterre. Or, le moindre détail est vraiment réaliste : le tableau a été réalisé sur place. Par conséquent, ce ne peut pas être un Vernet, c'est un faux, réalisé dans son style.

— Mais je ne pouvais pas le savoir ! protesta Sherlock. Je n'ai jamais étudié Vernet, ni aucun peintre.

— Alors tu viens d'apprendre quelque chose. Quoi ?

Sherlock réfléchit un moment, mais dut admettre qu'il ne voyait pas.

— Tu viens d'apprendre que la déduction est importante, mais qu'elle ne sert à rien sans connaissances. Ton intelligence ressemble à un métier à tisser : elle tourne à vide et ne peut rien produire sans que tu lui fournisses un fil de trame. Alors, elle peut commencer à filer. L'information est la base de toute pensée rationnelle : recherche-la sérieusement. Collectionne les faits avec assiduité, garnis-en les réserves de ton esprit. N'essaie pas de faire la distinction entre les faits triviaux et ceux qui paraissent importants : en puissance, ils le sont tous.

Sherlock réfléchit. Il s'était attendu à éprouver de la gêne et un peu de honte, mais le ton d'Amyus Crowe n'exprimait aucune critique ; ce dernier lui faisait simplement une remarque judicieuse.

— Je comprends, assura-t-il.

— Je le crois. Marchons un peu, et voyons ce que nous découvrirons en chemin.

Prenant son chapeau et sa canne à l'entrée, Crowe partit avec son élève vers le jardin ensoleillé. Ils traversèrent la pelouse et avancèrent sous les arbres en détaillant les nuages et en discutant de leur lien avec le temps.

– T'es-tu déjà posé la question des lapins et des renards ? demanda Crowe.

— Pas spécialement, répondit Sherlock, qui se demandait où ce changement de sujet allait les entraîner.

— Imaginons que tu as cent lapins et cent renards

dans un bois entouré de murailles, d'où le gibier ne peut s'échapper. Que se passe-t-il ?

Sherlock resta un moment silencieux.

— Les lapins vont faire des petits, les renards aussi, et les renards mangeront les lapins.

— Tous ?

— La plupart d'entre eux. Mais ceux qui restent seront peut-être plus difficiles à attraper ; ils apprendront à se cacher.

— Et alors ?

Sans trop savoir où la conversation allait le mener, Sherlock haussa les épaules.

— Alors, je suppose que les renards commenceront à mourir de faim, ou quelque chose de ce genre.

— Et les lapins ?

— Les lapins continueront à manger de l'herbe, à se reproduire et à se cacher. Ils deviendront de plus en plus nombreux.

Brusquement, il lui sembla qu'une lumière clignotait dans sa tête.

— Alors, le nombre de renards remonterait aussi, puisqu'il y aurait plus de lapins à attraper et qu'ils pourraient se reproduire. Et leur nombre pourrait être si grand qu'ils mangeraient de plus en plus de lapins, et que la population de lapins tendrait de nouveau à diminuer.

— Et le processus se répète, comme deux vagues qui se succèdent indéfiniment. Derrière tout cela, il y a un procédé mathématique appelé calcul différentiel, qu'il te faudra étudier. C'est extrêmement utile. On peut appliquer les mêmes équations aux policiers et aux criminels dans une ville, par exemple. En général, les policiers ne mangent pas les criminels, précisa Crowe en éclatant de rire, mais les bases fondamentales sont les mêmes. Isaac Newton et Gottfried Leibniz ont développé les mathématiques chacun de leur côté, et, récemment, Augustin Cauchy et Bernhard Riemann ont continué leurs recherches. Riemann est mort il y a quelques mois, c'est une immense perte pour nous ; je ne crois pas que le grand public l'ait compris.

Sherlock doutait quant à lui que les mathématiques puissent être aussi importantes, et il écarta cette idée. Il était heureux de « garnir les réserves de son esprit » avec des faits concernant les arts et la musique, des sujets qui l'attiraient. Mais il pensait pouvoir se passer des équations.

Au bout d'un moment, ils atteignirent le mur de pierres sèches qui marquait la limite de la propriété. Crowe tendit le bras vers la droite.

— Va te promener par là. Ramasse tous les champignons que tu vois, même les vénéneux. Je vais partir dans l'autre sens, et nous nous retrouverons dans une demi-heure. Je te montrerai comment faire la différence entre les vénéneux et les autres. Ne cherche pas à les goûter, surtout ! C'est une bonne méthode, mais dangereuse.

Crowe s'éloigna sur la gauche, en fouillant avec sa canne sous les buissons et les touffes d'herbe. Sherlock partit à droite en scrutant le sol pour y déceler le reflet d'un chapeau blanc poussant entre deux pieds de fougères.

Il fut très vite hors de vue d'Amyus Crowe. Il avançait toujours, mais à part quelques excroissances brunes émergeant d'un tronc, plates comme des assiettes, qu'il n'était pas sûr de devoir ramasser, il ne trouva rien.

Sous les arbres, une note de couleur attira son attention : des points rouges sur un fond blanc. Il s'approcha, pensant qu'il s'agissait d'un cercle d'amanites ; quelque chose lui parut bizarre. La forme qu'il entrevoyait ressemblait à…

Un nuage de fumée s'éleva de cette apparition, juste au moment où Sherlock comprenait à quoi il avait affaire : c'était le corps d'un homme qui gisait là, recroquevillé sur le sol. La fumée s'éloigna, poussée par la brise. On ne voyait pas trace d'un feu. Un moment, Sherlock imagina que l'homme fumait une pipe, étendu dans la forêt, le visage recouvert d'un mouchoir à pois rouges et blancs. Quand il fut assez près, il vit que ces marques rouges n'étaient pas imprimées sur un tissu ; elles ne décoraient pas non plus le chapeau d'une amanite.

C'étaient des pustules sanguinolentes sur le visage blanc d'un cadavre.

Chapitre 4

Amyus Crowe tira un mouchoir de sa poche et le tendit à Sherlock. D'une autre poche, il sortit une flasque de métal, incurvée juste assez pour épouser la forme du corps et entourée d'une lanière de cuir. Il dévissa le bouchon et versa un liquide mordoré sur le mouchoir que lui tendait Sherlock. L'odeur de l'alcool leur piqua et le nez et les yeux, et Sherlock regarda son professeur d'un air de doute.

— C'est du brandy, annonça Crowe. Au cas où ce qui a tué cet homme soit contagieux. Quelle que soit la maladie qui l'a emporté, nous ne tenons pas à l'attraper.

Il répéta l'opération avec un second mouchoir.

— Ce qui l'a tué ? répéta Sherlock. C'était sûrement une maladie : regardez son visage !

Les yeux bleus de Crowe se posèrent sur son élève. Il le regarda un moment, son mouchoir à la main.

— Tu crois que la maladie se développe toute seule dans un organisme, sans aucune aide ?

— Je le suppose. Je n'y ai jamais vraiment réfléchi.

— Mais tu sais que la maladie peut passer d'une personne à une autre, par le toucher ou la proximité.

— Oui..., dit prudemment Sherlock, qui se demandait où son tuteur voulait en venir.

— Alors, n'est-ce pas logique qu'une personne qui va d'un malade à un bien portant, puisse transmettre la maladie au bien portant ?

Le garçon ne répondit pas. Il savait que, quoi qu'il dise, l'incident allait se transformer en leçon.

— J'étais à Vienne il y a quelques années, poursuivit Crowe. J'y ai rencontré un certain Ignaz Semmelweis, un Hongrois, qui s'occupait de femmes sur le point d'accoucher. Il avait remarqué que les femmes soignées par des médecins ou des étudiants en médecine avaient plus de chances de mourir de la fièvre puerpérale que celles qui étaient soignées par des sages-femmes. Un homme intelligent, ce Semmelweis. Bien d'autres médecins n'auraient pas donné suite à cette constatation mais lui finit par comprendre que les médecins venaient souvent au chevet des femmes enceintes juste après une autopsie. Il leur ordonna donc de se laver les mains avec de l'eau et de la chaux avant d'examiner les femmes, et le taux de fièvres mortelles déclina dans son service de façon radicale. Visiblement, la chaux tuait ou détruisait quelque chose qui passait des cadavres, par les mains des médecins, aux femmes. C'est pourquoi je veux utiliser ce cognac, conclut Crowe en montrant son mouchoir. L'alcool a le même effet.

— Mais qu'est-ce que c'est, ce « quelque chose » ? demanda Sherlock.

Crowe sourit.

— « Il existe des créatures qui ne sont pas visibles pour les yeux, qui flottent dans l'air et entrent dans le corps par la bouche et les yeux. Elles peuvent provoquer des maladies graves. » Cette phrase est du Romain Marcus Terentius Varro. Ce n'est pas le genre de classiques que vous étudiez à l'école, j'imagine. On parle depuis des siècles de ces créatures minuscules, et pourtant la profession médicale ne les prend pas au sérieux.

— Ne pourrait-on pas laisser le corps là où il est et aller chercher de l'aide ? demanda Sherlock. Ce ne serait pas plus sûr… pour nous ?

Crowe jeta un coup d'œil aux buissons des alentours.

— Il y a trop de chances de voir arriver un renard ou un blaireau qui en ferait son repas. Je ne connais pas cet homme, mais je ne souhaite un tel sort à personne, vivant ou mort. Non, il faudra le tirer de ces bois pour l'enterrer à un moment ou à un autre, et on peut aussi bien le faire maintenant. Il n'y a pas de danger, si nous gardons nos masques bien en place et si nous évitons de le toucher.

Crowe attacha soigneusement son masque improvisé. Au contact de l'alcool, ses yeux irrités se mirent à pleurer. Il se mit à rire, et les rides de ses tempes se plissèrent comme une toile de lin.

— Je n'ai jamais prétendu que c'était du bon cognac, dit-il, mais fais tout de même attention de ne pas y prendre goût ! Et maintenant, cours chercher une brouette dans le jardin, et dépêche-toi de la rapporter.

Laissant son professeur penché sur le corps, Sherlock se mit en route à travers bois vers la maison. En courant, il se repérait grâce aux branches, aux buissons et aux champignons que Crowe lui avait fait remarquer à l'aller. Les herbes lui fouettaient les mollets, l'odeur de fougère sèche se mêlait à celle de la lavande. Il sentait la sueur dégouliner au creux de son dos, entre ses omoplates, et le long de ses joues.

Quand il arriva à la lisière de la forêt, il s'arrêta un instant pour reprendre son souffle devant l'espace libre qui le séparait de la maison. Le soleil de l'après-midi tapait sur son crâne et l'aveuglait. Il se pencha, les mains aux genoux, et inspira l'air chaud à longues goulées. Les sons que les bois avaient étouffés se révélaient maintenant : le grognement des porcs, le son d'une voix qui chantait, le craquement d'une hache sur des bûches.

En levant les yeux, il aperçut une silhouette à cheval, derrière la grille qui s'ouvrait dans le haut mur d'enceinte. Le cavalier ne bougeait pas. Sherlock eut l'impression d'être observé. Il leva une main en visière sur ses yeux pour se protéger du soleil. À cet instant précis, le cheval se mit en marche et disparut avec son cavalier.

Décidé à oublier l'incident, Sherlock découvrit une brouette derrière le poulailler et s'empressa de la pousser vers l'endroit où il avait découvert le corps. Il trouva Crowe en train de fouiller les poches du mort.

— Rien qui permette de l'identifier, marmonna Crowe sans relever la tête. Tu le connais ?

Sa voix était assourdie par le mouchoir.

Le cœur au bord des lèvres, Sherlock regarda le visage tuméfié en essayant de retrouver des traits sous les bubons boursouflés.

— Je ne pense pas, mais c'est difficile à dire.

— Regarde les oreilles. Les oreilles des gens sont impossibles à confondre : certaines n'ont pas de lobes, d'autres sont plissées, d'autres encore ressemblent à des coquillages. C'est un moyen simple de reconnaître quelqu'un, même si cette personne cherche à se déguiser.

Sherlock se retint de remarquer que le malheureux n'était guère en position de se déguiser, et observa attentivement l'oreille gauche, la plus exposée. Il vit une coupure plus ou moins au milieu du cartilage, qui laissait penser que l'homme avait été victime d'un mauvais coup de couteau lors d'une rixe. Cette pensée lui fit revenir un incident à la mémoire. Il avait déjà croisé cet homme ! Mais où ?

— Je pense qu'il travaillait chez mon oncle. Je l'ai vu conduire une carriole.

— Quand cela ?

— Ce matin même. Il a pourtant l'air d'être resté malade plusieurs jours au moins. Or, quand je l'ai vu, il allait très bien.

— Instructif, murmura Crowe. Très bien. Mettons-le dans la brouette et rapportons-le dans la maison. La gouvernante pisse-vinaigre pourra faire venir le morticole local.

— Le morticole ?

Crowe se mit à rire.

— Le médecin ! Tu n'as jamais entendu le terme « morticole » ?

Sherlock fit un signe de tête négatif.

— On les appelle ainsi parce que, il n'y a pas si longtemps encore, c'est tout ce qu'ils savaient faire : constater la mort du patient ! Quand ils ne la hâtaient pas…

Crowe s'étranglait de rire.

— Heureusement, depuis cette époque, notre civilisation a un peu progressé.

Il se pencha vers le corps, et se redressa pour jeter un regard vers Sherlock.

— Attention, souviens-toi de ne pas toucher la peau ! Tu peux toucher les vêtements, mais ne prenons pas de risques.

Le trajet à travers bois prit près d'une demi-heure. Amyus Crowe poussait la brouette où le corps tanguait en équilibre précaire. Sherlock courait devant, enlevait les cailloux du chemin et écartait les branches qui auraient pu gêner la progression du cortège. À chaque cahot, les mains du mort étaient agitées d'un soubresaut, comme s'il avait voulu se lever. Sherlock s'efforçait de ne pas le regarder.

Quand ils arrivèrent enfin en vue de la maison, il était essoufflé et sentait une crampe gagner ses muscles épuisés. Quelqu'un avait dû les apercevoir, car ils virent Mlle Eglantine se diriger vers eux à grands pas.

— Vous n'allez *pas,* dit-elle avec raideur, apporter *ça* près de la maison.

— Mais *ça,* répliqua tranquillement Crowe, c'est l'un des employés de votre maître. Je sais qu'il est mort, mais cela ne veut pas dire qu'on ne lui doit pas un peu de respect.

Mlle Eglantine croisa les bras.

— Employé ou pas, je ne vous laisserai pas vous approcher. Regardez-le : je ne sais pas si c'est la variole ou la peste, mais ce corps doit être brûlé.

— Je suis d'accord, mais je veux qu'il soit examiné par un médecin d'abord. Et naturellement, il faut prévenir sa famille. Vous voudrez bien être assez aimable pour envoyer chercher un médecin en ville. En attendant, où peut-on mettre le corps ?

Mlle Eglantine renifla.

— Il y a un abri par là, pour le purin. Il est vide, vous n'avez qu'à l'y mettre. On pourra le brûler après, ajouta-t-elle avant de tourner les talons.

— Quelle femme charmante ! murmura Crowe.

Sherlock le conduisit à l'abri où le purin était entreposé avant d'être répandu dans le potager et le verger. En dépit du masque alcoolisé qu'il portait toujours, l'odeur chaude et fétide arrivait aux narines du garçon et lui donnait la nausée.

L'abri paraissait sur le point de s'écrouler ; Sherlock et Crowe durent écarter des piles de planches pourries et des tas de vieux ustensiles avant de pouvoir y placer le corps. Les rais de soleil qui passaient à travers les fentes du toit jetaient quelques rares taches de lumière sur le cadavre, laissant heureusement le reste dans l'ombre. Le malheureux ressemblait à une grotesque poupée grandeur nature qu'on aurait jetée n'importe comment dans une brouette.

— Il n'est pas nécessaire que nous restions tous les deux, dit Crowe en sortant de l'abri. Sauve-toi, rentre à la maison, demande à une domestique de te faire couler un bain chaud et frotte-toi bien avec du savon phéniqué. Laisse tous tes vêtements pour qu'on les brûle, si tu en as d'autres. Sinon, dis aux domestiques de les laver.

Après son bain, la peau rouge d'avoir été frictionnée, Sherlock mit ses vêtements de rechange et sortit. Il sentait encore l'odeur bitumeuse du savon, et ses yeux étaient irrités. Il contournait la maison en essuyant ses larmes quand il vit Crowe en grande conversation avec un homme vêtu d'une redingote noire. Ce devait être le médecin. En approchant, Sherlock entendit la voix arrogante du nouveau venu qui pérorait.

— Il faut avertir les autorités ! C'est le second cadavre que nous rencontrons avec les mêmes symptômes. Si c'est la peste, nous devons prendre immédiatement nos précautions ! Il faut annuler le marché de demain, et fermer tous les établissements publics pour prévenir une épidémie. Dieu tout-puissant ! Nous allons peut-être même devoir établir des barrages sur les routes pour contrôler les entrées dans la ville, ainsi que les sorties, jusqu'à ce que le danger soit écarté !

— Calmez-vous, dit Crowe de sa voix profonde et tranquille, nous n'avons que deux cadavres. Quelques gouttes de pluie ne font pas un orage.

— Mais si vous attendez l'orage pour ouvrir votre parapluie, vous êtes trempé !

Sherlock comprit soudain qu'il en savait plus sur ce cadavre que les deux hommes. Le corps, le nuage de fumée, les pustules, Matthew Arnatt lui avait fait une description absolument semblable, lors de leur visite en ville. Mais qu'est-ce que c'était que cette *fumée* ?

— Attendons au moins d'avoir eu un examen du corps par un expert.

Le médecin hocha la tête, mécontent.

— Quel expert ? Je peux faire une autopsie, mais la vue de ces pustules enflammées me suffit. Nous devons partir du principe que c'est la peste bubonique et agir en conséquence.

Crowe leva une main pour le rassurer.

— Je connais un expert en maladies tropicales, à Guildford, le professeur Winchcombe. Nous pourrions le faire venir. Je vais lui écrire.

— Écrivez si vous voulez, mais pendant ce temps, je vais parler au maire et à son conseil, et aussi à l'évêque de Winchester.

— Qu'est-ce qu'il vient faire là ?

— Farnham Castle est la résidence officielle de Sa Grâce.

Sherlock s'approcha, mais Crowe l'aperçut et lui fit signe de s'éloigner. Indigné, le garçon obéit ; c'était lui qui avait découvert le corps, et maintenant, Crowe le chassait ? Qu'attendait-on de lui ? Qu'il reprenne sagement sa leçon dès que la conversation entre les des deux hommes serait finie ? Sherlock avait mieux à faire. Et si Crowe voulait se plaindre, il pourrait toujours écrire à Mycroft.

Bouillant d'irritation, Sherlock se détourna et partit en direction de la forêt.

Il perdit la maison de vue dès qu'il arriva dans le sous-bois. Le sol spongieux s'enfonçait sous ses pieds.

Autour de lui, la végétation bruissait, chauffée par le soleil de l'après-midi ; de temps en temps, on entendait le léger craquement d'un renard ou d'un oiseau qui passait sous les branches. Une senteur de feuilles montait de la terre, effaçait l'arôme piquant du cognac et l'odeur du savon. Comme il n'y avait pas de sentier, il avançait précautionneusement en enjambant les troncs couchés sur le sol et en contournant les buissons d'aubépines.

Il avait pénétré dans la forêt par une entrée différente de celle qu'il avait prise avec Crowe, et, au bout d'un moment, il ne savait plus où il était : au cœur du bois, ou en périphérie ? Sans repère pour s'orienter, il essaya de classer les arbres en fonction de leur apparence, mais il découvrit qu'ils se ressemblaient tous.

Quelque chose l'attirait plus profondément dans le bois, une force primitive qu'il ne comprenait pas. Il avait entendu parler de villes et de capitales ayant chacune sa personnalité propre, et il l'avait éprouvé lui-même à Londres, au cours de ses visites avec son père, et même à Farnham avec Matthew, mais ce n'était pas de cela qu'il s'agissait ici. Il lui semblait sentir une présence sombre et sans âge, qui avait été témoin de la mort du valet de ferme et n'en avait pas été ébranlée, pas plus que par la mort de milliers d'animaux et d'humains depuis des siècles.

Il s'ébrouait pour chasser son malaise quand il se trouva soudain devant les ornières qu'avait laissées la brouette.

Il les suivit jusqu'à l'endroit où il avait découvert le corps. Les herbes aplaties s'étaient redressées ; on ne voyait plus trace du lieu du drame. une seule chose permettait de le repérer : les traces de brouettes s'arrêtaient net.

Sans vraiment savoir ce qu'il recherchait, Sherlock examina le sol en essayant de visualiser les derniers instants du mort. Avait-il titubé jusqu'à la clairière, délirant, et était-il tombé à genoux avant de s'effondrer de tout son long ? Ou avait-il marché, sans comprendre qu'il était malade, et s'était-il évanoui d'un coup, inconscient des bubons qui explosaient sur son visage et ses mains ? Il devait y avoir moyen de le savoir en étudiant les traces de ses pas. S'il avait erré, délirant, il avait dû piétiner dans tous les sens. S'il avait marché, ses pas devaient être en ligne droite. Cela pouvait être utile au médecin de savoir à quelle allure s'était installée la maladie, et Sherlock allait au moins éblouir Crowe par ses facultés de déduction.

Il s'accroupit pour étudier le sous-bois. On voyait très bien la trace des bottes de l'homme ; l'un des talons était plus usé que l'autre. Ce détail permettait de distinguer les traces du mort de celles de Sherlock ou de Crowe. Sherlock en suivit la piste jusqu'au bouquet d'arbres. C'était étrange : les empreintes allaient dans un sens, puis dans un autre, comme si l'homme avait tourné sur lui-même. Avait-il dansé ? Mais non, c'était une suggestion stupide. Avait-il été pris de vertige ? Voilà qui était plus probable. La maladie, quelle qu'elle fût, avait peut-être affecté son sens de l'équilibre.

Le nez au sol, Sherlock suivit les circonvolutions des empreintes jusqu'à un endroit où, subitement, elles partaient en ligne droite en faisant juste un détour de temps en temps pour éviter une souche ou un arbre abattu. Les traces se dirigeaient vers le manoir. On avait l'impression que ce qui avait affecté le marcheur était apparu brutalement : il allait tranquillement son chemin dans les bois quand quelque chose l'avait fait tituber et décrire des cercles confus, avant de s'effondrer sur le sol, déjà mourant.

Revenant vers l'endroit où le tracé des empreintes changeait, Sherlock s'immobilisa et regarda autour de lui, songeur. Quelque chose n'était pas normal. Mais quoi ? Il examinait les arbres, les buissons, l'herbe, en se demandant en quoi tout cela pouvait sortir de l'ordinaire, quand il eut une illumination. L'herbe était d'une couleur légèrement différente, plus jaune qu'aux alentours. Il s'agenouilla pour passer son doigt sur le sol et ramassa au bout de l'index une sorte de poussière colorée. Quelque chose, un corps étranger, avait été répandu à cet endroit.

Quand il se frotta le bout des doigts, Sherlock sentit une consistance grasse. Il n'avait aucune idée sur ce que pouvait être cette mystérieuse poudre jaune. Un instant, il eut peur, et se demanda, le cœur battant, si ce n'était pas le poison qui avait provoqué la mort subite de la victime. Il se rassura en pensant que les maladies ne se propagent pas ainsi, par l'intermédiaire d'une substance pulvérulente ; elles se transmettaient d'une personne à l'autre. Il ne fallait pas écarter l'hypothèse d'un empoisonnement, mais quel poison pouvait bien provoquer l'apparition de bubons sur le visage et les mains ?

Il ne perdit pas de temps en conjectures : tirant de sa poche la lettre de son frère, Sherlock enleva la feuille manuscrite, la rangea soigneusement, et passa l'enveloppe ouverte sur l'herbe en la maintenant bâillante comme une petite bouche de papier. Quand il eut récupéré une certaine quantité de poudre jaune, il scella l'enveloppe et la glissa dans une autre poche. Il ne savait pas si son échantillon allait se révéler important. Peut-être Amyus Crowe pourrait-il au moins l'identifier.

Après quelques minutes de marche dans le sous-bois, il finit par déboucher sur une route. Menait-elle à la ville ou au manoir ? De là où il était, entre deux virages, il ne pouvait s'en rendre compte. Il décida donc de s'asseoir et d'attendre qu'une voiture passe.

L'après-midi était bien avancé. Où fallait-il aller ? S'il retournait au manoir, il était sûr de s'ennuyer pour le reste de la journée. La ville offrait de meilleures perspectives.

Il vit passer une dizaine d'équipages qui allaient dans la même direction, chargés jusqu'à ras bord de sacs de toile, de caisses et de cageots. Les visages des passagers et des conducteurs exprimaient tous la même angoisse. Ils semblaient avoir entendu parler d'une possible épidémie de peste et résolu de s'enfuir le plus loin possible de Farnham. Inutile de leur demander de s'arrêter : ils avaient l'air d'avoir le diable à leurs trousses. Sherlock attendit une demi-heure avant d'entendre le bruit de roues qui se dirigeaient dans l'autre direction. Il se leva.

— Excusez-moi, dit-il au conducteur, dans quelle direction allez-vous ?

L'homme avait un visage mince et des cheveux gris. Il ne répondit que par un signe de tête muet, sans regarder Sherlock, mais il tira sur les rênes pour faire ralentir les chevaux.

— Dans quelle direction est le Holmes Manor ? demanda encore Sherlock.

L'homme fit un nouveau signe pour indiquer la route derrière lui.

— Pouvez-vous m'emmener en ville ?

L'homme hésita, puis montra l'arrière de la voiture. Décidant que c'était un signe d'assentiment, Sherlock monta. L'équipage repartit immédiatement, déséquilibrant le passager, qui tomba sur des bottes de foin.

Le conducteur ne dit pas un mot pendant le trajet, et Sherlock l'imita. Il pensait au cadavre, au cavalier mystérieux, à la personnalité intéressante d'Amyus Crowe. Il avait cru d'abord que le Holmes Manor n'était qu'un enfer d'ennui où rien n'arrivait jamais : il était en train de changer d'avis. Ses pensées s'attardèrent sur ce que lui avait raconté Matty au sujet de ce corps furtivement transporté hors d'une maison de Farnham, et du curieux nuage que le garçon avait cru voir s'échapper d'une fenêtre. Sur le moment, Sherlock n'avait pas cru un mot de l'histoire, en ce qui concernait le nuage du moins, mais maintenant il avait des doutes. Si Amyus Crowe disait la vérité au sujet de ces minuscules créatures capables de propager les maladies, n'était-ce pas précisément cela qu'avait vu Matty, un nuage de créatures mortifères ?

Cela n'avait aucun sens. Personne, jamais, n'avait mentionné de tels phénomènes. Il n'était pas possible que seuls Sherlock et Matty aient pu en être témoins. Il devait y avoir autre chose.

Il fallut que la voiture s'arrête dans un dernier cahot pour que Sherlock s'aperçoive qu'il était arrivé en ville. Aussi immobile qu'une statue, le conducteur attendait que Sherlock descende. Il repartit immédiatement, alors même que le garçon était encore en train de fouiller ses poches à la recherche de quelques pièces de monnaie pour payer son passage.

Sherlock jeta un coup d'œil aux alentours. Il savait où il se trouvait : dans la rue principale qui traversait le cœur de la ville. Devant lui se dressait un grand bâtiment de briques entouré d'arches : un entrepôt à grains, selon ce que lui avait dit Matty. Tout paraissait normal ; les passants s'arrêtaient pour regarder les vitrines ou acheter des pâtisseries au marché de plein air, bavardaient ou allaient à leurs affaires. Il était difficile d'imaginer plus grand contraste avec l'austère solitude de la forêt.

C'était peut-être le fruit de son imagination, mais Sherlock avait pourtant l'impression que les gens se réunissaient furtivement pour parler aux coins des rues et dans les boutiques, qu'ils penchaient la tête pour des conciliabules secrets. Ils semblaient jeter des coups d'œil méfiants aux passants. Parlaient-ils de leurs craintes de voir se propager une épidémie ? Surveillaient-ils le visage de leurs voisins, cherchant les premiers signes d'une éruption, d'une fièvre suspecte ?

Sherlock passa en revue la liste des lieux où il pourrait dénicher Matty. Le marché ne fermerait pas avant une heure ou deux : le garçon ne serait donc pas dans les parages, à la recherche des fruits et légumes qu'on jetait à la fin de la journée. Sherlock avait appris par cœur les horaires des trains, dans l'éventualité où il ne supporterait plus la vie au manoir. Il savait donc qu'aucun train ne circulait avant le soir ; Matty ne serait pas à la gare non plus. Peut-être était-il à la porte des tavernes, mendiant les quelques sous qu'un ivrogne serait susceptible de lui jeter ?

Au bout du compte, Sherlock dut admettre qu'il manquait de données pour deviner où s'abritait son ami.

Mycroft l'avait prévenu : « Élaborer des théories sans bases factuelles est une grave erreur. » Il résolut donc de retourner voir la maison où Matty lui avait raconté l'histoire du premier cadavre et du nuage mortel, ce nuage capable de remonter sur le toit.

Elle paraissait abandonnée. Les portes et les fenêtres étaient toutes hermétiquement fermées, et quelqu'un avait cloué une pancarte à l'entrée. De loin, Sherlock supposa qu'il s'agissait d'un avertissement, signalant un décès par maladie infectieuse. Partagé entre l'envie d'aller voir à l'intérieur s'il pouvait glaner de nouveaux indices, peut-être de la poudre jaune, et la crainte de se mettre en danger malgré le mouchoir encore humide de brandy qu'il conservait dans sa poche, il hésitait encore, lorsque la porte s'entrouvrit légèrement.

Sherlock recula dans l'ombre. Qui était à l'intérieur ? Quelqu'un avait-il pris le risque de nettoyer la maison, ou s'y était installé, voire réinstallé, malgré le danger ? Pendant un moment, la porte resta à peine ouverte, et Sherlock sentit plus qu'il ne vit la présence d'une personne à l'affût dans l'ombre. Il recula encore, le cœur battant, sans savoir pourquoi.

Finalement, la porte s'ouvrit assez pour laisser le passage à un homme, vêtu dans un camaïeu de gris, qui regarda à droite et à gauche avant de s'aventurer dans la rue. Il portait un sac à la main.

La main qui portait le sac était couverte d'une fine poussière jaune.

Intrigué par l'allure furtive de l'homme, Sherlock le suivit des yeux jusqu'à ce qu'il disparaisse dans une rue plus large qui s'ouvrait sur la gauche. Après avoir attendu quelques secondes, le garçon s'élança à la suite de l'inconnu. Il n'avait aucune idée de ce qu'il cherchait, mais il avait bien l'intention d'en apprendre plus.

Quelque chose l'avait frappé chez cet homme, qu'il avait le sentiment d'avoir déjà vu quelque part. Le mince visage de furet, les dents proéminentes et jaunies par le tabac lui rappelaient… quoi ? Sherlock se souvint brusquement : c'était l'individu qu'il avait vu charger des caisses de glace dans une carriole, à la gare de Farnham.

L'itinéraire que suivait l'homme traversait la ville de part en part. Sherlock ne le lâcha pas d'une semelle, se cachant derrière les passants ou dans l'embrasure des portes lorsqu'il craignait de le voir se retourner. Enfin, ils débouchèrent dans une rue familière : c'était celle où Matty avait failli être renversé par la voiture de l'étrange personnage aux yeux rosâtres.

L'inconnu longea un haut mur et s'arrêta devant un portail de bois. Il frappa plusieurs coups, selon un rythme si complexe que Sherlock, malgré ses efforts, fut incapable de le retenir. Les portes s'ouvrirent en grinçant, et l'homme se glissa à l'intérieur. Avant que Sherlock ait pu approcher, le portail s'était déjà refermé.

Déçu, Sherlock regarda aux alentours. Il mourait d'envie de voir ce qui se passait derrière ces portes, mais comment faire ? Tout était lié, il le sentait : les deux morts, les nuages étranges, la poudre jaune… mais il ne voyait pas le point commun. Et la réponse se trouvait peut-être là, derrière ces murs aussi infranchissables que la Grande Muraille de Chine !

Le soleil baissait déjà vers l'horizon et virait au rouge ; Sherlock n'allait pas devoir tarder à se mettre en route pour rentrer au manoir, où il lui faudrait encore faire sa toilette avant le dîner. Il regarda désespérément autour de lui. À l'angle du mur, là où passaient les attelages, le plâtre s'était effrité ; les intempéries avaient fini de faire apparaître la brique. Cela lui fournirait peut-être un appui suffisant pour escalader le mur.

Cela valait la peine d'essayer.

Sans se donner le temps de réfléchir, Sherlock se glissa jusqu'à l'angle, toujours aux aguets ; personne ne faisait attention à lui. Il allongea le bras le plus haut possible, trouva un interstice où caler ses doigts, chercha une prise équivalente pour son pied droit, et s'éleva d'un bond. Les muscles de ses jambes tremblaient sous l'effort, mais il n'allait pas renoncer maintenant. Il lança son bras gauche et atteignit le faîte du mur. Fermement agrippé, il trouva un creux où poser son pied gauche et fit basculer le poids de son corps en espérant que les briques allaient tenir. Elles tenaient. Simultanément, il exerça une traction avec sa main et son pied gauche ; en s'égratignant copieusement, il parvint à venir s'allonger sur le faîte, non sans avoir failli retomber comme une masse de l'autre côté, dans la cour qu'il avait enfin sous les yeux.

Chapitre 5

De là où il se trouvait, allongé sur le faîte du mur, Sherlock avait vue sur une vaste cour intérieure déserte. Un bâtiment de bois sans étage et sans fenêtres, probablement une grange, occupait presque tout l'espace. Le reste avait été abandonné aux mauvaises herbes et aux détritus. Toutes sortes d'ornières, laissées par le passage des roues, traçaient un chemin entre l'immense porte de la grange et le portail d'entrée. Certaines éraflaient à peine la terre ; d'autres, plus marquées, conservaient l'eau de pluie des dernières averses. En les étudiant, Sherlock en déduisit que des carrioles arrivaient vides et repartaient lourdement chargées, laissant alors des traces plus profondes sur le sol. Mais que conservait-on ou que fabriquait-on dans cette grange ? Cela avait-il un rapport avec le mort qu'avait vu Matty, ou avec la poudre jaune ?

Sherlock enjambait l'arête du mur pour descendre quand un bruit l'arrêta net dans son mouvement. Une silhouette venait de surgir de l'ombre de la grange et filait droit sur lui. Sherlock entrevit une tête aux oreilles pointées, un cou musculeux, un corps couvert de poils hirsutes. Le chien n'aboya pas, il se contenta de gronder. Le son rauque qui sortait de sa gorge rappelait celui d'une scie tranchant du bois. En bavant, la gueule ouverte sur des crocs acérés, la bête s'arrêta pile au pied du mur, là où se trouvait Sherlock. Sans le quitter des yeux, elle se dandina sur ses pattes courtes, la queue basse.

Il fallait pourtant bien aller voir ce que contenait cette grange ! Sherlock se trouvait devant une devinette sans solution, une chose qui l'exaspérait. Le chien avait l'air affamé, et dressé à l'attaque.

Le garçon examina le terrain des deux côtés du mur. Y avait-il une autre entrée ? Improbable. Et le chien l'avait repéré, il le suivrait partout à la trace. Existait-il un moyen de l'apprivoiser ? Impossible sans descendre. Et s'il échouait… il valait mieux ne pas y penser. Il pouvait toujours jeter une pierre ou une brique à la tête de l'animal, mais il répugnait à la brutalité gratuite. Alors ? Le droguer ? Courir au marché et utiliser ses quelques sous pour acheter un morceau de viande ? Et après ?

Il jeta un regard inquisiteur autour de lui, cherchant ce qui pourrait bien l'aider. Près des portes, contre le mur extérieur, il repéra une espèce de bonnet de fourrure abandonné. C'étaient les restes du blaireau qu'il avait remarqué plus tôt. Rapidement, il se laissa glisser en bas, courut jusqu'au corps de l'animal et le ramassa. Il était léger, comme si ce qui avait quitté le corps après la mort avait eu un poids. La fourrure sèche et poussiéreuse dégageait une odeur rance écœurante. Sherlock murmura des excuses, étendit le bras et lança le blaireau par-dessus le mur. Ses pattes raidies s'écartèrent et l'animal roula sur lui-même dans les airs avant d'atterrir avec un bruit mou. Quelques secondes plus tard, Sherlock entendit le bruit qu'il espérait. Le chien s'était précipité sur sa proie et y avait enfoncé ses dents avec des grognements satisfaits. Le garçon en profita pour remonter à l'assaut du mur afin de jeter un coup d'œil à la scène : le chien était occupé à dépecer l'animal qu'il maintenait fermement de ses pattes avant. Avec de grands coups de mâchoires, il arrachait des morceaux du cadavre. Quand Sherlock sauta en bas, le chien fit une pause, l'observa un instant d'un air soupçonneux, mais revint vite à son festin. Soit il avait décidé que le garçon avait mérité son amitié en lui offrant un aussi beau jouet, soit il se réservait de l'attaquer plus tard.

Espérant que la première explication était la bonne, et Sherlock courut vers une petite porte qu'il avait repérée sur le côté de la grange sans donner au chien le temps de se lasser. Il l'entrouvrit, ne rencontra qu'obscurité et silence. Il ouvrit un peu plus, se glissa à l'intérieur et referma derrière lui.

Il lui fallut un instant pour s'habituer à la pénombre. La grange était éclairée par des lucarnes. Les rayons du soleil qui passaient à travers les vitres poussiéreuses formaient comme un échafaudage de piliers lumineux à l'intérieur. L'odeur de sueur et de terre sèche se mêlait à des effluves plus ténus, doux et fleuris. Des amoncellements de caisses et de cageots s'élevaient çà et là. À l'angle le plus éloigné, des hommes étaient occupés à charger ces caisses dans une carriole. Celui que Sherlock avait suivi dans tout Farnham était parmi eux. Il avait jeté à terre son sac de toile. Déjà attelé, un cheval tirait son avoine d'un sac qu'il portait attaché au garrot par des lanières. Une deuxième carriole, dételée celle-là, attendait dans un coin, les brancards traînant par terre.

Près de Sherlock, une pile de caisses vides entassées en désordre offrait une bonne cachette. Sans bruit, il se glissa derrière pour observer les hommes qui plaisantaient et se bousculaient en finissant de charger la voiture. Ils soulevaient les caisses et les alignaient côte à côte ; à en juger par la poussière et la sueur qui les recouvraient, ils travaillaient depuis un long moment.

L'homme qu'il avait suivi aida à porter la dernière caisse, puis s'essuya les mains sur son gilet, comme s'il avait soulevé des charges toute la journée. Son geste laissa des traces jaunes sur le tissu grossier. Un de ses congénères, une brute au crâne chauve qui portait une lampe à la ceinture, et dont les bras semblaient vêtus de manches longues tant ils étaient recouverts de tatouages, lui jeta un regard méprisant.

— Ça t'a plu, ta petite excursion ? demanda-t-il d'un ton d'intérêt moqueur.

— Dis donc, moi aussi, je travaillais, se défendit l'autre.

— Alors, qu'est-ce qui se passe dans la piaule de Wint ?

— Le baron avait raison, dit le nouveau venu en hochant la tête. Il nous fauchait du matériel et il essayait de l'revendre en douce. Y'avait des vestes et des pantalons bien pliés à côté de son lit.

— Personne t'a vu ?

— Personne. J'ai été plus discret qu'un rat.

— T'as tout pris ?

L'homme indiqua le sac de toile qui gisait par terre.

— J'ai tout ramassé, c'est là-dedans.

— Bon. Mets-le dans la carriole.

Comme son collègue se penchait pour ramasser le sac, l'homme tatoué l'interpella :

— T'as brûlé la piaule de Wint ?

— J'en voyais pas l'utilité.

L'autre haussa les épaules.

— T'expliqueras ça au baron quand tu le verras.

L'un des employés les interrompit en désignant la carriole abandonnée.

— Hé, Clem ! On va pas l'utiliser, celle-là ?

— Laissez-la. Je pensais bien qu'on n'en aurait pas besoin, mais le baron ne voulait pas risquer d'être à court. C'est un homme prudent, le baron.

Il se tourna à nouveau vers celui dont le gilet s'ornait de traînées jaunes.

— T'en as sur toi. Et la piaule de Wint est contaminée aussi. Le baron va vouloir qu'on la brûle, comme cette grange. Faut se débarrasser des preuves.

L'autre baissa la tête vers son gilet.

— Mais qu'est-ce que c'est que cette poudre ?

Son collègue s'esclaffa, et laissa échapper un ricanement qui tenait du grognement et de la quinte de toux.

— Vaut mieux pas le savoir, mon vieux !

L'autre regarda ses mains, puis son interlocuteur. Son visage avait pâli brusquement.

— Hé, Clem, ce qui est arrivé à Wint, ça va m'arriver à moi aussi ?

Clem hocha la tête.

— Pas si tu te laves convenablement, comme le baron nous l'a dit.

Il se tourna vers les hommes qui bavardaient près de la carriole chargée.

— Allez, vous autres, c'est l'heure de partir. Martin et Joe, vous restez avec la carriole. Vous savez où aller. Stouffer et Flynn, vous suivez le baron.

Il revint à celui qui lui faisait face.

— Denny, toi et moi, on va brûler cette grange. C'est tellement grand ici qu'on ne peut pas savoir ce qu'on a laissé traîner. Il ne faut rien laisser derrière soi.

Denny regarda autour de lui d'un air de regret.

— Il faut vraiment ? hasarda-t-il. Imagine ce qu'on pourrait faire ici, maintenant que le baron n'en a plus besoin... On pourrait monter une affaire, ouvrir le plus grand pub du coin, avec des filles qui dansent et qui chantent et tout... C'est dommage de le brûler.

Le visage de Clem se rembrunit ; une expression meurtrière apparut sur ses traits.

— Si tu veux aller expliquer tes petits projets au baron, vas-y. Moi, j'obéis aux instructions.

Sous le regard de son vis-à-vis, Denny parut rétrécir.

— Ben... je posais juste une question, c'est tout...

L'un des ouvriers posa une main sur le bras de Clem.

— Et quand est-ce qu'on sera payés ?

— Quand tout aura été livré, grogna Clem. Tout le monde se retrouve à la taverne de Molly demain. J'aurai l'argent que le baron m'aura donné, et je le partagerai.

— Et comment on est sûrs que tu y seras ? demanda un autre.

Clem le foudroya du regard.

— Parce que le baron nous paie pour nous taire, tu te souviens ? Toi, et moi, et les autres. Si tu n'étais pas payé, tu pourrais aller raconter à quelqu'un ce que tu as fait ici ; alors, c'est après moi que le baron en aurait, et ça, j'aime mieux éviter. Tout le monde sera payé rubis sur l'ongle, compris ?

L'homme hocha la tête, convaincu.

— Compris.

Comme les hommes se dispersaient – deux montant sur la charrette, deux ouvrant les portes –, Sherlock se cacha plus loin derrière les caisses. Clem supervisait le départ, pendant que Denny regardait autour de lui, l'air perdu. Celui qui avait pris les rênes émit un claquement de langue, et le cheval se mit en marche, le nez toujours plongé dans son sac d'avoine.

Clem se dirigea vers les portes. La lampe à huile accrochée à sa ceinture battait contre sa cuisse au rythme de ses pas. Sans tourner la tête, il fit un signe de la main, plus ou moins en direction de l'endroit où Sherlock se cachait.

— Ferme cette porte, grogna-t-il à l'attention de Denny, et retrouve-moi devant.

Quand Sherlock vit Denny s'approcher de sa cachette, son cœur s'arrêta de battre Si ce type contournait le tas de caisses, il ne pouvait manquer de le voir, et, alors, ses chances de survie seraient bien minces. Il se raidit, prêt à fuir. Pourrait-il arriver à la petite porte avant que l'autre le rattrape ? Ce n'était pas sûr, mais il ne semblait guère y avoir d'autre solution.

Denny approchait des caisses ; il était si près que Sherlock pouvait sentir l'odeur rance de ses vêtements. D'un coup d'œil, le garçon vérifia que Clem était trop loin de son acolyte pour pouvoir l'aider en cas de poursuite : il arrivait au portail. Sherlock contourna rapidement plusieurs caisses, la gorge serrée. Si Clem tournait la tête, il le verrait à coup sûr. Mais il ne regarda pas de son côté, et s'éloigna dans la lumière du soleil couchant. Un instant plus tard, les gonds rouillés gémirent, et les vieux battants de bois se refermèrent en traînant sur le sol.

Sherlock jeta un coup d'œil par-dessus les caisses. Ayant vérifié que la petite porte était bien fermée, Denny était sur le point de la verrouiller avec les lourds loquets intérieurs. Personne ne pouvait plus entrer de l'extérieur. Dès que l'autre aurait le dos tourné, Sherlock n'aurait qu'à faire glisser les verrous pour s'enfuir.

Mais Denny ramassa un gros cadenas qui traînait par terre et le passa à travers la tige de fer du loquet supérieur, avant de le fermer avec un claquement sec. Cela fait, il glissa la clé du cadenas dans sa poche et s'éloigna en sifflotant.

Sherlock sentit ses mains devenir moites. Un coup d'œil à la porte verrouillée lui ôta tout espoir de pouvoir la forcer : elle était trop résistante. Il ne pourrait pas sortir de ce côté, certainement pas rapidement ni sans bruit. Il allait devoir attendre que les deux hommes se soient éloignés, et rester encore cinq minutes par sécurité, avant de se risquer à partir par le même chemin qu'eux.

Clem repoussa le dernier vantail juste au moment où Denny arrivait dehors. Le rectangle de lumière découpé par l'ouverture rétrécit jusqu'à disparaître, et Sherlock se retrouva pris au piège. Le portail s'était clos avec un bruit mat qui lui avait serré le cœur, et le son bien reconnaissable d'une barre métallique qu'on tirait en travers de la porte l'effraya encore plus. Il était enfermé !

Pendant quelques instants encore, il entendit la voix des deux hommes qui parlaient dehors. Il s'approchait pour essayer de distinguer ce qu'ils disaient quand un autre bruit le fit reculer : Clem venait de projeter sa lampe contre le panneau de bois.

On entendit du verre se briser et un liquide se répandre sur le vantail. Il y eut un court silence, puis un souffle d'incendie suivi de crépitements sonores annonça que les flammes allumées par la mèche avaient commencé à dévorer le bois couvert d'huile.

Clem et Denny avaient mis le feu à la grange.

Sherlock lutta contre la panique qui menaçait de l'envahir complètement. Alors que son instinct lui disait de courir, il n'avait nulle part où aller. Il se mit à aller et venir dans la grange. Il avait un goût métallique dans la bouche, et son cœur battait si fort qu'il l'entendait résonner à ses tempes et dans sa gorge. Pendant une longue minute, il fut incapable de penser, incapable de raisonner. Néanmoins, il réussit à faire taire la terreur qui l'habitait en se répétant qu'il devait y avoir un moyen de sortir de là. Tout ce qu'il avait à faire, c'était le découvrir. Peu à peu, sa respiration reprit un rythme normal ; les mouvements convulsifs de ses bras et de ses jambes se calmèrent.

Et pourtant, l'odeur de fumée remplissait la grange ; de petites flammes commençaient à lécher les joints béants entre les planches comme des doigts curieux.

« Réfléchis ! pensa Sherlock, réfléchis comme jamais encore tu ne l'as fait dans ta vie. »

Il regarda attentivement autour de lui. Clem et les autres avaient enlevé la plupart des caisses, sauf celles derrière lesquelles il s'était caché, près de la petite porte. À la façon dont celles-là avaient bougé quand il les avait heurtées, il pouvait penser qu'elles étaient vides. Il ne savait toujours pas ce que contenaient les autres.

Il courut soudain vers un mur et fonça dedans en donnant un grand coup d'épaule ; le mur trembla sous l'impact, mais sans céder ni même se fissurer. S'il voulait réussir, il aurait besoin d'une hache ou d'une masse, pas d'une épaule.

En cherchant désespérément un outil qui eût pu l'aider à défoncer ou à démonter les planches, il avisa la carriole abandonnée dans un coin. Elle avait l'air en bon état, et Clem avait dit qu'elle aurait pu être utilisée si nécessaire. Pouvait-elle servir à ses projets ? Sherlock était-il même en mesure de la faire bouger ?

Il n'y avait qu'une façon de le savoir. Il saisit l'un des brancards, ceux auxquels on attachait le cheval, et le souleva sans peine du sol. Il tira, pour voir, mais l'engin ne bougea pas. Il tira plus fort, et cette fois, il sentit un léger mouvement, mais le second brancard restait immobile contre le sol de terre battue. Les efforts de Sherlock ne faisaient que l'y enfoncer davantage, et coinçaient les roues.

De la logique. Il fallait de la logique. S'il ne pouvait pas tirer la carriole, il allait peut-être pouvoir la pousser. Abandonnant le brancard, Sherlock fit porter tout son poids sur le siège avant, là où s'asseyait le conducteur. La carriole reculait ! De quelques centimètres seulement, mais elle avait bougé ! Sherlock eut une pensée reconnaissante pour les dieux, quels qu'ils soient, et pour le mystérieux baron, qui avait tant impressionné ses employés par sa prudence naturelle que ceux-ci non seulement gardaient une carriole de secours, mais en huilaient soigneusement les essieux. Il prit un peu de recul avant de se précipiter sur le montant de bois, qu'il heurta violemment de l'épaule. C'était l'épaule avec laquelle il avait essayé d'enfoncer le mur, et il sentit une douleur fulgurante lui traverser le bras et remonter jusqu'au cou. Mais les roues firent presque un mètre en arrière avant de s'immobiliser de nouveau.

La fumée de l'incendie lui piquait les yeux. En se retournant, il vit que les flammes avaient atteint le portail et commençaient à lécher le linteau. En toute logique, la porte en partie détruite par le feu était l'endroit idéal par où faire passer la carriole, s'il pouvait la lancer avec assez de force et de rapidité. Mais pour ce faire, il faudrait réussir à la tourner de façon qu'elle soit dans l'axe de la sortie, et par ailleurs, le mur de flammes lui faisait peur. L'issue la plus réaliste était donc de tenter une sortie en fracassant le mur du fond.

Ignorant la douleur qui irradiait dans son épaule, Sherlock planta ses pieds dans le sol meuble, plia les genoux et poussa des deux mains l'avant de la carriole. Le corps presque à l'horizontale, il rassembla toute l'énergie dont il était capable. Jamais il n'avait fait un tel effort, même pas sur le terrain du pensionnat Deepdene, pendant les matchs de rugby, même pas sur le ring, au cours des combats de boxe, et pas non plus dans la salle de sport. Pendant de longs instants, son corps parut suspendu entre deux objets aussi inamovibles l'un que l'autre, jusqu'à ce qu'enfin la carriole se mette en mouvement. L'une des roues cala sur quelque chose, une pierre ou une motte de terre, et faillit tout compromettre en revenant au point de départ. Mais Sherlock banda ses muscles en ignorant les crampes qui lui donnaient envie de hurler, et poussa, les pieds ancrés dans le sol. La carriole passa l'obstacle et recula lentement. Sherlock avança le pied gauche, puis le droit, en faisant des enjambées de plus en plus longues. La terre meuble lui donnait un bon point d'appui, et il mettait toute son énergie à faire progresser la charrette pouce à pouce. Comme le fait une locomotive, elle prenait petit à petit de la vitesse. En quelques secondes, elle cessa de se traîner péniblement pour passer à un rythme de marche, lent d'abord, puis de plus en plus rapide, jusqu'à une allure de petit trot. Sherlock sentit un tendon claquer dans son épaule avec un petit bruit sec parfaitement audible, comme celui d'une corde de violon qu'on pince. Son bras était presque paralysé par la douleur, mais il persévéra par la seule force de sa volonté, et la sensation se laissa oublier peu à peu. Il n'osait pas regarder où il allait, de peur qu'un changement de posture ne retarde sa progression. Tout ce qu'il pouvait faire, c'était compter ses pas : un, deux, trois, quatre, cinq, six, chacun plus rapide que le précédent. Il ne devait plus être très loin du mur… Derrière lui, la porte s'était embrasée. Il sentait la chaleur du feu dans son cou et son dos, et il voyait danser son ombre, projetée par les flammes sur le mur d'en face.

Enfin, l'arrière de la carriole s'écrasa contre le mur avec un fracas d'enfer. Le reste suivit ; les planches disjointes volèrent dans tous les sens, les clous qui les avaient assemblées sautèrent en grinçant douloureusement. Une bouffée d'air frais effleura le visage de Sherlock et dispersa la fumée, tout en attisant les flammes qui redoublèrent derrière lui. Les roues arrière étaient prises dans le mur de planches, mais à travers ce qui restait de la plateforme,

Sherlock apercevait la lumière du jour. Il grimpa sur le siège du cocher, traversa la carriole et se trouva enfin au dehors. Ensoleillé et délicieusement frais, l'air du soir l'accueillit.

Naïvement, il s'était attendu à voir une foule de badauds et de pompiers armés de leurs seaux et de leurs lances, or il n'y avait personne dans la cour. Même le chien s'était enfui, probablement à la suite des ruffians. Bien qu'à l'intérieur la grange ait été un véritable enfer, du dehors on ne voyait qu'une légère colonne de fumée, guère plus épaisse que celle produite par un feu de cuisine. Quelqu'un allait sans doute finir par le remarquer et par s'enquérir de ce qui se passait, mais cela prendrait du temps.

Le grand portail était fermé. Sherlock se doutait que le baron et ses sbires n'avaient pas été moins prudents qu'à leur habitude : ils avaient verrouillé et cadenassé toutes les ouvertures. Il longea le mur à la recherche d'un point facile à escalader ; comme l'intérieur était fait de briques nues, il n'eut aucun mal à trouver des points d'appui.

Il fit une pause dans son ascension pour jeter un coup d'œil vers la grange. L'incendie gagnait le toit ; les poutres faîtières avaient pris feu. Il était temps de disparaître.

Moitié grimpant, moitié glissant, il se laissa retomber de l'autre côté et s'éloigna en boitillant. Il continua d'avancer jusqu'à ce que ses jambes refusent d'aller plus loin. Exténué, les poumons en feu, il s'assit enfin sur un petit muret. Enfin, il se laissa aller à la panique et à l'épuisement qu'il avait combattus avec tant d'énergie, pendant un temps qui lui avait paru infini. Il respira à longues goulées, et laissa les tremblements qui agitaient tous ses membres l'envahir. Au bout d'un moment, il eut tout de même la force de lever ses mains devant son visage. Elles étaient écorchées et des échardes qu'il n'avait même pas senties s'y planter lacéraient ses paumes. Il les retira une à une. À la place, il vit apparaître des perles de sang.

Après tous ces efforts, tous ces dangers, qu'avait-il appris au juste ? Que si le décès de l'homme de Farnham était un accident, c'était un accident provoqué par une activité criminelle. Le mort avait volé quelque chose au groupe de ruffians, et cela avait signé sa perte. Les bandits avaient emballé ce qui leur restait dans des caisses et l'avaient emporté vers une destination inconnue, avant de mettre le feu à la grange pour détruire les traces de leurs délits. Et tout ceci avait été fait selon les instructions d'un certain « Baron ».

C'est alors que l'image de la voiture qu'il avait vu sortir de cette même propriété revint à l'esprit de Sherlock. La première fois qu'il s'était approché du portail avec Matty, quand ils avaient failli être écrasés tous les deux. L'homme pâle, l'homme aux yeux rosâtres… était-ce *lui,* le baron ? Et si c'était lui, quelles étaient au juste ses activités ?

Le crépuscule qui tombait interrompit brusquement le cours des pensées de Sherlock. Le soleil venait juste de se coucher, et il devait encore rentrer au manoir, mais surtout faire sa toilette et changer de vêtements avant que Mlle Eglantine ne s'aperçoive qu'il s'était passé quelque chose. Il avait pensé que ses ennuis étaient terminés pour la journée, mais il comprit, le cœur serré, qu'il n'en était rien.

Chapitre 6

Le lendemain matin, Sherlock faillit rater le petit déjeuner. Ses aventures de la veille l'avaient laissé épuisé et courbatu, avec une migraine qui lui martelait les tempes. Sa gorge était irritée, sans doute à cause de la fumée qu'il avait respirée, et sa poitrine le brûlait. La veille, il était rentré trop tard pour dîner, mais sa tante lui avait laissé un plateau de viande froide et de fromages. Ce ne pouvait être que sa tante – jamais Mlle Eglantine n'aurait pris cette peine. Il avait passé la nuit entre veille et sommeil, à osciller des rêves aux souvenirs jusqu'à ne plus pouvoir démêler les uns des autres. Il avait fini par sombrer aux petites heures du jour, et le gong du petit déjeuner l'avait brutalement réveillé en ne lui laissant que dix minutes pour se préparer.

Par chance, une femme de chambre lui avait déjà apporté une bassine d'eau. Il se lava le visage et se brossa les dents avec une poudre calcaire parfumée à la cannelle. Sur sa brosse en poils de porc montés sur un manche de bois, une pincée suffisait. Il fallait qu'il veille à ce qu'on lave ses vêtements rapidement, parce qu'il ne lui restait presque rien de propre. Ayant vérifié l'heure à l'horloge du hall, il se précipita dans les escaliers. Il était sept heures.

Ignorant le regard noir de Mlle Eglantine, il entra dans la salle à manger et se servit à la longue table couverte de plats et de vaisselle qui longeait l'un des murs. Il avait pris goût au *kedgeree,* un pilaf de haddock fumé aux œufs qu'il avait découvert en arrivant chez les Holmes. Tout en évitant de croiser le regard de ses hôtes, il s'assit et enfourna le contenu de son assiette si vite qu'il prit à peine le temps de l'apprécier. Il mourait de faim. Les événements de la veille avaient représenté une grande dépense d'énergie, qu'il fallait reconstituer. Tout en déjeunant, son oncle Sherrinford lisait un pamphlet religieux, et sa tante, comme d'habitude, était lancée dans un monologue sans fin. Sherlock avait l'impression que toute pensée traversant l'esprit de sa tante était immédiatement exprimée, qu'elle soit ou non à propos.

— Sherlock, dit soudain son oncle, j'ai entendu dire que tu avais été mêlé à un incident regrettable hier.

Sherlock s'arrêta, pétrifié. Comment son oncle avait-il appris l'incendie de la grange ? Mais, très rapidement, il compris que Sherrinford faisait référence au cadavre qu'il avait découvert dans le bois avec Amyus Crowe.

— Oui, mon oncle, répondit-il.

— « L'homme qui est né d'une femme, entonna celui-ci, n'a que peu de temps à vivre et il est empli de tourments. Il surgit avant d'être coupé comme une fleur. Il fuit, telle une ombre, ne restant jamais en un seul séjour. »

Fixant Sherlock d'un regard pénétrant, il continua :

— « Au sein de la vie même est la mort ; et auprès de qui pourrions-nous chercher secours, sinon auprès de toi, oh ! Dieu ! qui en raison de nos péchés est si justement courroucé ? »

Ne sachant comment répondre, Sherlock ne put que hocher la tête en essayant de paraître avoir compris ce que disait son oncle.

— Jusqu'ici, tu as connu une vie protégée avec mon frère et sa femme, reprit Sherrinford. Il est possible que tu aies ignoré la mort, mais elle fait tout naturellement partie des plans de Dieu. Ne la laisse pas te causer du souci. Si tu éprouves le besoin d'en parler, sache que la porte de mon bureau t'est toujours ouverte.

Sherlock fut touché de voir que son oncle, à sa manière, essayait de l'aider.

— Merci, dit-il. Est-ce vrai que l'homme que nous avons trouvé travaillait au manoir ?

— Je crois qu'il était jardinier. Je ne peux pas dire

que je le connaissais, mais lui-même et sa famille ne seront pas oubliés dans nos prières. Et nous ferons vivre ceux qu'il avait à sa charge.

— C'était un nouveau, intervint la tante Anna. Je crois qu'il venait d'arriver. Il avait travaillé dans une usine de vêtements à Farnham, dont le propriétaire est un comte ou un vicomte, enfin quelqu'un de l'aristocratie. Il avait d'excellentes références…

— Comment est-il mort ? demanda Sherlock sans interrompre sa tante qui continuait à marmonner.

— Ceci n'est pas un sujet de conversation convenable au petit déjeuner, intervint Mlle Eglantine, qui se tenait près de la table de service.

Stupéfait, Sherlock lui jeta un coup d'œil. Il était doublement étonné, par l'audace du propos, et par le fait que ni son oncle ni sa tante ne le trouvent déplacé. Pour une domestique, elle était extrêmement effrontée. Il se souvint de l'avertissement de Mycroft : *Mlle Eglantine n'est pas une amie de la famille.* La présence de cette femme dans la maison cachait-elle aussi un secret ?

— Ce garçon est curieux, dit Sherrinford en fixant Sherlock du regard par-dessus ses sourcils épais. J'encourage la curiosité. Avec nos âmes immortelles, c'est ce qui nous différencie des animaux. Le corps a été confié au médecin local, lequel a envoyé un télégramme au coroner du Hampshire. L'enquête dira la cause de la mort, mais j'ai entendu dire que le visage était couvert de bubons, qui font penser à la variole ou à la peste bubonique. Nous n'avons vraiment pas besoin d'une épidémie de fièvre infectieuse par ici. Si tout le monde tombait malade, notre médecin serait vite débordé. J'ai appris que certains des commerçants du marché avaient déjà plié bagage. La panique se répand plus vite que la maladie. Et Farnham n'existe que grâce à son commerce : les moutons, le grain, la laine... Si tout cela devait déménager dans une ville voisine, c'en serait fini de notre prospérité.

Sherlock baissa les yeux vers son assiette. Il avait dévoré assez de *kedgeree* pour avoir repris des forces ; maintenant, il voulait retourner en ville pour essayer de trouver Matty.

— Puis-je sortir de table, monsieur ?

Son oncle hocha la tête et répondit :

— Amyus Crowe m'a demandé de te prévenir qu'il serait là à l'heure du déjeuner, pour reprendre vos cours. Sois ponctuel.

Sa tante avait peut-être intercalé une réponse dans son discours, toutefois, si c'était le cas, elle était inintelligible. Sherlock se leva. Il atteignait déjà la porte quand une idée l'arrêta net.

— Tante Anna ? demanda-t-il.

Sa tante leva la tête vers lui.

— Vous avez bien dit que la victime avait travaillé pour un comte ou un vicomte ?

— Oui, c'est cela, mon ami. En fait, je me souviens que…

— Ne serait-ce pas plutôt un baron ?

Elle se tut un instant et réfléchit.

— Je crois que tu as raison, dit-elle finalement. C'était bien un baron. J'ai sa lettre quelque part. C'était seulement…

— Vous rappelez-vous son nom ?

— Maupertuis, dit Anna. Il s'appelait le Baron de Maupertuis. J'ai trouvé que c'était un drôle de nom. Français, évidemment, ou peut-être belge… naturellement, ce n'est pas lui qui a écrit la lettre de recommandation. Elle était écrite par…

— Merci, coupa Sherlock.

Et il s'esquiva sans attendre la suite.

En traversant le hall, il frissonna. Cela ne pouvait pas être une coïncidence… Deux morts des mêmes causes apparentes, l'un associé à un gang de malfrats travaillant dans un hangar à Farnham, propriété d'un mystérieux « Baron », l'autre ayant quitté récemment le service d'un « Baron de Maupertuis ». Il ne pouvait pas y avoir deux barons différents dans cette affaire… Le propriétaire du hangar, cet homme étrange qu'ils avaient vu quitter les lieux en voiture à capote, ce devait être le Baron de Maupertuis. Et si l'homme dont il avait découvert le cadavre dans les bois avec Crowe avait travaillé dans une usine de confection de vêtements, était-ce dans les locaux de Farnham que l'usine était installée ? Le deuxième mort de l'affaire, Wint, avait-il volé des vêtements ? Était-ce à ça que Clem et Denny faisaient référence ?

Sherlock avait l'impression que les nombreuses pièces du puzzle qui flottaient dans sa tête commençaient à s'organiser. L'image n'était pas encore claire, et il manquait des éléments, mais une ébauche de sens se faisait jour.

Il pouvait établir quelques déductions à partir des faits dont il disposait : les vêtements, l'usine, le baron, les morts. Il ne s'agissait pas de jouer aux devinettes, mais d'élaborer quelques scénarios possibles. Par exemple, deux hommes travaillant dans une usine de confection étaient morts de peste ou de variole. Cela signifiait-il que les vêtements eux-mêmes étaient contaminés ? Sherlock avait lu autrefois dans les journaux de son père que l'industrie textile britannique était surtout localisée dans le nord de l'Angleterre, en l'Écosse et en Irlande, mais qu'on importait aussi des tissus de l'étranger, des soies de Chine, du coton et des mousselines d'Inde. Il n'était pas impossible qu'une cargaison de ces tissus exotiques soit arrivée dans un port anglais contaminée par la maladie, ou cachant des insectes qui en auraient été porteurs. Dans ce cas, les ouvriers de l'usine auraient été infectés. C'était une explication plausible, et Sherlock ressentait le besoin urgent de la partager avec quelqu'un. Il pensa d'abord à son oncle, mais abandonna vite l'idée.

Certes Sherringford Holmes était un adulte mais il n'était toutefois guère versé dans les choses de ce monde. Il ne prendrait pas les idées de Sherlock au sérieux. Le cœur de celui-ci se serra. À qui se confier ?

C'est alors qu'il se souvint de Mycroft. Il pouvait tout lui raconter par lettre. Il la lui enverrait à Londres. Mycroft travaillait pour le gouvernement britannique. Il saurait quoi faire.

En pensant à son frère, si sérieux, si responsable, Sherlock sentit le poids qui lui écrasait la poitrine s'alléger. Cependant, que pouvait faire Mycroft en recevant sa lettre ? Allait-il abandonner son poste, se précipiter à Farnham pour enquêter ? Envoyer l'armée ? Il était plus probable qu'il envoie un télégramme à l'oncle Sherrinford, ce qui ramenait Sherlock à la case n° 1.

Sherlock sortit du manoir et traversa le jardin en savourant l'air pur et la lumière du matin. Il sentait l'odeur du foin frais coupé et du feu de bois se mêler à celle, plus lointaine, des brasseries de Farnham. Le soleil s'élevait au-dessus des arbres, auréolant les feuilles d'une lumière dorée et projetant sur la pelouse des ombres obliques et longues comme des doigts.

L'une de ces ombres se déplaçait. Elle appartenait à un cheval qui avançait sur la route, de l'autre côté du muret fermant la propriété. Son cavalier paraissait aux aguets. Comme Sherlock mettait une main en visière pour mieux voir malgré le soleil, l'inconnu éperonna son cheval, qui partit au trot et disparut derrière une haie.

Sherlock se dirigea vers la grille d'entrée. Cheval et cavalier étaient loin, mais, avec un peu de chance, il pourrait trouver une trace de sabot ou un objet oublié qui lui donnerait quelques indices.

S'il ne trouva ni l'un ni l'autre, il découvrit Matty Arnatt qui l'attendait, deux bicyclettes à la main.

— D'où sors-tu ces bicyclettes ? demanda Sherlock.

— J'les ai trouvées. J'ai pensé que tu aurais envie d'aller faire un tour ; c'est plus facile et plus rapide que la marche.

Sherlock regarda le garçon un moment.

— Pourquoi ?

Matty haussa les épaules.

— J'ai rien de mieux à faire.

Il fit une pause et regarda dans le vague, avant de reprendre :

— J'ai pensé partir, descendre le canal pour m'installer un peu plus loin, mais ça veut dire tout reprendre à zéro dans une ville nouvelle, trouver comment me nourrir et tout. Au moins ici, je connais des gens. Toi, en tout cas.

— Très bien. J'ai justement besoin d'exercice. J'ai des courbatures depuis hier.

— Qu'est-ce que tu as fait hier ?

— Je vais tout te raconter en pédalant. Est-ce que tu as vu un cavalier passer par ici et s'arrêter devant la grille ?

— Ouais. Il est passé devant moi, et s'est arrêté un peu plus loin. Il avait l'air de chercher quelque chose, mais il est parti assez vite.

— Est-ce que tu as reconnu qui c'était ?

— Je ne faisais pas vraiment attention. C'est important ?

Sherlock hocha la tête.

— Probablement pas.

Ils se dirigèrent vers la ville, dans la direction opposée à celle qu'avait prise le cavalier. Cela faisait un moment que Sherlock n'avait pas eu l'occasion de faire de la bicyclette, et, au début, il zigzagua un peu. Mais, au bout de quelques minutes, il reprit son équilibre et rattrapa Matty. Tout en pédalant sur la route ombragée par de hauts arbres qui formaient une voûte au-dessus de leur tête, entre des champs remplis de fleurs jaunes, il lui raconta ses aventures de la veille : la poursuite de l'homme qui se glissait hors de la maison du mort, mais aussi le hangar, la carriole chargée de caisses et l'incendie. Matty lui posait question sur question, ce qui l'obligeait à revenir en arrière et à se répéter. Peu doué pour raconter, il se perdait en digressions et en descriptions trop longues. En un mot, il avait du mal à se faire comprendre. Il en vint à souhaiter un auditeur capable de se saisir des faits dans sa tête pour les classer par ordre logique.

— T'as eu de la chance de t'en sortir vivant, conclut Matty. Moi, une fois, j'ai travaillé dans une boulangerie qui a pris feu. J'ai eu de la chance aussi.

— Comment est-ce arrivé ? demanda Sherlock.

Matty hocha la tête.

— Le boulanger était un imbécile. Il a allumé sa pipe, juste au moment où il ouvrait ses sacs de farine.

— Et alors ? Comment cela a-t-il pu provoquer un incendie ?

Matty le regarda.

— Je croyais que tout le monde savait ça : la farine en suspension dans l'air est comme une poudre explosive. Si un grain de farine prend feu, l'incendie se propage partout en une seconde, comme si des milliers d'étincelles s'allumaient en même temps. La boulangerie a explosé ; il n'est resté que des gravats. J'ai eu de la chance : à ce moment-là, je travaillais à l'abri derrière une table. Mais il a fallu un mois avant que mes cheveux repoussent.

Il jeta un coup d'œil curieux à Sherlock avant de demander :

— Et qu'est-ce que tu comptes faire maintenant ?

— Il faudrait en parler à la police de la ville…

Mais au moment même où Sherlock prononçait ces mots, il sut que là n'était pas la solution : deux cadavres, un étrange nuage mortel, une mystérieuse poudre jaune, et un groupe de malfrats mettant le feu à un hangar : tout cela ressemblait trop à un roman d'aventures pour la jeunesse. Même si la moitié de l'histoire était vérifiable – deux hommes étaient morts, et les ruines calcinées du hangar n'allaient pas disparaître –, il restait trop d'inconnues et d'hypothèses abracadabrantes pour tenter de trouver une explication.

Sherlock lut sur le visage de Matty que le garçon pensait exactement la même chose que lui, et sentit une grande frustration l'envahir. Il ne connaissait personne qui pût l'aider dans la région, et ceux capables de l'aider étaient loin. Quel paradoxe !

C'est alors qu'il se rappela la silhouette massive d'Amyus Crowe ; immédiatement, une vague de soulagement l'envahit, le délivrant de son inquiétude, tel un flot d'eau fraîche chassant la boue accumulée sur une pierre. Crowe avait l'art de s'adresser aux plus jeunes – auxquels il parlait comme à des adultes – et il possédait un esprit logique, remontant les étapes pour construire un raisonnement, au lieu de sauter tout de suite aux conclusions. Et c'était la seule personne susceptible de croire à son histoire.

— On va tout dire à Amyus Crowe, déclara-t-il.

Matty avait l'air peu convaincu.

— Le grand type aux cheveux blancs, celui qui a un drôle d'accent ? Tu es sûr ?

Sherlock hocha la tête.

— Absolument. Le problème, c'est que je ne sais pas où le trouver. Il faudrait attendre qu'il revienne à la maison, ou demander son adresse à mon oncle.

— Il a loué une maison en bordure de la ville, assura Matty. C'était le cottage d'un garde-chasse. Nous pouvons y être en une demi-heure.

Comme il remarquait l'air étonné de Sherlock, il poursuivit :

— Quoi ? Je sais plus ou moins où tout le monde habite. C'est comme ça que je sais où trouver à manger aux différentes heures de la journée. J'ai besoin de savoir comment les choses sont organisées dans une ville comme celle-ci : où les gens vivent, où ils travaillent, où se tient le marché, à quel endroit on conserve le grain, à quelles heures la police fait ses rondes et quels vergers sont ou non gardés. C'est une question de survie.

« L'observation », pensa Sherlock, qui se rappelait les leçons de Mycroft. Au bout du compte, observer était tout. Avec suffisamment de faits, on pouvait démêler n'importe quelle énigme.

Pour comprendre le mystère de ces deux cadavres et de ce nuage mortel, il manquait de faits avérés.

Les deux garçons traversèrent la ville en évitant les rues principales trop populeuses. Quand ils arrivèrent devant le cottage de pierre où s'était installé Amyus Crowe, une foule d'idées décousues et d'éléments sans lien les uns avec les autres se bousculaient encore dans la tête de Sherlock.

Un mouvement attira son attention. Dans un champ à côté de la maison, un étalon était en train de paître. Un étalon noir qui portait une marque brune sur le garrot.

C'était l'animal qu'il avait déjà rencontré deux fois, et toujours monté par le même étrange cavalier, celui qui semblait le surveiller.

Sherlock eut soudain la chair de poule. Qu'est-ce que tout cela voulait dire ?

Voyant que Matty restait près de la barrière et le laissait traverser le jardin seul, Sherlock se retourna pour le regarder d'un air interrogateur. Le visage de Matty était sombre et méfiant.

— Je reste dehors, annonça-t-il.

— Pourquoi ?

— Je le connais pas, ce type. Je pourrais ne pas lui plaire.

— Ne t'inquiète pas, je lui dirai qu'on peut te faire confiance. Je lui dirai que tu es un ami.

Après coup, Sherlock fut surpris. Le mot « ami » s'était naturellement échappé de ses lèvres, et l'idée le troublait. Il n'avait jamais eu de véritables amis, certainement pas à la pension, pas plus que dans la maison familiale… Dans la maison qu'il considérait comme son chez-lui. Les enfants du voisinage évitaient la propriété et ses habitants, qui leur étaient socialement supérieurs. La famille Holmes appartenait à l'aristocratie anglaise, propriétaire de vastes domaines, et, en conséquence, Sherlock avait grandi seul. Même son frère Mycroft n'avait guère été qu'une présence rassurante, car il passait ses journées dans la bibliothèque paternelle à lire un à un tous les volumes amassés par des générations de Holmes. Parfois, Sherlock le laissait là après le petit déjeuner, et l'y retrouvait au dîner, dans la même position. La seule différence, c'était que la pile des livres à lire avait diminué, pour aller grossir celle des livres lus.

— N'importe, dit Matty, je vais rester dehors.

Une pensée traversa l'esprit de Sherlock.

— Tu aimes mieux être dehors, n'est-ce pas ? Je ne t'ai jamais vu entrer à l'intérieur d'une maison.

Matty s'assombrit encore plus et il détourna les yeux.

— J'aime pas les murs, murmura-t-il. Quand je sais pas ce qui m'attend, j'aime pas être obligé de passer par une porte. Je vais peut-être avoir envie de me sauver.

Sherlock hocha la tête et dit doucement :

— Je comprends. Mais s'il y a quelqu'un, je ne sais pas combien de temps je vais rester. Je te retrouverai peut-être tout à l'heure.

Tout en regardant l'étalon arracher et mâchonner des touffes d'herbe, Sherlock frappa sans hésiter à la porte du cottage.

Quand il se retourna, Matty et sa bicyclette avaient disparu.

La porte s'ouvrit assez vite. S'attendant à voir apparaître son maître, Sherlock avait les yeux levés, mais il dut baisser le regard, confus, pour voir la personne qui se tenait dans l'embrasure. C'était une jeune fille d'à peu près sa taille. Comme elle portait des vêtements foncés, son visage semblait flotter dans la pénombre de l'entrée.

— Euh… Je cherchais M. Crowe, bafouilla-t-il en rougissant.

Sa voix l'avait trahi. Il aurait tant aimé posséder l'assurance nonchalante de Mycroft en la circonstance !

— Mon père est sorti, répondit la jeune fille.

Elle avait le même accent chantant que son père ; était-ce l'accent américain ? Toujours est-il qu'il conférait à sa voix une nuance exotique.

— Puis-je lui dire qui est venu le voir ? poursuivit-elle.

Sherlock se trouvait incapable de détacher les yeux de son visage. Elle devait avoir le même âge que lui. Des cheveux bouclés tombaient en cascade sur ses épaules comme une toison d'or fauve. Le garçon n'avait encore jamais vu que sur les fleurs des champs la nuance violette de ses yeux, et son teint bronzé indiquait qu'elle devait vivre au grand air.

— Je suis Sherlock, Sherlock Holmes.

— Oh, vous êtes l'écolier qu'il fait travailler.

— Je ne suis pas un écolier. Je suis aussi vieux que

vous ! protesta Sherlock avec toute l'assurance dont il était capable.

Elle avança de quelques pas, et Sherlock vit qu'elle portait un costume d'écuyère qui aurait plutôt convenu à un garçon, puisqu'il comportait une culotte de cheval marron et une chemise de lin blanc qui lui moulait le buste.

— Je dirai à Père que vous êtes venu, poursuivit-elle sans relever sa remarque. Je crois qu'il est allé vous retrouver chez votre oncle. Il a prévu de vous voir aujourd'hui.

— Je me suis trompé, alors, expliqua Sherlock.

En la voyant en costume d'équitation, avec son cheval au paddock, il eut soudain une illumination.

— C'est vous qui me surveillez ! s'exclama-t-il.

Brusquement, il se sentit aussi vulnérable que gêné.

— Ne vous faites pas des idées. Je vous ai entrevu en me promenant, c'est tout.

— Mais où alliez-vous ? Il n'y a rien sur la route, passé le manoir, à part les champs.

— C'est précisément là que j'allais, dans les champs, répondit-elle, un sourcil levé. Savez-vous monter à cheval ?

Sherlock fit signe que non de la tête.

— Vous devriez apprendre. C'est amusant.

Sherlock se souvenait de la silhouette qu'il avait entrevue.

— Vous montez comme un homme.

— Qu'est-ce que ça veut dire ?

— Les femmes que j'ai vues monter se tiennent assises sur le côté, avec les jambes jointes sur le même flanc. Cela s'appelle monter en amazone. Mais vous, vous montez comme un homme, avec une jambe de part et d'autre.

— C'est comme ça qu'on m'a appris, affirma la jeune fille d'une voix agacée. Ici, les gens se moquent de ma manière de monter, mais si je le faisais à leur manière, je tomberais dès que mon cheval part au trot ! Ce pays est bizarre, il ne ressemble pas au mien.

Elle passa devant lui brusquement en claquant la porte et se dirigea à grands pas vers le paddock. Sherlock la suivit des yeux.

— Comment vous appelez-vous ?

— Pourquoi voulez-vous le savoir ?

— Pour ne pas avoir à penser à vous comme à « la fille d'Amyus Crowe ».

Elle fit une pause et lui répondit sans se retourner :

— Virginia. C'est un État sur la côte Est des États-Unis, près de la ville de Washington.

— J'en ai entendu parler. Est-ce près d'Albuquerque ?

Elle se retourna, avec sur le visage une expression ou l'amusement le disputait au dédain.

— Absolument pas. C'est à des milliers de miles de là. En Virginie, on trouve surtout des forêts et des montagnes, alors qu'Albuquerque est au milieu du désert. Mais il y a bien aussi quelques montagnes...

— Et c'est de là que vous venez, Albuquerque.

Elle hocha la tête.

— Pourquoi êtes-vous partis ?

Virginia ne répondit pas. Elle lui tourna le dos et reprit sa marche vers le paddock. Sherlock lui emboîta le pas comme une marionnette actionnée par un fil, incapable de suivre sa propre volonté. Il jeta un coup d'œil aux alentours en espérant que Matty n'était pas le témoin de la scène, mais il ne vit personne ; le garçon et son vélo avaient disparu.

— Vous ne prévenez personne que vous partez ? demanda-t-il à la jeune fille.

Il la regarda mettre un pied à l'étrier, attraper la selle et se hisser sur son cheval. D'une main, elle lui caressa la crinière.

— Il n'y a personne à la maison. Mon père est sorti, vous vous souvenez ?

— Mais votre mère ?

En voyant l'expression de la jeune fille se faire soudain étrangement dure et vulnérable à la fois, il souhaita pouvoir ravaler les mots qui s'étaient échappés trop vite de sa bouche.

— Ma mère est morte. Elle est morte sur le bateau pour Liverpool. C'est pourquoi je hais ce pays, et je déteste y habiter. Si nous n'étions pas venus ici, elle serait encore en vie.

Elle donna un léger coup de rênes à son cheval et s'éloigna. Sherlock la suivit des yeux, gêné d'avoir aperçu la souffrance qu'exprimait son visage et honteux de l'avoir provoquée.

Quand il se retourna enfin, ce fut pour voir Amyus Crowe qui l'attendait patiemment au bout de l'allée, appuyé sur sa canne. Il le regardait avec attention.

— Je vois que tu as rencontré ma fille, dit-il enfin.

Son accent faisait chanter les syllabes.

— Je n'ai pas eu l'air de l'impressionner beaucoup, admit Sherlock.

— Elle ne se laisse impressionner par personne. Elle passe son temps à courir les champs, habillée en garçon. Je ne peux pas lui en vouloir, admit Crowe avec un petit sourire. Être trimballée depuis Albuquerque jusqu'ici mettrait n'importe quel enfant de mauvaise humeur, d'autant plus que…

Il s'arrêta net, et Sherlock eut l'impression qu'il n'avait pas été au bout de sa pensée. Il s'était tu juste à temps.

— Est-ce que tu me cherchais pour me parler d'un problème en particulier, reprit-il, ou étais-tu simplement désireux de poursuivre nos leçons ?

— En réalité, admit Sherlock, il y a bien quelque chose.

Il esquissa rapidement ce qu'il avait découvert à Farnham, l'homme à la poudre jaune, le hangar, l'incendie. Vers la fin, il hésita, lorsqu'il comprit qu'on pouvait considérer comme répréhensibles les initiatives qu'il avait prises. Mais l'expression de son précepteur ne donnait aucune indication sur son point de vue.

Quand il eut terminé son récit, Crowe se contenta de hocher la tête, les yeux dans le vague.

— Vous avez vécu des aventures intéressantes, ton ami et toi, remarqua-t-il, mais je ne vois pas où cela nous mène. Tout ce que nous savons, c'est qu'il y a eu deux morts, et peut-être une menace d'épidémie. Si tu veux mon opinion, la voici : laisse les médecins et les juristes s'en occuper. Il existe une règle de vie utile, et la voici aussi : il ne faut pas se mêler de tous les combats que l'on rencontre sur son chemin. Choisis les combats qui te semblent importants, et laisse le reste aux autres. Dans ce cas, ce n'est pas à toi de te battre.

Déçu par cette réponse, Sherlock sentait le dépit monter en lui ; mais il n'en montra rien. Il avait le sentiment que ce combat était bien le sien, peut-être parce qu'il était le seul à avoir aperçu l'homme à la voiture et à avoir deviné l'importance de la poudre jaune. Cependant, il ne pouvait non plus donner entièrement tort à son professeur. Ce n'était peut-être pas la peine de se battre pour le convaincre ; il devait y avoir une autre manière de s'y prendre.

— Quel est l'emploi du temps pour aujourd'hui ? se contenta-t-il de demander.

— Je crois que nous n'avons jamais terminé la leçon sur les champignons comestibles. Allons nous promener, et voyons ce que nous pouvons découvrir. En route, je te montrerai des plantes qui peuvent être mangées crues, cuites, ou encore infusées pour en faire des tisanes capables de soulager la douleur.

— Très bien, approuva Sherlock.

Amyus Crowe et lui passèrent ensemble la matinée à arpenter la campagne en mangeant tout ce qui leur tombait de comestible sous la main. Sans s'en apercevoir, Sherlock apprenait à survivre dans la nature, et même à se soigner. Crowe lui montra comment fabriquer un couchage confortable en amassant des fougères en une couche assez haute pour arriver à l'épaule, avant de se jeter dessus pour l'aplatir et la transformer en matelas moelleux.

En rentrant au manoir sur son vélo, Sherlock essaya de réfléchir au mystère de la veille ; l'incendie, les morts mystérieuses, mais il était constamment distrait par l'image des cheveux roux de Virginia qui cascadaient sur ses épaules. Il pensait à son dos droit et fier, à ses culottes de cheval moulantes et à la façon dont son corps entier épousait les mouvements du cheval tandis qu'elle s'éloignait. Malgré tout, il se souvenait de la poudre jaune qu'il avait ramassée et cachée dans son enveloppe. À en croire les ruffians, quelque chose de contagieux était associé à la mort des deux hommes ; si c'était la poudre, il fallait découvrir de quoi elle était faite, en dépit des avertissements à peine déguisés de Crowe. Sherlock n'avait ni les connaissances, ni le matériel nécessaires. Il avait besoin d'un pharmacien ou d'un chimiste, de quelqu'un qui saurait faire une analyse, et il doutait de trouver l'un ou l'autre à Farnham. En route pour le manoir, il était passé à Guildford avec Mycroft ; c'était la grande ville la plus proche, et c'était là qu'il avait une chance de trouver quelqu'un d'assez versé en sciences de la nature pour l'éclairer. Amyus Crowe avait mentionné un expert en médecine dans cette ville, le professeur Winchcombe. Sherlock pouvait peut-être aller lui rendre visite.

Tout ce qui lui restait à faire maintenant, c'était de se rendre à Guildford.

Chapitre 7

Sherlock retrouva Matty Arnatt le lendemain, au marché. Il devenait peu à peu capable de prédire les mouvements du garçon. C'était la fin de la matinée, les marchands travaillaient depuis l'aube ; comme la faim et la fatigue commençaient à se faire sentir, ils partaient à tour de rôle chercher du pain, de la viande, une tourte, une pinte de bière, laissant un collègue surveiller leurs étals. L'heure du déjeuner était le moment où se produisait une baisse d'attention générale, et donc le moment idéal pour chaparder un fruit ou des légumes sans se faire remarquer. Sherlock n'approuvait sans doute pas le vol, mais il n'approuvait pas non plus de voir des enfants mourir de faim, ou être arrêtés puis emmenés en maison de correction. Ce dilemme lui posait un problème d'ordre moral ; pourtant il ne pouvait reprocher à Matty les pommes talées que celui-ci parvenait à chiper.

Ce n'était pas cela qui allait faire s'effondrer l'Empire britannique.

Le marché s'étendait dans un petit champ entouré de bâtiments sur trois côtés. Certains étalages proposaient des bottes d'oignons et de navets, des pommes de terre, des betteraves, et d'autres légumes aux couleurs variées que Sherlock n'aurait pu nommer. Des jambons entiers pendus à des crochets s'offraient sur d'autres, pour la grande joie des mouches qui vrombissaient à côté, et on trouvait même du poisson, disposé sur de la paille. On vendait aussi des vêtements et des tissus, du droguet, du bombasin, de la cheviotte, du calicot, de la bure et de la serge. Dans un coin, un enclos de fortune abritait des moutons et quelques cochons qui dormaient au milieu du tumulte. Le mélange des odeurs était presque suffocant ; en arrière-plan, on discernait de légers relents de pourriture. Le soir, quand la plupart des clients seraient partis, les légumes gâtés et les poissons avariés commenceraient à empester les lieux. Il ne resterait alors que les plus pauvres, ceux qui attendaient que les marchands bradent leur marchandise pour s'en débarrasser.

Loin d'être aussi animé que dans le souvenir de Sherlock, le marché paraissait morne. Au lieu de l'agitation que générait habituellement une telle activité dans une petite bourgade où les habitants y voyaient autant une occasion de se réunir qu'un moyen d'acheter ce dont ils avaient besoin, c'était le calme qui régnait. Les clients ne discutaient pratiquement pas les prix, ils semblaient pressés d'acheter et de rentrer chez eux.

— Est-ce que Crowe était chez lui ? demanda Matty quand Sherlock fut arrivé près de lui.

Il était assis sur un cageot retourné et observait les vendeurs avec attention, prêt à bondir au premier signe d'inattention.

— Pas quand je suis arrivé, mais j'ai rencontré sa fille.

— Ouais, je l'ai vue.

— Tu aurais pu m'en parler ! Elle m'a surpris, je ne m'attendais pas à la trouver là. J'ai dû avoir l'air d'un idiot.

Matty dévisagea Sherlock des pieds à la tête.

— Ouais, ça ne fait aucun doute, conclut-il.

Gêné, Sherlock préféra changer de sujet.

— J'ai pensé à quelque chose…

Il s'interrompit, parce que Matty s'était levé pour filer dans la foule des clients telle une anguille entre des rochers. Au bout d'un instant, il était de retour, une tourte au porc à la main. Il la brossait pour en enlever la poussière.

— Elle était tombée d'un étalage, expliqua-t-il, tout fier. J'attendais ça depuis un moment : il y avait trop de choses empilées. J'étais sûr que ça finirait par terre.

Il mordit dedans, puis la tendit à Sherlock.

— Tiens, goûte !

Sherlock grignota un peu de croûte ; la trouvant beurrée et salée à point, il prit une autre bouchée, pour essayer la viande et la gelée. Elle était délicieuse, mélangée à des morceaux de fruits… des pruneaux, peut-être ? En tout cas, le mélange des saveurs était succulent.

Il tendit la tourte à son ami.

— J'ai déjà mangé du fromage et des pommes, vas-y, termine.

— Tu disais que tu avais pensé à quelque chose ?

— Je dois aller à Guildford.

— En vélo, ça va prendre des heures, remarqua pensivement Matty sans cesser de surveiller la place.

Sherlock se remémora le voyage depuis l'école. Ils étaient passés par Guildford et Aldershot. Il n'avait pas particulièrement envie de parcourir tout le trajet en bicyclette, et il n'était même pas sûr de pouvoir faire l'aller-retour dans la journée, surtout s'il lui fallait rencontrer un expert en maladies et poisons.

Il soupira.

— N'en parlons plus, c'était une idée stupide.

— Peut-être pas, objecta Matty. Il y a d'autres façons de se rendre à Guildford.

— Je ne sais pas monter à cheval, et d'ailleurs, je n'en ai pas.

— Tu pourrais y aller en train ?

— Je préfère ne pas laisser de traces : il vaut mieux que personne ne soit au courant. Mlle Eglantine a l'air de bien connaître le chef de gare. Je ne veux pas qu'elle soit au courant de mes faits et gestes.

Mlle Eglantine n'est pas une amie de la famille. L'avertissement de Mycroft lui revint une fois de plus à la mémoire. Il frissonna.

— Il y a bien un moyen, proposa prudemment Matty.

— Lequel ?

— La Wey.

— La quoi ?

— La rivière. Elle coule d'ici à Guildford.

— Il nous faudrait un bateau… Mais, ajouta Sherlock avant que Matty ait pu répondre, tu en as un, toi ! Une péniche, au moins !

— Et j'ai aussi un cheval pour la tirer.

— Combien de temps ça prendrait ?

Matty réfléchit un moment.

— Sans doute aussi longtemps que d'y aller à vélo, mais c'est moins pénible. Je ne pense pas que nous puissions partir aujourd'hui. Tu pourrais me retrouver demain au lever du soleil ; nous passerions la journée sur l'eau, cela ne te laisserait pas beaucoup de temps à Guildford.

— Mais si nous partons avant l'aube ?

— Ton oncle et ta tante ne vont pas s'inquiéter ? demanda Matty avec un regard curieux.

Sherlock raisonnait à toute allure ; les rouages de son esprit s'échauffaient comme une horloge prête à sonner.

— Je peux rentrer dîner, et dire que je vais me coucher tôt. Un peu plus tard, quand tout le monde dormira, je pourrai ressortir discrètement : personne ne me surveille. Et je laisserai un mot dans la salle à manger, pour expliquer que je me suis levé tôt et que je vais me promener avec Amyus Crowe. On ne trouvera le message pas avant le matin : ça peut marcher !

— La rivière fait une boucle non loin de chez ton oncle. Je te ferai un plan et tu me retrouveras là. Nous serons à Guildford dans la matinée, et rentrés avant la nuit.

Matty arracha une mince latte de bois sur le cageot qui lui servait de fauteuil et se mit à y graver un plan avec un caillou pointu. Sherlock soupçonnait que son ami ne savait ni lire ni écrire, mais son croquis était précis et à l'échelle ; on voyait parfaitement le lieu du rendez-vous.

— J'ai besoin que tu fasses quelque chose pour moi, dit Sherlock.

— Oui ?

— Pose des questions autour de toi ; essaie de savoir qui était cet homme dont tu as vu emporter le cadavre, ce qu'il faisait…

— Comment ça ?

— Son métier. Comment il gagnait sa vie. J'ai l'impression que c'est important.

Matty acquiesça de la tête.

— Je ferai ce que je pourrai, mais personne ne parle sérieusement aux enfants.

Par la suite, tout se passa comme Sherlock l'avait imaginé. Il arriva au manoir au moment où la famille se mettait à table, et passa l'heure du déjeuner à mettre au point mentalement les moindres détails de son plan, en imaginant tout ce qui pouvait le faire déraper. Mais l'image de Virginia Crowe ne le quittait guère ; ses pensées, quoi qu'il fasse, revenaient toujours à la forme de son visage et à ses cheveux d'or.

Amyus Crowe arriva après le déjeuner pour sa leçon. Tous deux s'installèrent dans la véranda, et le maître soumit son élève à des séries d'exercices et de devinettes pour mettre son esprit logique à l'épreuve. L'une des épreuves frappa particulièrement Sherlock.

— Imaginons que trois hommes décident de partager le prix d'une chambre d'hôtel, proposa Crowe. La chambre coûte trente shillings, petit déjeuner et dîner inclus – c'est un hôtel réputé. Donc, chacun paie dix shillings, d'accord ?

Sherlock hocha la tête.

— Le lendemain matin, le directeur découvre qu'il a commis une erreur : en raison de travaux, le prix de la chambre avait été baissé. Alors, il envoie un garçon d'étage avec cinq shillings à partager entre les clients. Ceux-ci sont si contents qu'ils décident de garder chacun un shilling et d'offrir un pourboire de deux shillings à l'employé. Ainsi, chaque client aura payé neuf shillings, et le garçon en aura reçu deux. Tu me suis toujours ?

Sherlock fit signe qu'il suivait, mais il calculait à toute vitesse.

— Attendez ! dit-il. Mais si chaque client paie neuf shillings, cela fait vingt-sept au total. Si l'on ajoute les deux shillings de pourboire, ça donne vingt-neuf... Il manque un shilling !

— Très juste. Dis-moi où il est passé, reprit Crowe.

Pendant les vingt minutes suivantes, l'élève reprit tous les calculs, d'abord mentalement, puis avec un crayon. Mais il dut admettre sa défaite : ni le garçon d'étage, ni le directeur, ni les clients n'avaient gardé le shilling disparu !

— Le problème tient dans la description du problème, expliqua Crowe. Trois fois neuf, vingt-sept, c'est vrai, mais le pourboire est déjà inclus dans la somme. Cela n'a pas de sens de le rajouter pour arriver à vingt-neuf. Si tu restructures le problème, tu vois que les clients ont payé vingt-cinq shillings pour la chambre, et deux de pourboire, puisqu'ils ont récupéré chacun un shilling : le compte est juste. Et la conclusion ?

— Il ne faut jamais laisser quelqu'un présenter à votre place les données d'un problème, parce que la manière de les présenter peut vous amener à des conclusions fausses. Pour résoudre un problème, il faut prendre les faits et les organiser de façon logique.

Amyus Crowe partit avant le dîner, laissant son élève réfléchir dans sa chambre à la leçon du jour. Plus tard, il descendit partager le repas familial. Il mangea sans rien dire tandis que son oncle lisait et que sa tante chuchotait toute seule. Depuis son poste habituel à côté de la desserte, Mlle Eglantine observait Sherlock d'un air soupçonneux, mais il évitait son regard. Le silence ne fut troublé que lorsque l'oncle Sherrinford leva les yeux de son livre pour poser une question à la gouvernante.

— Mlle Eglantine, quelles réserves de nourriture avons-nous dans le jardin ?

— Nous avons assez de légumes pour couvrir nos besoins, répondit-elle, la bouche pincée. Pour les œufs et la volaille, également, mais en ce qui concerne la viande et le poisson, nous ne pouvons tenir que quelques semaines, en faisant attention, avant que les réserves ne soient épuisées.

— Je pense qu'il est sage de se préparer au pire. Faites en sorte de fumer et de sécher le plus de viande possible et prévoyez des réserves d'aliments de base. S'il y avait une épidémie de peste à Farnham, nous pourrions être isolés pendant un moment. Je sais qu'Amyus Crowe conseille de ne pas s'affoler, mais cela ne coûte rien d'être prévoyant. Cela me rappelle, dit soudain Sherrinford en se tournant vers Sherlock, que ton maître m'a dit que vous n'aviez pas encore fait beaucoup de latin, ni de grec.

— C'est vrai, répondit Sherlock. Nous avons fait des… mathématiques.

— Le temps de M. Crowe est précieux, ajouta tranquillement son oncle. Ton frère le paie cher pour ses services. Tu ferais bien d'y réfléchir.

— Je n'y manquerai pas, mon oncle.

— M. Crowe reviendra demain après-midi. Tu pourrais peut-être faire une traduction pour moi.

Sherlock se retint de faire la grimace : il n'avait que peu de chances d'être revenu avant l'heure du dîner. Il ne pouvait pourtant pas dire qu'il avait l'intention de se rendre à Guildford ; on lui avait interdit de sortir. Il s'aperçut soudain que Mlle Eglantine le regardait fixement de ses petits yeux de fouine. Que savait-elle ?

— Très bien, je serai là, promit-il, tout en sachant qu'il ne pourrait pas tenir sa promesse.

Il serait toujours temps de s'en inquiéter le moment venu.

Après le dîner, il s'excusa et sortit de table avant son oncle pour se glisser dans la bibliothèque. Même s'il avait reçu la permission d'y entrer quelques jours plus tôt, il se sentait un peu comme un intrus dans cette pièce qui sentait le cuir et le vieux papier. Les rideaux étaient tirés pour protéger les rayonnages du soleil. Sherlock les examina ; il trouva plusieurs encyclopédies, des volumes reliés de publications ecclésiastiques, des collections de livres de sermons, probablement écrits par des hommes d'Église réputés, et, enfin, ce qu'il cherchait : des livres sur l'histoire et la géographie de la région. Il choisit un ouvrage sur les canaux du Surrey et du Hampshire puis retourna vers sa chambre sous les combles.

Il passa une demi-heure à composer un message expliquant qu'il était sorti tôt et qu'il reviendrait dans l'après-midi. Dans ses premiers essais, il donnait de nombreux détails précisant ce qu'il avait l'intention de faire, mais il finit par s'apercevoir que moins il en disait, moins de mensonges on pourrait lui reprocher plus tard. Ayant mis au point une note très simple, il s'allongea sur le lit avec le livre qu'il venait de prendre dans la bibliothèque.

En cherchant des descriptions de la rivière Wey et un plan qu'il puisse mémoriser, il trouva plus d'informations qu'il ne s'y attendait. La Wey n'était pas seulement une rivière, mais une « voie navigable ». Alors que les rivières tendent à décrire des courbes capricieuses dans un paysage, les canaux – construits pour favoriser les échanges commerciaux entre les villes en permettant le passage de péniches – sont tracés de façon rectiligne et usent d'un système de paliers appelés écluses pour faire monter ou descendre le niveau de l'eau au gré de la hauteur du terrain. Une voie navigable, découvrit Sherlock, était une rivière dont le tracé avait été rectifié à l'aide de barrages et d'écluses pour faciliter le passage des bateaux. C'était quelque chose qui ressemblait à un canal.

Les prouesses d'ingénierie réalisées sur des années pour plier la rivière à la volonté humaine fascinaient Sherlock, qui éteignit la lumière, la tête bourdonnante de schémas, d'images et d'idées. Il savait cependant qu'une longue journée l'attendait, et il s'endormit bientôt d'un sommeil sans rêves. Quand il se réveilla, il faisait encore nuit, mais une brise fraîche faisait s'envoler les rideaux et les oiseaux commençaient déjà à chanter. Il était quatre heures.

Comme il s'était couché tout habillé, il fut vite prêt à se glisser sans bruit sur le palier. Il descendit les étroites marches de bois en posant les pieds avec précaution pour éviter de les faire grincer jusqu'au palier des chambres des maîtres de maison. Il se retint de respirer en passant devant la porte de son oncle, puis devant le dressing et la salle de bains, et descendit lentement les marches de marbre jusqu'au grand hall. Là, il s'appuya au mur du bout des doigts, se sentant surveillé par les tableaux qui ornaient les murs. Leurs lourds cadres sculptés étaient si ornés qu'ils éclipsaient les peintures. On n'entendait que le bruit de la grande horloge trônant sur le dallage, juste à l'angle de l'escalier.

Dans l'entrée, il fit une pause. Il ne lui restait plus qu'à traverser le hall à découvert pour atteindre la porte. Il ne pouvait plus se glisser à l'abri des murailles, protégé par leur ombre. Si quelqu'un sortait d'une pièce, ou regardait depuis la balustrade, il serait pris. Il s'agenouilla un instant pour voir si un rai de lumière passait sous une porte, mais tout était sombre. Alors, il ramassa tout son courage et se lança. À l'arrivée, son cœur battait si fort qu'il croyait l'entendre couvrir le tic-tac de l'horloge.

Le portail était fermé au verrou ; il fit glisser ce dernier avec précaution et ouvrit. Toute personne remarquant que la porte était déjà ouverte se dirait qu'une autre, plus matinale, avait déverrouillé l'entrée.

Sherlock se souvint alors du petit mot qu'il voulait laisser en évidence pour expliquer pourquoi il avait dû partir tôt. Il appuya de tout son poids sur le panneau prêt à se refermer et se coula à l'intérieur pour poser sa lettre sur un guéridon près du portemanteau. C'était là que le courrier attendait matin et soir d'être porté aux maîtres de maison.

Dehors, il faisait beaucoup plus frais qu'à l'intérieur, et on commençait à deviner une lueur au-dessus des arbres, là où la nuit s'éclaircissait pour laisser place au bleu pâle de l'aube. Sherlock courut aussi vite qu'il le pouvait sur le gravier de l'allée qu'il entendait grincer sous ses pieds. Enfin, il arriva à la pelouse, qu'il traversa silencieusement.

En suivant les indications de Matty, il fut à la rivière en dix minutes. Une forme noire élancée oscillait sur la rivière argentée. Sherlock discerna une sorte de long abri bas posé sur le pont ; à l'arrière, une plateforme découverte pouvait accueillir deux personnes, dont l'une au gouvernail. Un cordage attaché à l'avant plongeait dans l'eau pour ressurgir sur la berge, près d'un cheval occupé à paître. Contrairement à l'étalon magnifique de Virginia, la bête était lourde et basse sur pieds. Sa crinière semblait hirsute. Elle leva la tête un instant pour regarder Sherlock et se remit à mâcher l'herbe.

Matty attendait sur le pont. Sa silhouette se découpait sur le ciel comme une figure de proue, ou plutôt comme une gargouille sur la façade d'une cathédrale. Dans une main, il tenait une immense perche en bois terminée par un crochet de fer.

— Allons-y, dit-il en apercevant Sherlock. Au fait, je te présente Albert.

Il eut un claquement de langue et le cheval se tourna vers lui d'un air de regret avant de se mettre en marche en suivant la berge. La corde qui le reliait au bateau se tendit, et le bateau lui-même s'ébranla. Avec son crochet, Matty éloignait les flancs du bord pour éviter d'être pris dans les roselières.

— Il sait où il va ? s'enquit Sherlock.

— Qu'est-ce qu'il a besoin de savoir ? Il suit la rive, et il tire le bateau derrière lui. S'il rencontre un obstacle, il s'arrête, et je m'en occupe. Reste à l'arrière et veille au gouvernail, ordonna Matty. Si tu vois que le bateau s'éloigne de la berge, manœuvre pour qu'il se rapproche. Et si tu as froid, il y a une couverture sur le pont. C'est celle du cheval, mais elle te tiendra chaud quand même.

La péniche avançait doucement. Bercé par le clapotis régulier de l'eau sur les flancs de l'embarcation, Sherlock ne tarda pas à sombrer dans un état quasi hypnotique. Il n'y avait personne sur la rivière, à part une oie sauvage dont le passage le tira de sa torpeur.

— Tu as trouvé quelque chose au sujet du premier mort ? cria-t-il de loin à son compagnon.

— C'était un tailleur ! répondit Matty sans quitter son poste. Il travaillait pour une maison de confection qui fabrique des uniformes militaires, à Aldershot. Ils avaient dû avoir une commande importante, parce que tous ceux qui savaient coudre ou tailler dans la région ont été engagés.

— Comment as-tu trouvé ça ?

Matty se mit à rire.

— J'ai dit que j'étais son fils, et que ma mère voulait savoir si son employeur lui devait de l'argent. Apparemment, c'est bien le cas, mais son propriétaire a l'œil dessus : il a des loyers en retard à percevoir.

— Et où se trouve le siège de la maison de confection ?

— Le bureau central est près du marché, et il y a un hangar en périphérie de la ville ; c'est là que le type travaillait. C'est sans doute l'endroit où tu as bien failli brûler !

Le mort avait été tailleur militaire, pensa Sherlock. Il travaillait dans un hangar rempli de caisses, que les malfrats avaient entassées sur une carriole. Contenaient-elles des uniformes ? C'était probable, mais rien de tout cela n'expliquait pourquoi l'homme était mort, ni comment, et cela ne donnait pas non plus d'éclaircissements sur le second cadavre, celui de la forêt.

À l'est, le ciel se balafrait de rouge et la silhouette des arbres de la rive se dessinait nettement en noir sur un fond plus clair. Une seule étoile brillait encore, bas sur l'horizon. Devant lui, Sherlock distingua un arceau, sans doute un pont. C'était peut-être celui sur lequel il s'était assis pour observer les poissons deux jours plus tôt.

Albert hennit doucement comme si quelque chose lui avait fait peur. Sherlock scruta la rive pour essayer de discerner la forme du cheval contre les haies sombres qui bordaient le chemin. Le bruit de ses sabots sur le sol changeait, comme si l'animal essayait de s'éloigner.

Matty parla au cheval voix basse pour le calmer ; en réalité, c'étaient plus des sons rassurants que des paroles, mais Sherlock entendait de l'inquiétude dans la voix de son ami. Que se passait-il ? Était-ce un obstacle inattendu, peut-être un chien sauvage qui passait par là ?

Sherlock allait appeler Matty pour lui poser la question quand il vit quelque chose bouger devant lui sur la rivière. Sur l'arc sombre du pont, une ombre indistincte, un peu décentrée, brisait la ligne pure de la construction. *Deux* ombres : une seconde rejoignait la première. Elles avaient l'air de conférer ; puis elles se penchèrent ensemble vers l'eau et se séparèrent.

Des gens du coin, levés de bonne heure, des braconniers peut-être ?

Sherlock abandonna ses conjectures : l'étincelle d'une allumette éclaira un instant un visage basané qu'il reconnut.

C'était l'un des bandits du hangar, le nommé Clem.

La petite flamme devint une lueur chaude qui illuminait le pont de briques. Clem avait allumé une lampe qu'il levait bien haut pour éclairer la péniche ; on ne pouvait pas manquer de voir le sourire cruel qui lui tordait la bouche. La silhouette de Matty, debout à l'avant, se découpait à contre-jour. Il semblait sur le point de dire quelque chose, mais Clem balança la lampe un instant au-dessus de lui en faisant chavirer les ombres, et la jeta à la tête de Matty.

Matty esquiva ; la lampe rebondit deux fois avant d'exploser en répandant sur le pont une flaque d'huile enflammée. Le feu se mit à courir sur le bois, et lécha le vernis avec avidité. Sherlock regarda autour de lui. Ils étaient sur une rivière, et il n'avait pas d'eau quand il en avait besoin ! Par terre, près du gouvernail, il aperçut enfin le vieux plaid que Matty lui avait indiqué. Il s'en saisit aussitôt et le jeta sur les flammes, en en serrant un coin dans sa main pour l'empêcher de glisser dans l'eau. Une fumée épaisse s'éleva. Quand il le souleva, il vit que l'incendie était en partie étouffé, seules quelques langues de feu s'intéressaient encore aux lattes de bois.

Matty poussa un cri : une deuxième lampe s'écrasait sur le bord du bateau, près de la tête de Sherlock. Elle plongea dans la rivière où elle s'enfonça en sifflant. La mèche cracha et s'éteignit. Sherlock trempa alors sa couverture dans l'eau en la maintenant solidement, puis il la retira avant qu'elle devienne trop lourde, et la lança sur le bois enflammé. Cette fois, il réussit à éteindre ce qui restait de l'incendie.

Il leva la tête vers le pont, s'attendant à voir une troisième lampe arriver sur lui. Mais leurs assaillants étaient à court. À la place, ce fut un corps massif qui sauta du pont sur le bateau. Clem atterrit sur le toit en faisant craquer les lattes sous le poids de ses bottes. Il retomba en arrière sur le pont mais se releva aussitôt et s'avança vers Sherlock, les dents serrées, une lueur meurtrière au fond des yeux. De sa ceinture, il tira un couteau à la lame recourbée comme celle d'un poignard.

— Alors, tu crois que tu pouvais entrer comme un voleur dans notre grange, et t'en sortir comme ça ? On t'a vu te sauver comme un rat que tu es ! Prépare-toi à aller retrouver ton créateur ! gronda-t-il en tendant une main pour saisir Sherlock par les cheveux.

Sherlock recula dans le coin de la minuscule plateforme. Les doigts de Clem étaient si près de son visage qu'il distinguait la crasse incrustée sous ses ongles fendus ;

il pouvait même sentir l'odeur de transpiration rance de ses vêtements.

Clem plongea en avant et agrippa Sherlock par une mèche, en tirant assez brutalement pour l'arracher. Le garçon ne put retenir un cri de douleur, et, l'espace d'une seconde, l'image des touffes d'herbe déracinées par Albert sur la berge lui traversa l'esprit.

Le truand l'avait attiré contre sa chemise et le fixait dans les yeux. Sherlock vit la main droite du brigand, celle qui tenait le couteau, s'approcher de son cou. Dans deux secondes, il allait être égorgé, et il ne savait même pas pourquoi !

Quelque chose vint frapper violemment le dos du ruffian. Sous le choc, ses yeux s'agrandirent, et il relâcha son étreinte. Sherlock recula d'un pas et repoussa son agresseur des deux mains. L'autre ne résista pas. Il se retourna lentement, en titubant avec des précautions infinies.

Matty était debout derrière lui, le crochet à bateau dans les mains. Sherlock ne comprit vraiment ce qui s'était passé que lorsque Clem lui tourna le dos. Il vit alors la profonde blessure qui lui barrait le crâne du sommet jusqu'à la nuque, ensanglantant son cou massif. Le cuir chevelu était ouvert, et on distinguait l'os blanchâtre sous la plaie sanguinolente. Matty l'avait tout simplement assommé par-derrière avec son crochet.

Clem fit un pas vers Matty, puis un autre. Il leva la main qui tenait le couteau, puis sembla hésiter, comme s'il avait oublié quoi en faire. Il jeta un coup d'œil stupide vers la lame, et s'effondra brusquement sur le côté avant de tomber dans la rivière comme un arbre qui s'abat. Les éclaboussures jaillirent jusqu'au-dessus de leurs têtes. Un court instant, le visage du malfrat surnagea, une expression d'incrédulité dans ses yeux fous, avant de disparaître dans la rivière boueuse. Ses mains furent les dernières à s'enfoncer dans l'eau. Les doigts ondulèrent un moment encore comme des algues agitées par le courant, et enfin, on ne vit plus rien.

Chapitre 8

Sherlock frissonnait encore quand le soleil apparut comme une grosse orange mûre au-dessus de l'horizon, juste derrière la cime foncée des arbres. La poigne de Clem avait laissé sur son épaule une ecchymose douloureuse, qui irradiait dans son dos. Il était sûr, s'il regardait, d'y trouver la marque des cinq doigts.

L'acolyte de Clem avait pris la fuite en voyant son compère disparaître au fond de la rivière. Sherlock et Matti étaient restés face à face, muets, aussi choqués par la violence de l'attaque que par la brutalité de son issue.

— Il ne voulait pas voler le bateau, avait enfin chuchoté Matty. Il voulait le détruire ! J'ai déjà vu des types essayer de me voler, mais celui-là voulait le brûler ! Pourquoi ? Qu'est-ce que je leur ai fait ?

— C'était à moi qu'ils en voulaient, finit par avouer Sherlock. C'était l'un des brigands de la grange. Je crois que c'était le chef, au moins de cette équipe-là. Le vrai, naturellement, c'est ce baron dont ils parlaient. Il a dû me voir quitter les lieux pendant l'incendie et comprendre que je les avais entendus. Mais ce que j'ignore, c'est comment il m'a retrouvé sur ta péniche. Qu'est-ce qu'ils peuvent bien avoir à cacher d'assez important pour courir le risque de nous tuer dans le but de protéger leur secret ?

Matty avait regardé son ami en silence et lui avait tourné le dos pour reprendre la corde et faire avancer le cheval. Visiblement, il se sentait trahi.

Maintenant, ils arrivaient à Guildford sous un soleil déjà haut. L'épaule de Sherlock lui faisait aussi mal qu'une dent infectée et il ne savait même pas ce qu'il voulait découvrir. Il n'avait que des questions, sans la moindre réponse, et l'agression dont il avait été victime n'avait fait qu'ajouter au problème.

Une petite troupe de chiens errants les suivait de la berge, espérant qu'on leur lancerait quelques miettes. Sherlock sourit en pensant que, de ce point de vue, ils n'étaient pas très éloignés de Matty. Mais quand il jeta un coup d'œil vers son ami, dont il ne voyait que le dos, son sourire s'évanouit. Il lui avait fait courir un risque mortel ; il avait mis en danger son bateau, son unique refuge, et pire encore, il avait mis jusqu'à sa vie en péril. Et pour quoi ?

Des piétons cheminaient désormais sur les rives. Certains allaient en ville ou en revenaient, trouvant commode le chemin de halage. D'autres, assis sur des cageots, pêchaient avec des lignes de fortune, espérant attraper leur petit déjeuner. De la fumée s'élevait au-dessus des toits de la ville, au fur et à mesure que ses habitants se mettaient en cuisine. Des bâtiments commençaient à apparaître : constructions de planches clouées à la sauvette ou maisons de brique, tandis que le chemin lui-même se transformait petit à petit en voie pavée, d'abord par endroits, puis en continu.

Au bout d'un moment, comme ils longeaient des hangars entassés les uns à côté des autres sur la berge, Matty tira sur la corde pour faire ralentir son cheval. Le bateau s'approcha lentement du bord et s'immobilisa juste devant un anneau de fer fixé à une dalle. Sherlock pensait que Matty allait y passer la corde, mais le garçon déroula une chaîne dont une extrémité était rivée au pont, à l'avant. Il la lança sur la rive et sauta à sa suite pour l'enrouler autour de l'anneau et l'attacher par un lourd cadenas.

— On ne peut faire confiance à personne, marmonna-t-il entre ses dents, sans regarder Sherlock. Une corde est trop facile à couper. Cisailler la chaîne, en revanche, prend trop de temps : le bateau n'en vaut pas la peine.

— Et le cheval ? demanda Sherlock.

— S'il peut trouver quelqu'un qui le traite mieux que moi, il n'a qu'à partir !

Matty fit un pas dans l'herbe, mais il s'arrêta pour se tourner vers Sherlock. Son expression s'était un peu réchauffée, et il acceptait au moins de rencontrer son regard.

— Il est trop vieux et trop fatigué pour tirer une charrue ou une carriole. Tout ce qu'il peut faire, c'est haler une péniche, et il le fait lentement. Il ne vaut pas la peine qu'on se donnerait pour le voler.

— Je suis désolé de ce qui s'est passé, dit maladroitement Sherlock.

— C'est pas ta faute, admit Matty en s'essuyant le visage d'un revers de manche. T'es tombé dans une affaire qui te dépasse, et moi avec. Ce que nous avons de mieux à faire, c'est d'en sortir le plus vite possible, et de passer à autre chose.

Il jeta un coup d'œil aux alentours.

— Ici, c'est le quai Dapdune. Si nous sommes séparés, ce qui peut arriver, rappelle-toi de me retrouver ici. Je ne m'en irai pas sans toi… Et je suis sûr que tu ne peux pas partir sans moi. Maintenant, comment s'appelle ce type que tu cherches ?

— Le professeur Winchcombe.

— Allons voir si on le trouve, et peut-être un petit déjeuner avec !

Les deux garçons s'éloignèrent ensemble de la rivière en suivant un chemin qui allait en s'élargissant pour devenir une voie plus importante. Il leur fallut une heure de marche et d'enquêtes auprès des passants pour apprendre que le professeur Winchcombe habitait Chaelis Road, une rue qui donnait dans High Street, la rue principale – et une demi-heure de plus pour trouver celle-ci. Bordée de boutiques à un et deux étages, aux façades décorées de poutres sombres sur fond de torchis blanc, la rue montait la colline en s'écartant de la rivière. Les enseignes de bois peint représentaient des poissons, des légumes, des pains et d'autres marchandises. La plupart des badauds étaient plus élégamment vêtus qu'à Farnham. Les tissus de leurs vêtements étaient plus fins, ornés de dentelles et de rubans, plus colorés et plus propres que ceux que Sherlock s'était accoutumé à voir.

Tout en bas de High Street, contre un mur bas qui séparait la rue de la rivière, quelques étalages de plein air proposaient des viandes froides et des fruits. Matty s'apprêtait à passer par-derrière pour voir si quelque chose traînait par terre quand Sherlock l'arrêta net en allant acheter des provisions. Il lui restait encore un peu de l'argent que Mycroft lui avait confié, et il préférait éviter de ramasser son petit déjeuner dans la poussière ou de le disputer aux chiens. Quand il lui tendit sa part, Matty le regarda d'un air soupçonneux : visiblement, il trouvait que les choses avaient meilleur goût lorsqu'elles n'avaient pas été payées.

Chaelis Road commençait vers le milieu de High Street, aussi arrivèrent-ils essoufflés à l'embranchement.

Sherlock s'engageait dans un virage quand il s'aperçut que Matty ne le suivait plus. Il se retourna.

— Qu'est-ce qui se passe ?

— Ce n'est pas mon genre de rue, répondit Matty en indiquant les maisons cossues qui bordaient la route. Vas-y tout seul, je t'attends ici, ou quelque part dans les parages.

Sherlock approuva d'un signe de tête. Matty avait raison : la présence dans ce quartier de ce que Mlle Eglantine avait appelé « un Arabe des rues » risquait de leur attirer des ennuis. Il brossa de son mieux la poussière qui couvrait ses vêtements et poursuivit son chemin.

La maison qu'il cherchait était près du virage. Il ouvrit le portail et s'approcha du portique de style grec qui ombrageait la porte d'entrée. Une plaque de cuivre, fixée à une colonne, indiquait : *Professeur Arthur Albery Winchcombe. Conférencier, spécialiste des maladies tropicales.*

Coupant court à toute hésitation, Sherlock tira sur la sonnette.

Un homme vêtu d'un sévère costume noir et d'un gilet gris apparut et examina Sherlock à travers des lunettes si petites qu'elles lui couvraient à peine les yeux.

— Le professeur est-il chez lui ? demanda Sherlock.

L'homme, de toute évidence un maître d'hôtel, parut réfléchir, et finit par demander :

— Qui dois-je annoncer ?

Sherlock ouvrit la bouche pour se présenter, mais se ravisa. Il valait mieux donner au professeur Winchcombe un nom qu'il connaissait déjà… Celui de Mycroft peut-être, ou d'Amyus Crowe ? Lequel convenait ?

— Dites, s'il vous plaît, au professeur qu'un élève de M. Amyus Crowe désire le voir.

Le maître d'hôtel hocha la tête.

— Voudriez-vous vous donner la peine d'attendre dans le salon ?

Et il maintint la porte ouverte comme s'il recevait non pas un jeune garçon débraillé et très intimidé mais une personnalité de rang royal.

Le papier peint du salon représentait des plantes à hautes tiges annelées que Sherlock ne connaissait pas. Fasciné, il les contemplait encore lorsque la porte s'ouvrit. Un homme entra ; petit, plus petit que Sherlock, avec un ventre aussi rebondi qu'un gros coussin, il portait un curieux petit chapeau sans rebords qui ressemblait à un cylindre de soie rouge.

— Des bambous, annonça le nouveau venu.

— Pardon ?

— Ces tiges sur le papier peint, ce sont des bambous. J'ai vécu en Chine dans ma jeunesse, et je les ai étudiés. Les bambous sont les plantes qui ont la croissance la plus rapide au monde, vous savez. Les plus grands peuvent pousser de deux pieds par jour, sous certaines conditions.

Le papier est chinois aussi, d'ailleurs. C'est du papier de riz.

Sherlock n'était pas sûr de comprendre.

— On fait du papier avec le riz ?

— Tout le monde fait cette erreur. En fait, il est fabriqué avec la moelle d'un petit arbre, le *Tetrapanax papyrifer.*

Le professeur pencha la tête de côté pour mieux examiner son visiteur. Ses yeux aussi vifs que ceux d'un oiseau brillaient de curiosité.

— Vous dites que vous êtes un élève d'Amyus Crowe ?

— Oui, monsieur, répondit Sherlock avec l'impression d'être de nouveau à l'école.

— J'ai reçu une lettre de lui ce matin. Étrange, très étrange… Est-ce pour cela que vous êtes venu ?

— La lettre parlait-elle de la mort de deux hommes ?

— En effet.

— C'est bien pour cela que je suis ici. M. Crowe dit que vous êtes expert en maladies tropicales.

— C'est ma spécialité, n'est-ce pas, mais mon domaine d'expertise recouvre la plupart des maladies contagieuses, depuis la fièvre de Tapanuli jusqu'à la corruption noire de Formose, en passant par la fièvre typhoïde et le choléra. J'ai cru comprendre que ces deux hommes sont morts d'une maladie inconnue.

— Je n'en suis pas si sûr, dit Sherlock en tirant de sa poche l'enveloppe de poudre jaune. J'ai ramassé ceci près de l'un des corps, et je sais qu'il y avait la même chose près de l'autre. Je ne sais pas ce que c'est, ajouta-t-il sans reprendre haleine, mais je pense que cela a un rapport avec les décès. C'est peut-être toxique.

Le professeur tendit la main vers l'enveloppe.

— Dans ce cas, je vais le manipuler soigneusement.

— Vous croyez ce que je vous ai raconté ?

— Vous avez fait tout ce chemin pour me voir, j'en déduis que vous prenez cette affaire au sérieux. Le moins que je puisse faire, c'est la prendre au sérieux moi aussi. Par ailleurs, je connais Amyus Crowe ; je sais que c'est un homme intègre. Je ne crois pas qu'il prendrait pour élève quelqu'un qui s'amuserait à me faire perdre mon temps.

Le professeur sourit soudain, d'un sourire qui lui donna l'air angélique.

— Et maintenant, allons voir de près cet échantillon que vous m'apportez.

Suivi de Sherlock, il traversa le couloir puis entra dans une pièce tapissée de livres et meublée d'un grand bureau qui recevait la lumière de la fenêtre. Près d'une bougie allumée, un microscope était installé sur un bloc de buvard vert, au milieu d'un assortiment de journaux et de papiers en désordre.

Le professeur Winchcombe s'assit dans son fauteuil de cuir et fit signe à Sherlock de prendre un siège à côté de lui. Il tira une feuille de parchemin vierge d'un tiroir, la mit sur le buvard, et ouvrit doucement l'enveloppe avec un coupe-papier. Il en renversa le contenu sur le parchemin. Avec la pointe du coupe-papier, il prit quelques grains qu'il transféra sur une lamelle de verre déjà posée sur le plateau du microscope, directement sous l'objectif. Sous le plateau, il ajusta un miroir pour qu'il reflète la flamme de la bougie à l'angle voulu afin d'éclairer la plaque de verre à travers une ouverture ronde. Sherlock le regardait faire en respirant le moins possible, de peur de faire voler la poudre. Le professeur colla son œil au viseur et régla les différentes molettes pour la mise au point.

— Ah, dit-il. Hum…

Il retira son chapeau, se gratta la tête et remit le couvre-chef en place.

— Qu'est-ce que c'est ? chuchota Sherlock.

— Du pollen d'abeille. On ne peut pas s'y tromper.

— Du pollen d'abeille ? répéta Sherlock qui doutait d'avoir bien entendu.

— Avez-vous jamais étudié les abeilles ? Ce sont des créatures fascinantes. Un sujet d'observation que je vous recommande vivement.

Le vieux savant enleva ses lunettes et se frotta les yeux.

— Les abeilles, reprit-il, vont chercher le pollen dans les fleurs pour le rapporter à la ruche.

— Qu'est-ce que c'est exactement que le pollen ?

demanda Sherlock un peu déçu. J'en ai entendu parler, mais je ne sais pas précisément de quoi il s'agit.

— Le pollen est une poudre composée de microgamétophytes, qui produisent les gamètes mâles, ou cellules reproductrices, des graines végétales. Il est produit par les étamines, qui sont les organes reproducteurs mâles des fleurs, et transporté par le vent, ou par les insectes, jusqu'au pistil, qui est l'organe reproducteur femelle, d'une autre fleur de même espèce. Elles se joignent alors pour former une graine…

Le professeur examina ses lunettes et les remit sur son nez avant de poursuivre ses explications.

— Les abeilles, elles, prennent le pollen et le transportent jusqu'à la ruche sous forme de petites balles attachées à leurs pattes arrière. Les plantes en bénéficient parce que chaque abeille, en volant de fleur en fleur, laisse tomber un peu du pollen provenant des étamines de l'une sur le pistil de l'autre. C'est ainsi que l'abeille aide à la reproduction. Sur leurs pattes arrière, les abeilles ont des poils qui forment une sorte de petit panier ; elles malaxent le pollen pour former de petites pelotes. C'est ce qu'on appelle le « pollen d'abeille ».

— Et ce n'est pas dangereux ?

— Pas du tout, sauf pour quelques rares personnes qui ne le supportent pas.

Le professeur s'adossa à son fauteuil pour réfléchir.

— Cela pourrait-il être le cas du malheureux que

M. Crowe me décrit dans sa lettre ? Hum, je ne le pense pas. Les réactions au pollen se manifestent par des irritations, pas par des pustules, et il paraît étonnant que deux individus aient présenté en même temps le même type d'intolérance.

Brusquement, il frappa le bureau de la main, faisant sursauter Sherlock.

— Mais bien sûr ! C'est la réponse évidente, et je ne la voyais pas !

— Evidente ?

Sherlock se creusait les méninges. Quelle explication pouvait-on donner à l'apparition de bubons en présence d'abeilles ? La vérité lui sauta soudain aux yeux, dans une sorte d'illumination.

— Des piqûres !

— Très bien ! Mais oui, des piqûres d'abeilles, en effet, et très virulentes. Dans nos contrées, les abeilles peuvent provoquer des inflammations, mais rien qui ressemble à ce que décrit M. Crowe. Vous avez dû les voir aussi, mon garçon, comment étaient-elles ?

— Elles avaient à peu près cette taille, répondit Sherlock en montrant l'extrémité de son pouce.

— Cela indique un venin très violent, et peut-être une espèce d'abeilles particulièrement agressive.

— Où avez-vous appris tout cela sur les abeilles ? demanda Sherlock.

Son interlocuteur sourit.

— Je vous l'ai dit, j'ai vécu en Chine. Les Chinois élèvent des abeilles depuis des milliers d'années, et j'ai découvert qu'ils accordaient beaucoup de prix aux vertus médicinales du miel. D'après l'ouvrage médical *Bencao Gangmu*, ou *Compendium des questions médicales*, rédigé il y a trois cents ans par Li Shizhen, le miel a la capacité de tonifier la rate, de soulager la douleur, de neutraliser les substances toxiques, de rendre l'humeur plus joyeuse, de faire briller l'œil et de prolonger la vie.

Il y eut un petit silence, pendant lequel Sherlock eut l'impression que le professeur plongeait dans ses souvenirs.

— Ici, en Angleterre, reprit M. Winchcombe, nous connaissons une espèce d'abeille assez docile, *Apis mellifera*. En Asie, *Apis dorsata*, ou abeille des rochers, est beaucoup plus agressive et sa piqûre plus douloureuse. Pourtant, les Chinois les élèvent pour leur miel. Contrairement aux nôtres, qui ont une forme de cloche, leurs ruches sont faites à partir de troncs évidés ou de paniers cylindriques. Parfois, dans les montagnes, on voit des paysans porter leurs ruches deux par deux, attachées aux deux extrémités d'une tige de bambou posée en équilibre sur leurs épaules. Je les ai observés sur les sentiers, environnés de leurs abeilles qui bourdonnaient autour d'eux comme un nuage de fumée.

Un nuage de fumée. Ces mots frappèrent Sherlock avec la force d'un coup de poing.

— C'était *ça* ! s'exclama-t-il.

— Quoi ?

— J'ai vu une ombre qui s'éloignait de l'un des cadavres, et un de mes amis a vu la même chose, sortant de la maison où a été trouvée la première victime. Ce devait être les abeilles !

— Des abeilles très petites pour qu'on puisse les confondre avec une ombre, et sans doute étaient-elles foncées, plus foncées que notre espèce courante jaune et noir. Je crois que les abeilles africaines sont noires, et très petites. Elles sont aussi très agressives.

— Pourriez-vous faire quelque chose pour moi ?

— Certainement.

— Voudriez-vous écrire une lettre pour Amyus Crowe, et lui raconter ce que vous avez découvert à propos de la façon dont ces deux hommes sont morts ? Je la rapporterai à Farnham pour la lui remettre… Je pense que mon oncle et ma tante ne seront pas contents que je sois parti, et cela m'aiderait peut-être à échapper à une punition, conclut-il en détournant les yeux, les joues en feu.

Le professeur hocha la tête. Il renversa la poudre jaune, cette poudre que Sherlock savait maintenant inoffensive, de la feuille de parchemin sur le buvard, prit une plume et se mit à écrire d'une longue écriture penchée. Sherlock déchiffrait par-dessus son épaule.

Cher M. Crowe

J'ai eu le plaisir de faire la connaissance de votre élève...

— Comment vous appelez-vous, jeune homme ?
— Holmes, monsieur, Sherlock Holmes.

... le jeune Sherlock Holmes, qui m'a apporté un échantillon de la poudre jaune trouvée à proximité des corps des malheureux dont votre lettre, arrivée ce matin, faisait état. J'ai examiné cette poudre, qui est tout simplement du pollen d'abeilles. J'en déduis que les victimes ont succombé, non à la peste bubonique ou à une infection de ce genre, mais à des piqûres d'abeilles. Si vous demandez au médecin local de bien vouloir examiner les « bubons » je pense qu'il y trouvera les dards, ou du moins, la marque qu'ils ont laissée. Je suis heureux que ce jeune homme ait pensé à m'apporter ces échantillons ; sans lui, la rumeur d'une épidémie mortelle aurait pu provoquer une véritable panique dans le comté.

J'espère avoir le plaisir de renouer nos relations
dès que vous en trouverez l'occasion,
Sincères salutations,

Pr Arthur Winchcombe, Esq.

Le professeur plia sa lettre, la glissa dans une enveloppe, qu'il scella en faisant couler un peu de cire de la bougie qui avait servi à éclairer le microscope, et la tendit à Sherlock.

— Je crois que ceci vous épargnera une punition trop sévère, dit-il. Transmettez mes meilleures salutations à votre tuteur.

— Je n'y manquerai pas… Merci, dit enfin Sherlock.

Le professeur fit tinter une clochette posée près du microscope.

— Mon maître d'hôtel va vous raccompagner. Si vous voulez en savoir plus sur les maladies tropicales, sur l'apiculture ou sur la Chine, n'hésitez pas à revenir me rendre visite.

Une fois dehors, Sherlock fut étonné de voir que le soleil était pratiquement toujours au même point dans le ciel. Il avait pourtant l'impression d'avoir passé des heures en compagnie du professeur.

Matty était assis sur le mur du jardin, en train de manger quelque chose qu'il tenait sur ses genoux dans un cornet de papier.

— Tu as trouvé ce que tu voulais ? demanda-t-il.

Sherlock acquiesça, et voulut savoir ce que contenait l'étui de papier.

— Des coques et des bigorneaux. Tu en veux ?

— Ils sont cuits ?

— Bouillis, répondit succinctement Matty. J'ai trouvé un pêcheur qui vendait ces coquillages ; il devait venir tout droit de Portsmouth. Je l'ai un peu aidé à ranger ses caisses, à disposer la glace et tout. Il m'a donné ça en salaire.

Il se saisit d'un bigorneau au fond du sac en papier et fouilla dans la coquille avec la pointe de son canif, jusqu'à en extraire quelque chose de foncé et de caoutchouteux qu'il goba d'un air ravi.

— Délicieux ! Ce n'est pas très souvent qu'on peut en déguster, sauf si l'on vit près de la mer…

— Je te les laisse, dit Sherlock. Rentrons.

Ils descendirent High Street jusqu'à la rivière et retrouvèrent la péniche. Comme Matty l'avait prédit, elle était toujours là, ainsi que le cheval. Sherlock se demandait comment son ami allait s'y prendre pour faire demi-tour, mais Matty conduisit son cheval jusqu'au pont le plus proche et le lui fit simplement traverser, pendant que Sherlock empêchait l'avant du bateau de heurter les rives en le repoussant à l'aide du crochet. Tout ce qui restait à faire ensuite, c'était guider Albert sur le long chemin du retour. Cette fois, c'était au tour de Sherlock de s'en charger, tandis qu'à l'arrière, Matty s'occupait du gouvernail.

Pendant que le bateau descendait lentement le cours de la rivière, Sherlock raconta son entretien avec le professeur Winchcombe, et les explications de ce dernier sur les abeilles. Au début, Matty ne parut pas convaincu, puis il se montra à la fois soulagé d'échapper à une épidémie, et un peu déçu que la vérité au sujet du « nuage de mort » soit aussi prosaïque. Sherlock, de son côté, pensait sans le dire que s'il avait éclairci un mystère, c'était pour se précipiter dans un autre : pourquoi des abeilles avaient-elles piqué deux hommes, dans deux lieux différents ? Pourquoi n'y avait-il pas eu d'autres victimes ? Que faisaient en Angleterre des abeilles africaines ? Enfin, quel rapport cela avait-il avec le hangar, les caisses qui avaient été transportées dans la carriole, et le mystérieux baron ?

Au bout d'un moment, Sherlock s'aperçut qu'un autre cheval suivait le chemin de halage : un étalon noir à la robe luisante, avec une tache brune au garrot. Virginia Crowe était en selle. Elle portait une culotte de cheval avec un chemisier et une veste.

— Bonjour ! dit Sherlock en lui faisant signe.

Elle lui rendit son salut.

— Matty, cria Sherlock par-dessus l'épaule, c'est Virginia Crowe. Virginia, je vous présente Matthew Arnatt. Matty.

Matty salua Virginia d'un signe de tête. Elle en fit autant. Aucun des deux ne dit un mot.

Sherlock se mit debout, fit de son mieux pour garder l'équilibre sur le pont mouvant, et sauta sur la berge. Il saisit Arthur par sa longe et le guida en marchant à côté de Virginia.

— Je vous présente Albert, dit-il après un silence.

— Et je vous présente Sandia, répondit Virginia. Vous devriez vraiment apprendre à monter, vous savez.

— Je n'en ai jamais eu l'occasion.

— C'est tout simple, mais vous, les hommes, vous faites toujours un tas d'histoires en prétendant que c'est difficile. Vous n'avez qu'à guider avec les genoux, jamais avec les rênes. Les rênes ne servent qu'à freiner.

Comme Sherlock n'avait rien à répondre à cela, il laissa le silence s'installer un moment.

— Et où étiez-vous passé ? finit par demander Virginia.

— À Guildford. J'avais quelqu'un à voir.

Se souvenant de la lettre du professeur Winchcombe, il la sortit de sa poche.

— J'ai besoin que cette lettre soit remise à votre père. Vous savez où il est ?

— Il vous cherche toujours. Vous étiez censé avoir cours avec lui.

Sherlock lui jeta un coup d'œil, et vit un léger sourire jouer sur ses lèvres. Quand elle le regarda à son tour, il se détourna.

— Donnez-moi votre lettre. Je la lui remettrai.

Il commença à la lui tendre, puis hésita.

— C'est important. C'est au sujet des deux hommes qui sont morts.

— Alors, je vais la lui remettre immédiatement.

Elle se pencha pour la lui prendre des mains. Leurs doigts ne se touchèrent pas, et pourtant Sherlock eut l'impression de sentir une chaleur au bout des siens.

— Ces hommes sont morts de la peste, n'est-ce pas ? C'est ce que les gens racontent.

— Ce n'est pas la peste. Les pustules étaient des piqûres d'abeilles. C'est pour cela que je suis allé à Guildford ; j'ai rendu visite à un expert en maladies tropicales. J'ai trouvé une poudre jaune près des corps, continua-t-il en parlant de plus en plus vite.

Les mots se bousculaient. Il ne pouvait pas s'empêcher de tout lui raconter.

— Je voulais savoir ce que c'était, alors j'en ai apporté un échantillon à Guildford. Finalement, ce n'était que du pollen, et c'est ainsi que j'ai su que les abeilles étaient responsables.

— Mais vous n'en saviez rien quand vous avez trouvé la poudre, fit remarquer Virginia.

— Non.

— Ni quand vous l'avez ramassée et transportée jusqu'à Guildford.

— Non.

— Vous ne saviez rien, ç'aurait tout aussi bien pu être quelque chose de contagieux, quelque chose qui *propage* la peste.

Sherlock se sentait acculé.

— Euh…oui, finit-il par avouer.

— Ainsi, vous avez risqué votre vie, simplement parce que vous pensiez que les autres avaient tort, et parce que vous vouliez démontrer qu'ils avaient tort.

— Je suppose.

Sherlock se sentait un peu gêné. Elle avait raison : sa propre sécurité avait eu moins d'importance à ses yeux que sa quête de la vérité. Ne connaissant rien aux maladies infectieuses ni à leur mode de transmission, il aurait pu se tromper. Qui lui disait que la poudre jaune n'était pas le résultat de l'infection, produite par le corps des malades au même titre que les éruptions ? Elle pouvait aussi bien transmettre la maladie. Il avait été si absorbé par le désir de trouver la solution du problème qu'il n'y avait même pas pensé.

Ils parcoururent le reste du chemin en silence.

Chapitre 9

— Tu me déçois, mon garçon.

Sherrinford Holmes était assis à son bureau de chêne massif, flanqué à gauche par Amyus Crowe, qui était resté debout un peu en retrait, et à droite par Mlle Eglantine, dont les vêtements noirs se fondaient si bien dans la pénombre qu'on ne voyait plus d'elle que le visage et les mains. Avec sa longue barbe blanche, ses piles de livres grecs, latins et hébreux, il avait tout d'un dieu courroucé, pensa Sherlock. Les deux anges vengeurs qui se tenaient à ses côtés renforçaient encore l'effet – effet un peu gâché toutefois par le fait que l'oncle Sherrinford portait une robe de chambre par-dessus son veston.

Sherlock avait les joues brûlantes de rage et de honte. Il voulait protester, dire que ses intentions étaient excellentes, mais un regard vers son oncle l'avait convaincu qu'il ne ferait qu'aggraver son cas. Il comprit que celui-ci attendait une réponse.

— Je suis désolé, monsieur, finit-il par dire. Cela ne se reproduira plus.

— Ton père, mon frère, t'a confié à moi, en pensant que je serais à même de poursuivre ton éducation, de te détourner du mauvais chemin et des mauvaises fréquentations. Je suis mortifié de voir que j'ai échoué dans ces deux tâches.

Une autre longue pause s'ensuivit. Sherlock se sentait presque obligé de s'excuser encore, mais il n'osa pas, de peur qu'on interprète la répétition comme une insolence.

— Je sais que j'ai eu tort d'aller à Guildford seul, ajouta-t-il.

— Ce n'est pas la plus grave de tes fautes, continua son oncle. Aujourd'hui, tu t'es glissé hors de cette maison avant l'aube, comme un voleur…

— Il n'avait même pas dormi dans son lit ! s'exclama Mlle Eglantine en interrompant Sherrinford. Il a dû partir avant minuit !

Sherlock tremblait sous l'effort qu'il faisait pour contenir sa colère. Elle mentait. Il avait dormi dans son lit, et il l'avait quitté juste avant l'aube, mais, malgré son désir de rétablir la vérité, il ne pouvait pas la contredire. Elle essayait de le faire punir plus gravement, et s'il argumentait, elle allait réussir.

— Je vais écrire à ton frère pour lui raconter que tu as trahi la confiance que je plaçais en toi. Et tu n'auras plus le droit de sortir pour toute la semaine prochaine.

— Si vous le permettez, intervint Crowe, j'aimerais dire un mot en faveur de ce garçon.

Il tira une enveloppe de sa veste d'un blanc immaculé.

— La lettre qu'il a rapportée de la part de l'éminent professeur Winchcombe a fait retomber les craintes d'une épidémie de peste bubonique. Qu'il ait porté cet échantillon de pollen pour analyse montre chez Sherlock une forte volonté, un esprit indépendant et critique : tous ces attributs, à mon avis, doivent être encouragés.

— Suggérez-vous que ce garçon échappe à son châtiment, monsieur ? demanda Mlle Eglantine d'une voix doucereuse.

— Pas du tout. Je voudrais suggérer qu'au lieu d'être entièrement confiné à l'intérieur, il ne soit autorisé à sortir qu'avec moi. Ainsi, je pourrai honorer l'accord que j'ai moi-même passé avec son frère.

Sherrinford Holmes réfléchit en caressant sa barbe.

— Très bien. Nous allons mettre au point un compromis. Tu es confiné pour ce soir et demain. Ensuite, tu ne pourras sortir qu'en compagnie de ton tuteur. Lorsque tu es à la maison, tu resteras dans ta chambre, sauf pour les repas. Mais je t'autorise à prendre tous les livres que tu voudras dans ma bibliothèque.

Utilise ton temps pour t'instruire et pour réfléchir à tes actions.

— Très bien, monsieur, dit Sherlock qui sentait se détendre un peu la tension de ses épaules. Merci.

— Maintenant, va, et ne reviens qu'au dîner.

Sherlock sortit. Il mourait d'envie de faire valoir qu'il avait eu *raison,* qu'il avait bien fait, mais il savait que, d'après les règles des adultes, avoir raison comptait peu. Il fallait *obéir aux règles.*

Il monta l'escalier, d'abord large et recouvert d'un tapis, ensuite étroit et nu, jusqu'aux combles où se trouvait sa chambre ; arrivé là, il s'allongea sur le lit et contempla le plafond. Les pensées se bousculaient dans sa tête comme des insectes autour d'une flamme. Qui était ce Baron de Maupertuis ? Que voulait-il ? Et qui allait l'arrêter ? Mais assez vite, épuisé par toutes ses aventures, courbatu, il sombra dans un sommeil réparateur. La fin de la journée et le jour suivant passèrent comme un rêve.

Entre deux siestes, il composa une lettre à son frère. Il ne comptait pas sur Mycroft pour intervenir, mais il avait besoin de raconter ce qui s'était passé à une personne de confiance. Après y avoir réfléchi, il la coucha sur le papier.

Mon cher Mycroft

Je voudrais pouvoir te dire que j'ai suivi tes conseils et que je me suis consacré à l'étude dans la bibliothèque de l'oncle Sherrinford et à des randonnées dans la campagne, mais je me trouve dans une situation difficile et je ne sais pas très bien quoi faire. La bonne nouvelle, c'est que j'ai rencontré deux personnes qui sont devenues des amis. La première s'appelle Matthew Arnatt, c'est un garçon qui vit sur le canal dans une péniche. Je pense qu'il te plairait. La seconde est Virginia Crowe. C'est la fille d'Amyus Crowe – lequel dit m'apprendre à observer la nature et le monde qui m'entoure, mais qui, je crois, m'apprend surtout à penser. J'aurais préféré que tu ne juges pas nécessaire de me donner un professeur pour les vacances, mais de tous ceux que tu pouvais trouver, M. Crowe est le meilleur.

Il est arrivé des choses bizarres à Farnham, et j'aimerais pouvoir en discuter avec toi. Le cadavre d'un homme a été découvert en ville, couvert de bubons, et un autre sur les terres du manoir. Les gens du village ont eu peur que ce soit la peste, mais un savant, le professeur Winchcombe, a prouvé qu'ils avaient été tués par des centaines de piqûres d'abeilles. Je pense que ces abeilles tueuses ont un lien avec un homme, le Baron de Maupertuis, propriétaire d'un entrepôt à Farnham, mais je n'en sais pas plus.

L'entrepôt a été brûlé, et toutes les preuves ont disparu. Je t'en dirai plus quand je te verrai.

En bref, la vie ici est plus intéressante que je ne m'y attendais, au moins quand je peux sortir de la maison. Aujourd'hui, je suis obligé de rester dans ma chambre, en punition pour avoir été trouver le professeur Winchcombe sans permission, mais c'est encore une autre histoire à te raconter quand nous serons réunis.

As-tu des nouvelles de notre père ? Est-il encore en route pour l'Inde, et sais-tu ce qui se passe là-bas ?

Embrasse pour moi notre mère et notre sœur, et viens vite me rendre visite.

Ton frère,
Sherlock

Il fit sécher l'encre avec un buvard et, à l'heure du déjeuner, il déposa sa lettre sur la table de l'entrée pour qu'un domestique la porte à la poste de Farnham. Quand il redescendit pour le dîner, la lettre avait disparu. Au même instant, Mlle Eglantine traversait le hall ; elle lui décocha un sourire narquois. Avait-elle vu la lettre ? L'avait-elle même *lue* ? Et dans ce cas, l'avait-elle détruite ? Sherlock se dit qu'il exagérait : pourquoi la gouvernante aurait-elle fait une chose pareille ? Mais l'avertissement de Mycroft lui revenait constamment à l'esprit : *Ce n'est pas une amie de la famille.* Au dîner, il découvrit qu'il n'avait pas faim. Il essaya de se forcer à manger quelque chose, pour garder un peu d'énergie, mais, incapable de continuer, il s'excusa très vite et se dirigea vers la bibliothèque.

Il cherchait un livre sur l'apiculture. En traversant le hall, il remarqua une lettre, posée sur le plateau d'argent du guéridon. Venait-elle d'être apportée, ou bien ne l'avait-il tout simplement pas vue plus tôt ? Pensant qu'elle venait peut-être de Mycroft, il s'approcha. Elle lui était adressée, mais l'écriture n'était pas celle de Mycroft. Elle était plus ronde, plus… féminine. Comment était-ce possible ?

Sherlock regarda autour de lui, pensant qu'il allait trouver Mlle Eglantine cachée dans l'ombre, mais le hall était désert. Il prit la lettre, ouvrit la porte d'entrée et resta dehors, dans la lumière du soir, sans s'éloigner au-delà du porche pour qu'on ne puisse l'accuser d'avoir désobéi.

Dans l'enveloppe, il n'y avait qu'une feuille simple, couleur lavande. Sous ses nom et adresse, il lut :

Sherlock,

Il y a une foire demain dans le champ qui se trouve sous le château. Rejoignez-moi là-bas à neuf heures, si vous osez !

Venez seul,

Virginia

Sherlock eut un vertige. Virginia voulait le voir ? Il prit une grande inspiration. Mais pourquoi ? Il ne l'avait rencontrée que deux fois, mais il avait eu l'impression qu'elle ne l'appréciait pas beaucoup. Ils ne s'étaient pratiquement rien dit. Et pourtant elle voulait le voir ? Seul ?

Il ne pouvait pas y aller ! Il n'avait pas le droit de s'éloigner de la maison !

Il réfléchit à toute vitesse, essayant de trouver une raison de sortir le lendemain sans s'attirer d'ennuis. Il devait exister un moyen de convaincre l'oncle Sherrinford... Virginia lui demandait de venir le retrouver. D'après le peu qu'il savait d'elle, il était clair qu'elle était plus indépendante que les jeunes Anglaises de son âge. Elle montait à cheval comme un garçon et elle sortait seule. Mais si elle avait été anglaise, elle n'aurait jamais prévu de se rendre à la foire sans être accompagnée de sa famille. Cela signifiait que Sherlock pouvait interpréter sa lettre comme une invitation à la rejoindre *en compagnie de son père,* ce qui lui permettait de quitter la maison sans violer les termes du contrat imposé par son oncle. Jamais Sherrinford ne croirait qu'une jeune fille donnerait rendez-vous à un garçon en dehors de la présence de son père. Évidemment, Sherlock savait à quoi s'en tenir, mais si on lui posait la question, il jouerait les ingénus.

Un instant, il s'inquiéta à l'idée que quelqu'un du manoir soit présent à la foire. Il se rassura en pensant que jamais son oncle ni sa tante, pas plus que Mlle Eglantine, n'y mettraient les pieds. Si une cuisinière ou un employé s'y trouvait, ils ne le reconnaîtraient sans doute pas.

Sherlock passa le reste de la soirée et de la nuit à se convaincre alternativement d'accepter, puis de n'en rien faire. Le matin, il n'était toujours pas décidé, mais au petit déjeuner, l'image de Virginia s'imposa à lui : il irait.

Il vérifia l'heure à l'horloge comtoise : il était huit

heures passées. S'il partait tout de suite en bicyclette, il pouvait y être à temps. Il savait où se trouvait le château, perché sur une colline qui dominait la ville. Le pré devait être juste en dessous.

Fallait-il laisser un mot ? Après les derniers événements, ce serait sans doute plus sage. Il griffonna quelques explications au dos de l'enveloppe, assurant qu'il allait rejoindre Amyus Crowe, et la laissa sur le plateau. Cela fait, il courut jusqu'à l'endroit où il avait rangé la bicyclette, en longeant les murs et en se baissant pour éviter d'être vu depuis les fenêtres.

Toutes sortes de pensées et de spéculations tournaient dans sa tête tandis qu'il pédalait. Il n'avait encore jamais connu d'amitié féminine. Sa sœur, plus âgée que lui, ne partageait pas ses centres d'intérêt. Elle passait son temps à jouer du piano, à peindre ou à faire du crochet, et de plus Sherlock l'avait vue malade et alitée pendant une grande partie de son enfance. Il n'avait pas d'amis dans le voisinage, et la pension Deepdene était réservée aux garçons ; il ne savait pas trop comment se conduire avec Virginia, ni de quoi lui parler.

Il traversa Farnham, puis prit une route qui montait vers le château. La côte était raide. Il lutta aussi longtemps que ses jambes le lui permirent, et finit par descendre pour pousser le vélo. Quand il arriva dans le champ, il était hors d'haleine.

Illuminée par le soleil matinal, une ville miniature

s'étalait sous ses yeux. Les stands et les rings cerclés de corde avaient été montés de part et d'autre d'allées couvertes de gazon où les promeneurs déambulaient en bavardant. Un nuage de fumée planait, mêlé à des odeurs entêtantes de viande grillée et de fumier. On avait laissé des espaces pour les boxeurs, les jongleurs, les faux escrimeurs qui rivalisaient avec des épées de bois, et pour les combats de chiens. Des charlatans vendaient des drogues miracle à la composition douteuse, des cracheurs de feu avalaient des tiges de fer rouge, et les badauds faisaient des concours de grimaces ou des courses en sac pour gagner un chapeau ou une chemise de nuit. Il y avait même un jeu qui consistait à dévorer d'énormes parts de pudding plus vite que ses voisins.

Sherlock cherchait dans la foule la chevelure rousse bien reconnaissable de Virginia, mais les curieux étaient venus si nombreux qu'il ne pouvait rien distinguer. Comme la jeune fille n'avait pas précisé de lieu de rendez-vous, il ne pouvait qu'attendre, ou plonger dans la foule pour la rechercher. Il n'avait jamais beaucoup aimé attendre.

Avec un peu d'inquiétude, il laissa sa bicyclette contre la barrière du paddock. Il n'était pas sûr de la retrouver en partant, mais il avait peu de chances de pouvoir traverser la cohue avec cet engin.

La première chose qu'il vit en traversant le pré, ce fut un grand tonneau rempli d'eau, autour duquel les gens se bousculaient en riant. La surface de l'eau semblait en ébullition, comme si on y faisait cuire quelque chose, mais Sherlock ne voyait de feu nulle part. Dans la foule, un jeune homme qui arborait un mouchoir à pois noué autour du cou et qui souhaitait visiblement impressionner la fille en robe blanche à ses côtés, tendit une pièce au bateleur et plongea brusquement la tête dans le fût.

Toujours à moitié convaincu que l'eau était bouillante, Sherlock sursauta. Le garçon, pourtant, n'avait pas l'air de souffrir. Il faisait des mouvements de tête sous l'eau comme s'il cherchait quelque chose, se redressait pour respirer, et recommençait. Enfin, il se releva tout à fait. L'eau dégoulinait sur ses épaules et son cou, mais il semblait peu s'en soucier. Entre ses dents, il tenait quelque chose d'argenté qui se tortillait désespérément. Sherlock ne comprit pas tout de suite de quoi il s'agissait, mais il finit par distinguer une anguille, à peine plus longue que le doigt. Il s'éloigna, médusé. Il savait qu'on pouvait s'amuser à pêcher des pommes dans un tonneau, mais des anguilles ? Cela paraissait incroyable.

— Venez voir le mouton le plus extraordinaire du monde ! criait un aboyeur. Un mouton à quatre pattes, et la moitié d'une cinquième ! Vous n'en verrez jamais de pareil !

Il croisa le regard de Sherlock et insista :

— Vous, jeune homme ! Venez voir la chose la plus incroyable de la Création ! Vous ne l'oublierez jamais !

Toutes les filles seront pendues à vos lèvres quand vous leur raconterez l'histoire du mouton à quatre pattes et demie !

La devanture suivante était un théâtre de marionnettes. Deux poupées à tête de bois, vêtues de costumes taillés dans des rubans multicolores, se déplaçaient sur la scène, actionnées par un marionnettiste invisible. L'une se pencha sur le rebord, et l'autre se précipita pour la décapiter à l'aide d'une hache miniature. La tête coupée roula, et quand un flot de rubans écarlates jaillit comme du sang, la foule éclata en vivats bruyants.

Une mare s'étendait d'un côté du pré ; les spectateurs se massaient sur les bords, certains tenant en laisse des chiens surexcités. Un homme vêtu d'un gilet voyant et coiffé d'un chapeau claque lança dans l'eau un canard dont les pattes étaient liées par une corde à laquelle était attachée une pierre. En voyant de l'argent changer de mains, Sherlock eut la terrible impression de savoir ce qui allait suivre. L'homme au gilet fit un pas en arrière et leva la main. La foule se tut, haletante, mais les chiens se mirent à aboyer si violemment que tout tremblait autour d'eux, même le sol. L'homme baissa la main, et les chiens furent lâchés. Dans une grande gerbe d'éclaboussures, ils plongèrent tous ensemble dans la mare pour essayer de s'emparer du canard. Affolé, celui-ci faisait des efforts frénétiques pour s'éloigner, mais il était retenu par la corde qui l'attachait au poids. Les chiens, de leur côté, avaient peur de s'aventurer dans l'eau profonde, mais un terrier plus brave que les autres poursuivait le volatile avec frénésie. Écœuré, Sherlock se détourna avant de le voir enfoncer ses crocs dans le cou de sa victime. L'issue du combat était prévue d'avance, la seule incertitude étant l'identité du vainqueur.

En passant devant les étalages de saucisses grillées, de pommes caramélisées, de beignets de farcis au porc, il ne savait plus si c'était la faim ou le dégoût qui lui donnait des crampes à l'estomac.

Les deux, peut-être.

La foule devenait plus dense et de plus en plus déchaînée ; il était bousculé de tous côtés. Par-dessus les cris et les rires, il entendit une voix qui appelait :

— Qui veut combattre notre champion invincible ? Qui aura le courage de se battre contre Nat Wilson, le prodige de Kensal Green ? Un souverain pour le gagnant, les rires et le dédain pour ceux qui perdent !

Poussé par-derrière, Sherlock perdit soudain l'équilibre. En tombant, il sentit quelque chose de dur s'abattre dans son dos. Quand il put se relever, il vit qu'il faisait maintenant face à la foule. Il avait trébuché contre un des piquets de bois qui retenait les cordes formant un ring. Devant lui, un homme vêtu d'une simple culotte de cuir exposait fièrement les muscles noueux de ses bras et de son torse. Un deuxième individu, en costume poussiéreux et chapeau melon, annonça :

— Nous avons un challenger !

La foule applaudit.

Sherlock voulut reculer, mais des mains se saisirent de lui et le poussèrent au centre du ring. Il comprenait qu'il était devenu sans le vouloir le challenger annoncé.

— Non ! hurla-t-il Non ! Je ne veux pas…

L'aboyeur s'approcha.

— Règles standard de Broughton : pas de protections, pas de coup-de-poing américain, tous les coups sont permis, sauf frapper l'adversaire à terre. Quand un homme est à terre, il a trente secondes pour récupérer, et huit autres pour se relever. Le combat est terminé quand l'un des adversaires ne peut pas se relever.

Il jeta un regard vers Sherlock qui cherchait frénétiquement des yeux un espace dans la foule par où s'échapper.

— Gamin, murmura-t-il, tu ne tiendras pas une minute sans aide. Si tu peux durer cinq, je doublerai ton prix. Il faut amuser la galerie.

— Mais je ne devrais même pas être là ! s'écria Sherlock.

— Un peu tard pour t'en apercevoir.

— C'est un accident !

— Non, répliqua l'homme avec un sourire qui découvrit ses dents gâtées, c'est un massacre.

Comme l'aboyeur sortait du ring, Sherlock essaya de le suivre, mais le public l'en empêcha. On lui lança des pierres pour l'obliger à revenir vers le centre.

L'autre concurrent s'approcha, suivi par les applaudissements du public. Il avait une demi-tête au moins de plus que Sherlock, une poitrine de brute et des mains énormes.

— Sur les marques, grogna-t-il.

— Quoi ?

Le boxeur lui montra deux lignes parallèles tracées dans l'herbe à environ un mètre l'une de l'autre.

— Tu te mets derrière l'une. Je me mets derrière l'autre. Quand la cloche sonne, on se bat. C'est comme ça que ça marche.

— Mais je ne veux pas me battre !

— Comme tu voudras, mon vieux. Moi, faut que je fasse durer le combat cinq minutes, et si tu te protèges pas, tu vas être transformé en viande hachée. Et même si tu te protèges, ajouta-t-il avec un coup d'œil critique à son adversaire.

Il poussa Sherlock derrière l'une des marques.

— Lève les mains, protège-toi le visage. Et reste debout. Si tu tombes, je te ferai lever à coups de pied.

— Je croyais que l'arbitre avait dit qu'on ne frappe pas un homme à terre !

Le boxeur haussa les épaules.

— Il a rien dit sur les coups de pied…

N'ayant pas encore vraiment pris conscience de ce qui lui arrivait, Sherlock recula derrière sa marque. Le boxeur avança un pied botté de cuir. Le garçon regarda la foule, cherchant de l'aide, mais ne vit que des visages rouges et transpirants déformés par des grimaces mauvaises. Il n'y avait aucune issue.

Une cloche sonna.

Sherlock fit un pas en arrière, et le poing de son adversaire le manqua d'un cheveu. Il mit ses mains devant son visage et recula encore tandis que l'autre avançait. La foule hurla. Il avait vu des images de boxeurs dans des livres et avait observé quelques matchs à l'école ; il y avait même participé à l'occasion. Il prit la position qu'il avait apprise, poings levés haut, mais l'autre n'avait de toute évidence pas lu les mêmes livres que lui : il lui tournait autour en balançant les bras à hauteur d'épaule. Sherlock reçut un coup à l'épaule gauche, celle que Clem avait blessée la veille, et sentit la douleur irradier son bras comme un liquide en fusion. Sa main retomba inerte à son côté. Comment tout cela était-il arrivé ? Une minute plus tôt, il se promenait anonyme dans la foule, et il se retrouvait brusquement au centre d'un ring ! C'était comme si une force inconnue l'avait poussé là.

Tandis que le boxeur s'approchait, prêt à attaquer à la tête, Sherlock recula et le frappa de toutes ses forces de son poing droit. Par une chance incroyable, il fit mouche. Il sentit quelque chose craquer sous ses doigts ; le sang gicla sur le menton et le torse de son adversaire, qui fit un bond en arrière en expirant violemment. Une gerbe de sang éclaboussa la chemise de Sherlock. L'autre le cueillit d'un direct du droit dans la poitrine, envoyant Sherlock à terre. La douleur qui brûlait ses côtes était telle qu'un instant il crut que son cœur avait cessé de battre. Il essayait de respirer, mais ses poumons semblaient paralysés. Il se plia en deux pour essayer de forcer un peu d'air dans sa gorge, quand une main le saisit par la nuque et le lança dans l'herbe. Le choc de la réception au sol vida ses poumons de l'air qui y restait, et il se remit à respirer à grandes goulées. Il réussit à rouler plus loin à la seconde où un pied allait s'écraser sur sa tête, et se releva.

Le visage de son adversaire n'était plus qu'un masque ensanglanté où n'apparaissaient que deux yeux furibonds et la ligne menaçante des dents. D'un bond, il fut sur Sherlock qu'il toucha deux fois, d'une droite dans les côtes et d'un crochet gauche à la tête. En tombant, Sherlock n'avait déjà plus conscience de rien. La douleur qui l'avait envahi s'éloignait. Il ne sentit rien en s'écroulant à terre.

Le néant l'engloutissait, et il s'y laissa glisser avec soulagement.

Chapitre 10

Quand Sherlock reprit conscience, une douleur lui vrillait la tempe droite, palpitant au rythme des battements de son cœur. Les élancements, qui ne lui laissaient aucun répit, lui donnaient la nausée ; il ne pouvait ni les ignorer ni les maîtriser. Il se laissa aller un moment dans l'obscurité, sans penser à rien, en attendant simplement qu'ils diminuent d'intensité. À la fin, il se sentit un peu moins mal.

La dernière chose dont il avait gardé le souvenir, c'était d'avoir été assommé par un boxeur forain dans le pré du château de Farnham. Et maintenant, il était couché dans un lit confortable, la tête sur des oreillers de plume. À moins qu'il s'agisse d'une hallucination, cela signifiait qu'il n'était donc plus sur l'herbe du champ de foire, ni sous l'une des tentes. Il n'était pas impossible qu'à cause des coups qu'il avait reçus sur la tête, son esprit soit dérangé.

Il décida que non. Il allait essayer de comprendre ce qui lui était arrivé en partant du principe que ce qu'il voyait, ressentait et entendait était la réalité et non le caprice d'un cerveau meurtri.

La lumière qui passait à travers les rideaux indiquait que c'était encore le matin. Il n'était pas dans son lit, c'était tout à fait certain. Le sien était plus dur, et ses coussins moins moelleux. Quelqu'un du manoir avait dû le trouver et le porter ici, dans une chambre plus confortable que la sienne, où peut-être le médecin et les domestiques pouvaient lui rendre visite plus facilement. Il tendit l'oreille pour essayer de distinguer les bruits du dehors, mais il n'y en avait pas, à part des chants d'oiseaux dans le lointain.

Dans quelle situation s'était-il encore mis ? En pensant qu'il avait une fois de plus désobéi aux ordres de son oncle, et que ses efforts pour faire croire qu'il comptait retrouver Amyus Crowe ne feraient qu'aggraver son cas, il gémit involontairement. Comble de l'horreur, il s'était battu comme un gamin des rues, et il avait perdu ! Cela ne comptait sans doute pas pour son oncle Sherrinford, mais si jamais son père l'apprenait, il serait furieux. L'une de ses maximes favorites était : « Un homme de bien ne commence jamais une querelle, mais il la termine toujours. »

S'il avait de la chance, son oncle le garderait enfermé dans sa chambre au pain sec et à l'eau jusqu'à la fin du mois. S'il n'en avait pas... Il n'avait pas de certitude, mais il pouvait craindre des châtiments encore plus redoutables : le fouet, peut-être ? Son oncle ne le ferait pas par colère, mais par devoir, et n'existait-il pas une citation biblique pour affirmer que « qui aime bien châtie bien » ?

Il pouvait vraiment s'attendre au pire.

Sherlock tâta sa tête ; il sentit une bosse, douloureuse au toucher.

Il s'assit. Sa tête protesta, il eut envie de vomir, mais passa outre.

La chambre où il se trouvait était lambrissée de bois, les montants du lit supportaient un baldaquin brodé. Il ne reconnaissait pas cette pièce, dont la décoration lui paraissait très différente de celle du manoir. Il vit qu'on l'avait couché tout habillé, en lui retirant seulement sa veste et ses chaussures. La veste était accrochée à un portemanteau fixé à la porte.

Il rejeta le drap et se leva progressivement. Pendant un moment, il eut l'impression que la pièce tanguait. En évitant de se pencher, il étendit les jambes pour attraper ses chaussures posées au pied du lit. Il avait nettement l'impression qu'il devait à tout prix garder la tête en l'air.

Il marcha lentement vers la fenêtre et tira le rideau. Le paysage qu'il avait sous les yeux n'était pas celui de Holmes Manor.

Il apercevait un terrain rougeâtre, plat et nu. À perte de vue, s'étendaient des rangées de caisses de bois montées sur pieds, qui ressemblaient vaguement à des cages à poules, en plus petit. Chaque caisse était percée d'une fente dans sa partie basse, juste au-dessus du plateau qui la soutenait sur ses pieds. Les rangées étaient espacées régulièrement ; après un rapide calcul, Sherlock estima qu'il avait environ cinq cents caisses sous les yeux.

De la fumée s'échappait des ouvertures, mais le vent devait souffler d'une manière étrange, car les panaches s'échappaient dans des directions différentes. Certains montaient vers le ciel, d'autres partaient vers la droite ou la gauche, d'autres enfin formaient un nuage devant l'entrée.

Au fond, une silhouette apparut. Elle était entièrement couverte d'une combinaison de toile, la tête cachée par un masque de mousseline assez fine pour permettre de voir à travers. Une armature de bois léger maintenait le masque en place loin du visage. L'homme se pencha sur une caisse et souleva le couvercle, provoquant l'apparition de nouveaux nuages de fumée, qui ne parurent pas le gêner, puisqu'il retira calmement un plateau qu'il alla poser sur une pile à côté de lui.

Sherlock recouvra enfin toutes ses facultés et comprit ce qu'il avait sous les yeux. Il pensa au nuage de fumée qu'il avait vu s'éloigner du corps dans la forêt, à celui dont Matty avait été témoin, au pollen qu'il avait porté au professeur Winchcombe… Tout s'éclairait. Il ne s'agissait pas de fumée, mais d'abeilles, de petites abeilles noires. Cela signifiait que les caisses étaient des ruches, et l'homme masqué, un apiculteur.

Mais de quelle sorte d'abeilles s'agissait-il, et pourquoi les élevait-on ? Pour leur miel ? Pour se défendre ? Pour une autre raison ?

Et plus important encore, où donc était-il tombé ?

Derrière lui, la porte s'ouvrit. Il se retourna. Deux hommes vêtus de livrées à l'ancienne, culottes et bas, gilets et redingotes courtes de velours noir immaculé, se tenaient à l'entrée. Leurs visages étaient cachés par des masques de velours noir, fendus au niveau des yeux.

L'un des deux lui fit signe de les suivre. Un instant, Sherlock fut tenté de se rebeller – il n'aimait guère obéir aux ordres –, mais il pensa que s'il refusait de venir, ils allaient l'y contraindre, et qu'ils ne prendraient sans doute pas beaucoup de précautions.

Par ailleurs, il n'avait pas d'autre moyen d'apprendre où il était.

Le cœur battant, mais l'allure impassible, Sherlock avança vers les valets de pied, l'un des deux lui montra le chemin, l'autre lui emboîta le pas.

Le corridor était richement décoré dans des tons de rouge et de pourpre. Un motif d'armoiries se répétait des tapisseries aux rideaux. Encadré par ses gardes, Sherlock descendit un escalier de marbre blanc. On n'entendait que ses pas ; les domestiques marchaient sans faire plus de bruit qu'un murmure.

Arrivé en bas, le premier valet ouvrit une porte située à côté d'un lourd placard de teck. Il fit signe au garçon d'entrer, et celui-ci obtempéra en hésitant.

La porte se referma derrière lui avec un bruit sourd.

Il se trouvait dans une pièce spacieuse, sombre et fraîche. Toutes les fenêtres étaient masquées par d'épais rideaux qui ne laissaient passer que de maigres rais de lumière. Dans l'ombre épaisse, Sherlock ne distinguait que l'extrémité d'une table massive devant laquelle était installé un fauteuil. Sur les murs, seuls quelques reflets métalliques émergeaient de l'obscurité.

Ce qu'on attendait de lui était évident. Sentant une sueur froide lui couler dans le dos, il avança et s'assit sur le fauteuil.

Il y eut un long silence. Sherlock n'entendait que les battements précipités de son cœur. Malgré ses efforts, il ne voyait que la surface de la table devant lui. Peu à peu, il discerna un faible bruit, qui ressemblait à celui du gréement d'un bateau ballotté par une mer fantôme. Ce son étrange allait et venait comme si une brise intermittente gonflait les voiles en tirant sur les cordages, puis se calmait en les laissant retomber. Sherlock ne comprenait pas ce que cela pouvait être : il n'était pas à bord d'un voilier !

— Vous étiez à l'entrepôt.

Une voix d'homme à peine plus forte qu'un murmure s'éleva dans l'ombre, à l'autre bout de la table. Sherlock y décela un très léger accent étranger, sans toutefois en trouver l'origine.

— *Pourquoi* étiez-vous dans le hangar ?

— Qui êtes-vous ? demanda Sherlock d'une voix ferme.

Il montrait beaucoup plus d'assurance qu'il n'en ressentait.

— *Pourquoi* étiez-vous dans le hangar ? reprit la voix.

Sherlock devait tendre l'oreille pour l'entendre par-dessus le bruit de fond.

— Mon oncle va s'inquiéter, lança-t-il. Il va organiser des recherches.

Il n'en était pas certain, mais cela lui paraissait un argument capable de déstabiliser son mystérieux adversaire.

— Je vais vous le demander encore une fois. Ensuite, il y aura des conséquences : *pourquoi* étiez-vous dans le hangar ?

— Je ne sais pas de quoi vous parlez.

Quelque chose de long et de noir se déroula brusquement dans l'ombre tel un serpent prêt à frapper. Sherlock sursauta. Il sentit le sang couler sur sa peau avant de percevoir la douleur de sa chair.

— *Pourquoi* étiez-vous dans le hangar ?

Sherlock toucha sa joue en feu, puis regarda sa main. Elle était rouge.

— Vous m'avez blessé, murmura-t-il, stupéfait.

Le fouet sortit encore de l'ombre. Cette fois, il eut le temps de l'apercevoir, juste au moment où il sifflait devant ses yeux. Une pointe de métal terminait la mèche, et Sherlock en sentit l'impact à l'instant même où une douleur aiguë lui déchirait l'oreille droite. Il poussa un cri et porta la main à la tête ; le sang giclait dans sa paume.

— *Pourquoi…*

— Je suivais un homme qui était sorti d'une maison de Farnham ! hurla Sherlock. Il est allé à l'entrepôt !

La voix se tut un moment. L'homme réfléchissait.

— Pourquoi suiviez-vous cet homme ?

Le sang qui coulait de l'oreille de Sherlock trempait à présent son col. Tout le côté droit de son visage le faisait souffrir.

— Quelqu'un était mort dans cette maison. Je voulais savoir de quoi.

— De la peste, non ? chuchota la voix. C'est ce qu'on dit…

Plutôt que de mentionner les abeilles, Sherlock se mordit la langue, mais le fouet revint lui lacérer le front, juste au-dessus de l'œil. Des vagues de douleur le submergèrent et sa tête partit en arrière. Quand il essaya d'ouvrir l'œil, il sentit qu'il en était incapable : le sang lui collait la paupière.

S'il continuait, il allait être réduit à l'état de lanières.

— Il est mort de piqûres d'abeilles ! s'écria-t-il, de centaines de piqûres !

Silence. La douleur provoquée par les trois coups de fouet devenait insupportable.

— Qui d'autre est au courant ?

— Seulement moi ! mentit Sherlock.

Le fouet siffla encore, et vint s'abattre juste à côté de son œil gauche, à un cheveu du globe oculaire. Des gouttes de sang perlèrent à ses cils.

— La prochaine fois que mon maître flagelleur frappe, il vous crève l'œil gauche, annonça la voix. La fois suivante, il vous coupe l'oreille. Répondez à mes questions, et ne mentez pas.

Le maître flagelleur ? Cela signifiait que celui qui parlait et celui qui maniait le fouet étaient deux personnes différentes. Combien d'autres écoutaient et regardaient la scène, cachées dans l'ombre de la pièce ?

— Je connais déjà certaines réponses, susurra la voix. Si vous dites autre chose que la vérité, vous souffrirez, maintenant, et pour le reste de votre vie. Qui est au courant, à propos des abeilles ?

— Le professeur Winchcombe à Guildford, et Amyus Crowe, à Farnham. Mon oncle Sherrinford. Amyus Crowe l'a dit au médecin de Farnham. Je ne sais pas qui d'autre…

L'effort que faisait Sherlock pour maîtriser la douleur était tel qu'il tremblait.

— Trop de gens, marmotta la voix.

Sherlock eut l'impression que son tortionnaire se parlait à lui-même, à moins qu'il ne se soit adressé à un acolyte silencieux.

— Il faut accélérer les opérations. Emmenez ce garçon et tuez-le. Faites en sorte que cela paraisse être un accident. Écrasez-le avec une voiture à cheval, et veillez bien à ce que les roues lui passent sur le cou.

Sherlock eut soudain devant les yeux la terrible vision du blaireau qu'il avait trouvé devant le hangar, aplati par une carriole. La même chose était sur le point de lui arriver…

Des mains le saisirent par les épaules et le soulevèrent de sa chaise. Il tituba vers la porte, poussé par les deux valets de pied qui s'étaient tenus silencieusement derrière lui. Un kaléidoscope d'idées tournait dans sa tête. Il fallait s'évader, et la première chose à faire était d'échapper à ces mains qui l'empoignaient. La porte s'ouvrit et la lumière du hall éclaira la scène ; l'un des valets l'avait lâché pour repousser le battant. Sherlock se retourna pour donner un coup de pied, espérant faire assez mal à celui qui le maintenait encore pour lui faire lâcher prise. Mais il ne toucha qu'une botte de cuir, et il reçut une gifle qui lui fit voir des myriades d'étincelles.

La porte de la chambre obscure se ferma.

Ce faisant, elle découvrit Matthew Arnatt. Il brandissait une massue renforcée de clous métalliques qui ressemblait à l'arme des anciens chevaliers sur les champs de bataille.

Il l'abattit de toutes ses forces sur la tête du premier valet, qui s'écroula comme un sac de charbon qu'on jette à la cave. Son compère lâcha Sherlock et fit un pas vers Matty, mais Sherlock lui décocha un coup de pied dans l'aine. L'autre se plia en deux, le souffle coupé.

— Par là, chuchota Matty en faisant signe à son ami de le suivre.

Ils se mirent à courir dans les corridors de cette maison inconnue, passant devant les boiseries de chêne foncé et les tentures de velours noir sur lesquelles contrastait le marbre blanc des statues grecques.

— Où as-tu trouvé cette massue ? demanda Sherlock sans ralentir.

Derrière eux, on entendait des bruits de pas précipités.

— Il y a des armures et des trucs partout, je me suis servi !

— Et qu'est-ce que tu fais ici ?

— J'étais à la foire, j'ai vu comment tu t'es laissé entraîner dans ce combat. Je voulais t'aider, mais deux types t'ont tiré jusqu'à une carriole. Ils t'ont jeté à l'arrière, et je me suis accroché au rebord sans qu'ils me voient. Depuis, je te cherche.

— Bon, haleta Sherlock, mais où sommes-nous ?

— À peu près à trois miles de Farnham, de l'autre côté de Holmes Manor.

Matty le conduisit par une porte simple à ce qui devait être les quartiers des domestiques, et de là, à un couloir de briques nues qui menait au jardin.

— Et tu n'as pas pris les vélos ?

— Comment j'aurais fait ? cria Matty vexé. J'étais accroché à l'arrière d'une voiture ! Je pouvais difficilement les prendre avec moi !

— C'est juste ! consentit Sherlock.

Sans cesser de courir, il jeta un coup d'œil autour de lui. Ils étaient à l'arrière de la maison. Passé une vaste véranda pavée et un petit muret bas, s'étendait, à la place d'un jardin, le champ de ruches qu'il avait déjà entrevu.

— Et comment allons-nous sortir d'ici, alors ? demanda-t-il encore.

— J'ai trouvé une écurie, figure-toi ! répondit Matty, toujours furieux. Y a des chevaux !

— Je sais pas monter !

Derrière eux, trois hommes masqués et vêtus de noir jaillirent des portes-fenêtres. Ils s'égaillèrent jusqu'à ce que l'un d'eux repère les garçons et se lance à leur poursuite en criant aux autres de le suivre.

— Eh ben, t'auras pas beaucoup de temps pour apprendre, mon vieux ! conclut Matty.

Ils tournèrent à l'angle de la maison et se dirigèrent vers les dépendances. Derrière eux, les bruits de pas se rapprochaient. Ils foncèrent et entrèrent dans une grange.

Elle était plongée dans la pénombre. Sherlock mit quelques instants à s'y habituer, mais Matty, qui avait repéré les lieux, se dirigea immédiatement vers deux chevaux sellés qui attendaient, attachés par une longe à un pilier de bois.

— En selle ! cria Matty. Sers-toi de la poutre pour monter !

Pendant que Matty se hissait adroitement sur la selle, Sherlock posa son pied droit sur une poutre horizontale, glissa son pied gauche dans l'étrier, et essaya d'imiter les gestes de son ami. Il réussit à se retrouver assis sur la selle, plus par chance que par jugement. Le cheval se retourna placidement pour le regarder.

— Allons-y ! rugit Matty.

D'une main, il avait saisi les rênes et, de l'autre, il détachait son cheval, une jument à la robe châtaigne. En prenant les rênes à son tour, Sherlock essaya de se souvenir des conseils de Virginia. *Guide avec les genoux, pas avec les rênes. Utilise-les seulement pour faire ralentir le cheval.*

Matty fit sortir sa monture de la grange sans un regard en arrière. Il paraissait certain que Sherlock allait suivre. Ayant détaché la longe, Sherlock se sentit tout à coup saisi de panique : Virginia lui avait dit comment diriger et comment freiner, mais comment faisait-on partir le cheval ? Il essaya d'appuyer des deux genoux sur les flancs, et sa monture se mit docilement en marche. Il se pencha en avant pour compenser le mouvement, serra les genoux plus fort et donna un timide coup de rênes. L'animal prit le trot, puis le galop. Pourquoi disait-on que monter à cheval était difficile ? Il ne s'agissait que d'une série de signaux, suivis d'actions !

Il se retrouva dehors dans un éblouissement de couleurs. Matty galopait devant, poursuivi par des domestiques masqués qui couraient sans pouvoir le rattraper. Deux d'entre eux se dressèrent devant Sherlock pour l'empêcher de passer. L'un brandissait un revolver. Il tira vers Sherlock, qui sentit un courant d'air chaud lui frôler la tête. Poussant son cheval à galoper plus vite, il fonça droit sur les hommes qui tombèrent à terre. Maintenant, il avait l'impression de voler ; il rattrapa rapidement Matty.

En quelques instants, ils furent en vue du mur d'enceinte, qui devait bien s'élever à trois mètres. Ils suivirent une courbe en direction de la grille principale, passant de la terre meuble aux dalles de la voie réservée aux véhicules. Des gardes en fermaient les portes au moment où ils y parvinrent. Le cœur de Sherlock se serra : deux serviteurs armés de fusils les tenaient en joue. Les deux garçons tirèrent en même temps sur les rênes et leurs montures s'arrêtèrent dans une gerbe de gravillons.

L'un des hommes fit feu. L'écho du coup se répercuta dans l'air et la balle siffla en passant comme un essaim de moustiques.

Avec une pression des genoux et un mouvement instinctif des rênes, Sherlock fit tourner son cheval. Matty en fit autant, et ils repartirent au galop. Devant eux se dressait la maison, sombre et inquiétante.

Des hommes masqués surgissaient de partout, armés de revolvers, de lances, de fourches et même de fusils. Pas d'issue à gauche ni à droite. Leur retraite était coupée. Sherlock pouvait presque entendre la voix de Mycroft, qui lui répétait : « Quand toutes les autres options sont impossibles, Sherlock, choisis la dernière, même si elle est totalement improbable. »

Comme s'il devinait son intention, son cheval sauta les quelques marches du perron et fila au galop à travers les portes battantes.

Sherlock baissa la tête pour passer sous le linteau, qui lui frôla le haut du crâne, et se cramponna au cheval qui dérapait sur le sol dallé. Mais l'animal reprit son équilibre et dépassa l'escalier de marbre pour continuer vers l'arrière de la maison. Terrifiés par les sabots, les serviteurs s'écartaient. À droite, Sherlock vit une porte entrouverte sur ce qu'il espérait être le salon. Il s'y engagea ; vaste et lumineuse, la pièce ouvrait sur l'extérieur par de grandes portes-fenêtres. Comme il s'en doutait, elles étaient restées ouvertes !

En quelques secondes, il était passé dans la véranda. Derrière lui, il entendit un bruit de meubles renversés, puis le claquement de sabots sur les dalles : Matty le suivait. Ils débouchèrent au milieu des ruches, et se dirigèrent en ligne droite vers une petite porte de service qui ne semblait pas gardée. Les ruches alignées en files parallèles leur laissaient une allée où ils galopèrent à perdre haleine. Le vent sifflait à leurs oreilles. Des nuages d'abeilles s'envolaient derrière eux, mais les chevaux étaient trop rapides et elles vrombissaient dans la plus grande confusion.

La porte était fermée au verrou, mais Sherlock n'eut besoin que d'un instant pour sauter de cheval et l'ouvrir, Matty à ses côtés. En se retournant, il vit un groupe d'hommes masqués hésiter, indécis, au-delà des ruchers. Visiblement, ils ne voulaient pas courir le risque d'entrer dans cette partie de la propriété. Quelques-uns étaient déjà en train de faire de grands moulinets des bras pour chasser les bestioles furieuses et prêtes à l'attaque.

— Je trouve que ça ne s'est pas mal passé, remarqua Matty. On reste pour voir la suite ?

— Peut-être pas, dit Sherlock.

Chapitre 11

Après avoir lavé les blessures que Sherlock arborait au visage avec un chiffon imprégné d'un liquide qui sentait fort et piquait la peau, Amyus Crowe alla s'asseoir dans son fauteuil d'osier, à l'autre bout de la pièce. Le fauteuil grinça sous son poids. D'une pression des jambes, il se mit en équilibre sur les pieds arrière et se balança légèrement, le tout sans quitter Sherlock des yeux.

Près de son ami, Matty semblait mal à l'aise, comme un animal qui cherche à s'enfuir mais ne sait pas quelle direction prendre.

— Quelle histoire ! murmura Crowe.

Sherlock ne dit rien. Il avait l'impression que, pour son maître, ces mots n'étaient qu'un moyen de rompre le silence sans couper le cours de ses réflexions.

Crowe se balançait en le regardant fixement.

— Oui, c'est une sacrée histoire, répéta-t-il au bout d'un moment.

Le regard pensif de Crowe fixé sur lui finit par mettre Sherlock mal à l'aise. Il détourna les yeux pour examiner la pièce. Le cottage était encombré de piles de livres, de journaux et de magazines qui traînaient partout. Un canif dont la lame traversait un paquet de lettres était planté dans le bois du manteau de cheminée, à côté d'une pendule qui indiquait presque deux heures. Près de là, une pantoufle abandonnée servait d'étui à une poignée de cigares, qui dépassaient comme autant de doigts. La pièce n'avait toutefois rien de sordide ; on n'y voyait pas un grain de poussière, tout était impeccablement propre. Le cottage était simplement en désordre ; Crowe avait sa manière bien à lui de ranger.

— Qu'est-ce que tu penses de tout ça, toi ? finit par demander Crowe.

Sherlock haussa les épaules. Il n'aimait pas être au centre de l'attention.

— Si je le savais, je n'aurais pas eu besoin de venir vous voir.

— Ce serait bien si une personne pouvait changer le cours des choses à elle seule, reprit Crowe sans montrer la moindre irritation. Mais, dans notre monde complexe, il arrive qu'on ait besoin d'amis, et parfois d'une organisation qui vous soutienne.

— Vous croyez qu'on devrait aller voir les poulets ? demanda Matty, visiblement alarmé.

— La police ?

Crowe hocha la tête.

— Je doute fort qu'ils vous croient, et même si c'était le cas, ils ne pourraient pas faire grand-chose. La personne qui habite cette grande maison niera tout. Elle est en position de pouvoir et d'autorité ; pas vous. Il faut bien l'admettre aussi, votre histoire est parfaitement invraisemblable.

— Mais vous nous croyez ? demanda Sherlock.

Le visage de Crowe exprima la plus grande surprise.

— Bien sûr que je vous crois.

— Pourquoi ? Comme vous l'avez dit, c'est une histoire parfaitement invraisemblable.

Crowe sourit.

— Quand les gens mentent, ils ont une attitude très particulière. Mentir est troublant, parce qu'on est obligé de garder en permanence dans la tête deux éléments qui s'opposent : la vérité qu'on essaie de cacher, et le mensonge qu'on essaie de communiquer. Ce trouble se manifeste de différentes façons. Un menteur va éviter le regard de l'autre, il se frotte le nez, il hésite et bégaie. Et il donnera aussi beaucoup plus de détails que nécessaire, comme si ça rendait le mensonge plus crédible de préciser de quelle couleur était le papier peint et si les gens portaient la barbe ou la moustache. Tu m'as raconté ton histoire sans détours, en me regardant dans les yeux, et sans donner de détails superflus. Pour autant que j'en puisse juger, tu dis la vérité, ou du moins, ce que tu crois être la vérité.

— Alors, qu'est-ce qu'on va faire ? demanda Sherlock. Ce qui se passe ici a un rapport avec des uniformes taillés pour l'armée, et avec des abeilles, et avec un entrepôt à Farnham... C'est cet homme, le baron, dans sa grande maison, qui est derrière tout ça, sans que nous sachions quel est son rôle.

— C'est ce que nous devons découvrir ! conclut Crowe.

Il fit retomber au sol les deux pieds avant de son fauteuil et se leva.

— Quand tu n'as pas assez de faits pour arriver à ta conclusion, il faut trouver d'autres faits. Allons poser quelques questions.

Matty hésita, mal à l'aise.

— Il faut que j'y aille, marmonna-t-il.

— Viens avec nous, mon garçon, dit Crowe. Tu fais partie de l'aventure, et tu as bien mérité de savoir ce qui se passe. De plus, le jeune Holmes ici présent a confiance en toi. Et si ça peut te convaincre, ajouta le précepteur après une pause, je vais commander le déjeuner.

— J'en suis, dit Matty.

Crowe mena les garçons dehors. Dans le pré attenant au cottage, Virginia étrillait Sandia. À côté d'elle,

Sherlock vit une jument baie qui devait être celle de Crowe. Les deux chevaux que les garçons avaient montés au cours de leur fuite paissaient tranquillement non loin de là.

Virginia leva la tête en les entendant approcher. Elle croisa le regard de Sherlock, et se détourna.

— Nous allons faire un tour, annonça Crowe. Tu viens avec nous, Virginia. Plus nous serons nombreux à poser des questions, plus nous aurons de chances d'obtenir des réponses sensées.

— Je ne sais pas quelles questions poser, objecta Virginia.

— Tu écoutais derrière la porte, répondit son père en souriant. J'ai entendu Sandia hennir. Elle ne le fait que lorsqu'elle te voit, mais que tu n'es pas avec elle. Et j'apercevais une ombre mouvante qui nous cachait la lumière près de l'entrée.

Virginia rougit mais soutint le regard de son père d'un air où il y avait du défi.

— Tu m'as toujours dit qu'il fallait savoir saisir les occasions.

— C'est vrai. Et la meilleure façon d'apprendre, c'est d'écouter.

Crowe enfourcha son cheval et Virginia en fit autant. Elle observa la manière dont les deux garçons se débrouillaient avec un sourire et fit un signe de tête approbateur à Sherlock.

— Pas si mal ! dit-elle.

Les quatre cavaliers partirent au petit galop sur la route, en sens inverse du chemin que Sherlock et Matty avaient parcouru un peu plus tôt. Le soleil brillait, on sentait une odeur de feu de bois flotter dans l'air, et Sherlock dut faire un effort pour se convaincre qu'il n'avait pas rêvé : il avait bien été assommé, fait prisonnier, soumis à un interrogatoire et négligemment condamné à mort. Ces choses-là n'arrivaient pourtant pas dans la réalité. Heureusement, les coupures qu'il portait au visage avaient cessé de le faire souffrir.

Virginia s'approcha.

— Tu montes bien, pour un débutant.

— J'ai eu de bons conseils, répondit Sherlock en notant le tutoiement.

Il lui jeta un regard rapide et se détourna à nouveau.

— Tout ce qui s'est passé dans cette maison, ce que tu viens raconter, c'était vrai ?

— Jusqu'au moindre mot.

— Alors, ce pays n'est peut-être pas aussi ennuyeux que je l'imaginais, conclut Virginia.

Plus ils approchaient de la maison où il avait été retenu prisonnier, plus Sherlock se sentait nerveux. Quand ils arrivèrent en vue de la grille d'entrée, Amyus Crowe tira sur ses rênes pour arrêter son cheval. Il n'y avait personne aux environs.

— C'est là ? demanda-t-il.

Sherlock hocha la tête sans répondre.

— Il y a des traces de passage de véhicules sur la route. On dirait qu'ils ont mis les bouts.

Interloqué, Sherlock regarda Virginia, qui lui sourit.

— Ils sont partis, expliqua-t-elle, ils ont déguerpi.

— Oh ! Je vois…

Sherlock enregistra l'expression, qu'il ne connaissait pas.

— Allons voir ce que nous pouvons trouver sur la route, proposa Crowe en faisant avancer son cheval.

Virginia lui emboîta le pas. Sherlock et Matty échangèrent un regard et partirent à leur suite.

Cinq minutes plus tard, ils arrivèrent à une auberge de briques rouges. La façade aux poutres apparentes en épi sur un crépi blanc était du même style que les autres maisons que Sherlock avait déjà vues dans les environs. Des tables montées sur tréteaux avaient été installées sur la pelouse, et la fumée qui sortait par la cheminée exhalait un parfum de viande grillée. Sherlock fut immédiatement affamé.

Crowe s'arrêta et mit pied à terre.

— Déjeuner tardif, annonça-t-il. Matty, Virginia, restez dehors et surveillez les chevaux. Sherlock, viens avec moi.

Sherlock suivit l'Américain dans la taverne. Le plafond bas disparaissait sous le nuage de fumée venant du gril où tournait un agneau entier, et le sol était couvert de sciure fraîche. Assis à une table, quatre hommes levèrent des yeux soupçonneux vers les nouveaux venus. Un cinquième, assis à un tabouret du bar, continua à regarder fixement son verre sans leur prêter attention. L'aubergiste, qui essuyait une chope à bière derrière son bar, leur fit un signe de tête.

— Bonjour, messieurs. Qu'est-ce que ce sera ? Voulez-vous boire, manger, ou les deux ?

— Quatre assiettes de viande avec du pain, répondit Crowe.

Sherlock, stupéfait, dressa l'oreille : la voix de son tuteur ne montrait plus trace d'accent américain. Pour autant qu'il pouvait en juger, il parlait maintenant comme un paysan ou un ouvrier des environs de Londres.

— Et quatre chopes de bière, ajouta Crowe.

L'aubergiste tira les quatre chopes et les posa sur un plateau d'étain. Crowe prit la sienne et fit un signe à Sherlock.

— Porte donc les autres dehors, mon gars, dit-il de sa voix bourrue de paysan anglais.

Avant de sortir, Sherlock le vit s'installer tranquillement au bar.

Dehors, Matty attendait, assis à une table. Virginia était restée près de son cheval. Sherlock vint s'asseoir près de son ami en se plaçant de façon à voir l'intérieur du bar par une fenêtre. Matty prit une chope et se mit à boire en la tenant des deux mains. Il paraissait avoir très soif.

Sherlock but une gorgée. Le liquide brun était amer et laissait un arrière-goût déplaisant.

— Le houblon n'est pas comestible, n'est-ce pas ? demanda-t-il.

— Je suppose qu'on peut le manger, mais personne ne le fait, convint Matty ; ça ne doit pas être bon.

— Alors pourquoi diable est-ce qu'on a eu l'idée d'en faire une boisson ?

— Sais pas.

Par la fenêtre de l'auberge, Sherlock voyait Crowe bavarder avec l'aubergiste. D'après la position de sa tête, il semblait poser des questions. L'autre répondait en continuant d'essuyer ses verres avec un torchon douteux.

Une jeune fille en tablier sortit en portant quatre assiettes de viande fumante. Elle déposa les plats et les couverts sur la table et s'éloigna sans dire un mot.

Virginia s'approcha, et Sherlock lui fit une place près de lui. Elle prit une tranche de gigot avant de s'interrompre, la fourchette à la main.

— Tu sais que je n'ai jamais écrit cette lettre, n'est-ce pas ?

— Oui, je l'ai compris maintenant.

Incapable de soutenir le regard de Virginia, Sherlock détourna les yeux.

— Quand je l'ai reçue, poursuivit-il en regardant au loin, j'ai cru qu'elle venait de toi, mais je suppose que c'est parce que j'avais envie qu'elle vienne de toi. Si j'avais réfléchi, j'aurais su que ce n'était pas le cas.

— Comment ça ?

Sherlock soupira.

— Le papier était délicat et féminin, et l'écriture précise, presque comme si quelqu'un jouait le rôle d'une fille. D'une femme, je veux dire, d'une jeune femme, enfin, je veux dire…

— Je sais ce que tu veux dire, l'interrompit Virginia avec un léger sourire. Mais qu'est-ce qui te fait croire que je n'ai pas une jolie écriture féminine, et que je n'utilise pas de papier à lettres raffiné ?

Cette fois, il croisa son regard et le soutint.

— Tu ne ressembles à aucune fille que j'aie rencontrée en Angleterre. Tu es unique. Je suis encore en train d'essayer de te comprendre, mais il me semble que si tu voulais que je t'accompagne quelque part, dans une foire par exemple, tu viendrais me le demander.

Il réfléchit un instant avant d'ajouter :

— Ou plutôt, tu viendrais me le *dire*.

Cette fois, ce fut elle qui rougit.

— Tu me trouves trop autoritaire ?

— Pas trop. Juste assez.

Matty les regardait alternativement.

— Qu'est-ce que vous racontez, tous les deux ?

— Rien, répondirent en chœur Virginia et Sherlock.

Un nouveau coup d'œil par la fenêtre apprit à Sherlock que Crowe était maintenant installé à la table des quatre buveurs. Ils avaient l'air de très bien s'entendre. Sur un signe de l'Américain, l'aubergiste prit un pot d'étain sur son comptoir et versa de nouvelles bières pour tout le monde.

— Ton père est un homme intéressant, remarqua Sherlock.

— Il a ses bons moments, admit Virginia.

— Qu'est-ce qu'il faisait en Amérique ?

— Il était traqueur.

— Tu veux dire qu'il chassait le gibier ?

Virginia fit un signe de dénégation.

— Il chassait les hommes. Les assassins qui avaient échappé à la justice, et les Indiens qui avaient attaqué des colons isolés. Il les poursuivait pendant des jours dans des régions sauvages, jusqu'à ce qu'il soit prêt à les prendre par surprise.

Sherlock n'en croyait pas ses oreilles.

— Et alors, quoi ? Il les traduisait en justice ?

— Non, dit Virginia à voix basse.

Elle se leva brusquement et s'éloigna en direction des chevaux.

Sherlock et Matty restèrent assis en silence, plongés dans leurs pensées.

Finalement, Amyus Crowe sortit de l'auberge et les rejoignit. Il réussit péniblement à faire passer son grand corps entre le banc et la table et s'assit.

— Intéressant, dit-il de sa voix habituelle.

— Qu'est-ce qui s'est passé ? Ils savent quelque chose sur la maison ? demanda Sherlock.

— Et comment avez-vous fait pour qu'ils acceptent de répondre à vos questions ? ajouta Matty. Vous êtes américain, et ici les gens ne se confient pas à un étranger.

— Dans ces cas-là, la meilleure chose à faire, c'est de ne pas être étranger. Si tu t'assieds tranquillement et que tu fais la conversation au barman, tu fais vite partie des meubles. Et quand tu vois une ouverture, tu te joins à la conversation, et tu leur confies quelque chose sur toi : qui tu es, pourquoi tu es là. Je leur ai dit que je cherchais à acheter une ferme pour élever des cochons, parce que je pensais que la nouvelle garnison d'Aldershot allait avoir besoin de beaucoup de viande. Ça les intéressait beaucoup de savoir combien de soldats allaient être installés là ; nous avons parlé des moyens de faire des affaires. J'ai demandé s'ils connaissaient quelqu'un dans la région qui pourrait investir dans un nouveau projet, ou qui aurait des terrains à céder. Ils m'ont parlé de la propriété au bout de la rue. Elle appartient à un homme du nom de Maupertuis, un genre de baron, il paraît, et étranger avec ça.

Sherlock jeta un coup d'œil vers Matty et sourit. Crowe semblait ignorer qu'il était lui-même un étranger.

— Personne n'a jamais vu ce Baron de Maupertuis, et il a amené avec lui tous ses domestiques et son personnel, ce qui ne lui a pas valu beaucoup d'amis dans le voisinage. Pire encore, ils n'achètent jamais rien sur place. Tout est importé d'ailleurs. En tout cas, le patron nous écoutait ; il a annoncé que le baron avait déménagé aujourd'hui même, dans la matinée. Apparemment, il y a eu un convoi sur la route, une quantité de meubles et de caisses, avec un tilbury noir à l'arrière. Et toute une file de carrioles bourrées de grandes caisses recouvertes par des draps a suivi un peu plus tard. Je pense qu'il s'agissait des ruches que tu as vues, Sherlock. Ils ont dû enfumer les abeilles pour les endormir. C'est ce que font les apiculteurs quand ils ont besoin de déménager.

— Ils ont emporté les ruches ? Mais pourquoi ?

Amyus Crowe hocha la tête.

— Bonne question. Pourquoi prendre des ruches quand on est très pressé de partir ? Cela ne peut que ralentir tout le monde, et les abeilles ne sont pas très difficiles à trouver… On dirait que ton évasion leur a vraiment fait peur. Ils ne pouvaient pas courir le risque que tu ailles les dénoncer à la police, et qu'on vienne faire une enquête. Ils se sont installés ailleurs, et il faut trouver où.

— Nous pourrions les poursuivre, proposa Sherlock.

— Ils ont pris trop d'avance.

— Ils sont obligés d'aller lentement, avec les ruches. Une personne à cheval pourrait les rattraper.

— Ils ont pu prendre bien des routes différentes…

— Un long convoi de carrioles ? Les gens les verront passer, et s'en souviendront. Et ils ne prendront pas de petits chemins pleins d'ornières ; ils sont obligés de rester sur la grande route. Cela réduit leurs options.

Crowe sourit.

— C'est bien pensé, mon garçon.

Sherlock fronça les sourcils.

— Vous y aviez déjà réfléchi ?

— Oui, mais je ne voulais pas te donner les réponses à la petite cuillère. J'avais envie de voir si tu pouvais penser à tout, en particulier si j'argumentais dans la direction opposée. Je connais des gens près du cottage ; ils ont des chevaux, et ils ont besoin de gagner un peu d'argent. Je vais les envoyer à la recherche de ce convoi. Je suggère que tu rentres à Holmes Manor et que tu fasses la paix avec ta famille. Dis-leur que tu étais avec moi tout ce temps, ça devrait les tranquilliser. Je passerai demain te dire ce que j'ai découvert.

Tous les quatre rentrèrent au trot en suivant des chemins à travers champs. Arrivés à proximité de Farnham, ils se dirent au revoir. Matty se dirigea vers son bateau, Crowe et Virginia vers leur cottage. Sherlock s'arrêta un moment pour repasser dans sa tête les événements de la journée. Une suite discontinue d'impressions finit par s'organiser peu à peu en souvenirs. Quand il se sentit plus calme, il tourna bride et se dirigea vers Holmes Manor.

En arrivant, il se demanda où laisser le cheval, qui, après tout, ne lui appartenait pas. D'un autre côté, son propriétaire l'avait perdu, et il représentait un moyen de transport nettement supérieur à la vieille bicyclette que Matty avait trouvée. Il décida de laisser sa monture à l'écurie avec une botte de foin. S'il la retrouvait le lendemain, il considérerait cela comme un signe qu'il devait garder l'animal.

Il pénétra dans la maison au moment où le dîner allait être servi. Tout était normal ; le monde paraissait tel qu'il avait été le matin même, comme s'il ne s'était rien passé. Sherlock jeta un coup d'œil sur ses vêtements, épousseta sa veste et entra dans la salle à manger.

Le dîner fut une expérience irréelle. Comme d'habitude, sa tante marmonnait toute seule à propos de rien, et son oncle était plongé dans la lecture d'un gros volume. De temps en temps, il murmurait quelque chose entre ses dents. Mlle Eglantine, à son poste près du mur, regardait fixement Sherlock. Il lui était difficile de réconcilier cette atmosphère tranquille et civilisée avec le fait qu'il venait d'être assommé, enlevé, condamné à mort, qu'il s'était échappé, et tout cela en quelques heures. Malgré le gigot de l'auberge, il était encore affamé. Il empila dans son assiette des morceaux de poulet et des légumes fumants, et arrosa le tout de jus de viande.

— On dirait que tu as fait la guerre, Sherlock, fit remarquer sa tante au dessert.

Jamais elle ne lui avait tenu de propos aussi directs.

— Euh… Je suis tombé. Je n'ai pas l'habitude de monter à bicyclette, répondit Sherlock, qui sentait soudain les coupures qu'il portait au visage le tirailler.

La réponse parut satisfaire sa tante qui reprit tranquillement son monologue.

Dès qu'il put le faire sans être impoli, Sherlock regagna sa chambre. Il avait eu l'intention de lire un moment, et peut-être d'écrire les événements du jour dans un journal pour mieux s'en souvenir, mais dès qu'il fut sur son lit, il eut du mal à garder les yeux ouverts. Un instant plus tard, il dormait tout habillé.

Il se réveilla en pleine nuit ; des chouettes hululaient dans le parc. Il enleva ses vêtements, se glissa entre les draps rugueux et se rendormit comme on plonge dans un lac profond et mystérieux.

Le lendemain, l'aube se leva, lumineuse et belle. Quand Sherlock descendit pour le petit déjeuner, il trouva Amyus Crowe sur le palier, vêtu d'un costume de lin blanc et d'un chapeau à larges bords.

— Nous partons pour Londres ! annonça-t-il de sa voix sonore. Je dois y aller pour affaires, et ton oncle m'a donné la permission de t'emmener. Ce sera instructif : nous visiterons des galeries d'art, et je te raconterai l'histoire de cette grande cité.

— Virginia vient aussi ? demanda Sherlock sans réfléchir.

Il regretta immédiatement d'avoir posé la question, mais les yeux de Crowe pétillèrent et il lui sourit.

— Naturellement. Je ne peux guère la laisser seule en pleine campagne, n'est-ce pas ? Quel genre de père serais-je ?

— Pourquoi Londres ? demanda Sherlock à voix plus basse.

— C'est là qu'est allé le convoi, dit son précepteur qui avait lui aussi baissé le ton. Je pense que le baron a une autre maison quelque part en ville.

Dans un froissement de jupes à peine audible, Mlle Eglantine surgit de la pénombre du hall.

— Vous devriez prendre votre petit déjeuner avant que je fasse débarrasser, jeune maître Sherlock, dit-elle.

Sa voix contenait juste ce qu'il fallait d'animosité pour que le garçon le perçoive, mais pas assez pour qu'il puisse réagir.

— Merci, répondit-il avant de se tourner vers Crowe.

— Est-ce que nous partons tout de suite ?

— Restaure-toi, mon garçon, tu auras besoin de forces. Prépare un sac suffisant pour deux jours, je t'attends dehors dans la voiture.

Il se tourna vers Mlle Eglantine et enleva son chapeau avec grande cérémonie.

— Madame.

Cela fait, il tourna les talons.

Sherlock avala son petit déjeuner à toute vitesse, sans rien goûter. Londres ! Il allait à Londres ! Et s'il avait vraiment de la chance, il verrait peut-être Mycroft !

Amyus Crowe attendait dans la voiture devant Holmes Manor, Virginia à côté de lui. Elle paraissait mal à l'aise, soit à cause de sa robe et de son bonnet à volants, soit parce qu'elle n'aimait pas être enfermée dans l'espace restreint de la voiture, préférant de loin le grand air.

— Tu es très élégante, lui dit Sherlock en s'installant en face d'elle.

Elle lui fit une grimace, et le bruit des roues sur le gravier couvrit sa réponse, que Sherlock n'était pas sûr de vouloir entendre de toute façon.

En arrivant à la gare de Farnham, ils trouvèrent Matty qui les attendait. Crowe sourit.

— Tu as trouvé mon message, alors ?

— Le type qui l'apportait m'a réveillé. Comment savez-vous où mon bateau est amarré ?

— C'est mon travail de tout savoir. Mon travail et, à cette occasion, mon plaisir aussi. Un voyage te tente, jeune homme ?

— J'ai pas de vêtements de rechange, ni rien, objecta Matty.

— On achètera ce qu'il te faut à Londres. Et maintenant, allons prendre nos billets.

Crowe acheta quatre billets de deuxième classe et le petit groupe se dirigea vers le quai pendant que le cocher déchargeait les valises. Le voyage avait été parfaitement minuté : le train arriva dix minutes plus tard. C'était un monstre, avec sa locomotive cylindrique qui crachait de la vapeur, ses pistons comme des bras mécaniques et ses roues de métal, presque aussi hautes que Sherlock, qui grinçaient sur les rails.

— Une locomotive Joseph Beattie classe « Saxon », remarqua Crowe. On l'appelle aussi par son nom générique, 2-4-0. Sherlock, tu peux me dire pourquoi ?

— Pourquoi « Saxon » ou pourquoi « 2-4-0 » ?

Amyus hocha la tête.

— C'est juste. Pour avoir des réponses, il faut d'abord poser la question correctement. Je voulais parler du « 2-4-0 ». Je pense que le « Saxon » était une fantaisie historique de l'ingénieur qui l'a conçue. Il a baptisé « Nelson » un autre de ses moteurs.

Sherlock étudia la locomotive. Les roues n'étaient pas espacées régulièrement, mais groupées de façon particulière.

— Je dirais que c'est à cause de la manière dont les roues sont disposées, mais pourtant, ce n'est pas possible, hasarda-t-il.

— Mais si, répondit Crowe. À l'avant, tu vois deux roues sur un unique essieu ; elles pivotent indépendamment pour permettre à la locomotive de tourner. Ensuite, il y a quatre roues attachées sur deux essieux. Celles-là sont motrices.

— Et le « 0 » ? demanda Sherlock.

— Certaines ont encore des roues à l'arrière. Le « 0 » indique que celle-ci n'en a pas.

— C'est un nombre qui indique qu'il n'y a aucun nombre, remarqua Sherlock.

— Exact. Ça paraît peut-être absurde, mais c'est extrêmement logique si l'on considère le système qui a été choisi.

Ils trouvèrent un compartiment vide et s'installèrent pour le voyage. C'était la première fois que Sherlock prenait le train, et tout le surprenait, depuis la vibration des sièges et des parois jusqu'à l'odeur étrangement douçâtre de la fumée, ou encore la façon qu'avait le paysage de défiler, toujours le même et toujours différent à la fois. Matty ouvrait de grands yeux un peu inquiets. Sherlock pensa qu'il n'avait jamais connu un tel luxe, même si celui du wagon de seconde restait modeste.

Ils traversèrent des bois, puis des champs. Il n'y poussait ni maïs ni orge : on n'y voyait que de longs plants grêles couverts de petites feuilles vertes qui s'enroulaient autour de tiges plantées dans le sol. Ces tuteurs atteignaient presque deux mètres. Sherlock allait demander à Crowe ce que c'était lorsque Matty, le voyant intéressé, se pencha pour mieux voir.

— Du houblon, dit-il. Pour les brasseries. La région est bien connue pour la qualité de sa bière. Il y a trente pubs et tavernes, rien qu'à Farnham.

Le voyage se poursuivit, ponctué par un changement à Guildford, et ils arrivèrent au terminus, la gare de Waterloo, au cœur de la métropole animée qu'était Londres.

L'endroit ou vivait et travaillait Mycroft.

Chapitre 12

Waterloo était une masse grouillante de voyageurs qui se dirigeaient dans toutes les directions, chargés de toutes sortes de boîtes, cartons, paquets, valises et malles, le tout sous une verrière monumentale à armature métallique. Réfléchis par le verre, les rayons du soleil faisaient de cet endroit le lieu le plus chaud de toute la ville. Les trains se hissaient sur leurs plateformes en crachant des jets de vapeur. D'autres voyageurs en descendaient, et la foule contribuait à réchauffer encore l'atmosphère. Sherlock sentait la sueur couler sous son col.

Amyus Crowe loua immédiatement les services d'un porteur qui alla chercher les bagages. Ils le suivirent à l'extérieur, à l'endroit où une file de fiacres prenait en charge les voyageurs qui attendaient en faisant la queue. Pour un pourboire supplémentaire d'un demi-penny, le porteur se laissa convaincre d'aller arrêter un fiacre qui venait de laisser ses passagers et n'avait pas encore rejoint la queue. Après un rapide marchandage, ils montèrent dans la voiture pendant que les voyageurs précédents sortaient par l'autre portière.

Amyus Crowe connaissait visiblement bien la ville. Il indiqua au cocher le nom d'un hôtel, Le Sarbonnier. Le fiacre se mit en marche, avec Sherlock penché à une fenêtre et Matty à l'autre.

Comparés aux immeubles de Farnham, Guildford et d'autres villes que Sherlock connaissait, les maisons londoniennes étaient tout simplement construites à une autre échelle. Beaucoup d'entre elles comptaient jusqu'à cinq étages ; certaines arboraient des portiques à colonnes devant leurs portes d'entrée, et des façades décorées de sculptures représentant des nymphes ou des créatures mythologiques ailées et cornues.

Très vite, ils traversèrent un pont qui enjambait une rivière.

— La Tamise ? demanda Sherlock.

— Oui, répondit Crowe. L'une des rivières les plus sales, les plus encombrées et malsaines que j'aie le déplaisir de connaître.

Dans un fracas de roues sur les pavés, le fiacre tourna deux ou trois fois encore avant de s'arrêter devant un immeuble de pierre ocre. Le cocher sauta à terre et aida à décharger les sacs, dont trois porteurs, surgis de la porte tournante de l'hôtel, s'emparèrent.

Le lobby était impressionnant, avec ses piliers blancs sculptés à la base, sa mosaïque au plafond et son dallage de marbre rose. Crowe avança jusqu'à un long bureau de bois.

— Trois chambres, s'il vous plaît, pour deux nuits, dit-il au concierge en uniforme.

— Bien sûr, monsieur.

Le concierge prit trois clés derrière lui, et ouvrit un registre.

— Voulez-vous vous donner la peine de signer notre registre, monsieur, je vous prie ?

Crowe parapha le registre avec un grand geste et prit les clés. Elles étaient attachées à des boules de cuivre, sans doute pour qu'il soit moins facile de les perdre, pensa Sherlock.

— Sherlock et Matthew, vous partagerez une chambre, annonça Crowe en leur tendant une clé. Virginia en aura une pour elle, et je prendrai la troisième. Matthew, je te suggère de m'accompagner dans un magasin où nous pourrons acheter quelques vêtements et articles de toilette… et peut-être aussi chez le coiffeur, ajouta-t-il avec un regard au garçon. Sherlock et Virginia, je vous propose d'aller faire une promenade pendant ce temps. Tournez à droite et marchez jusqu'au bout de la rue : vous trouverez quelque chose qui devrait vous intéresser. Soyez de retour dans une heure pour déjeuner. Si vous vous perdez, vous n'aurez qu'à demander l'hôtel Sarbonnier.

Sherlock suivit le conseil de son précepteur. Virginia et lui tournèrent à droite puis s'engagèrent dans une rue où ils ne tardèrent pas à être environnés d'une foule de passants qui allaient tous dans la même direction. Comme il craignait de perdre son amie dans la cohue, Sherlock tendit la main vers elle pour lui prendre le coude et la guider, mais ce fut sa main qu'il rencontra, douce et chaude. Il ne la garda qu'un instant dans la sienne, le cœur battant. Il lui jeta un coup d'œil de côté, et elle lui sourit, plus timidement qu'il ne s'y serait attendu.

Au bout de quelques minutes, ils arrivèrent à l'angle du pâté de maisons. La rue s'élargissait pour former une vaste place dominée par une colonne qui s'élevait à partir d'un piédestal monumental. Pendant un instant, Sherlock eut l'impression qu'un homme se tenait debout au sommet de la colonne, et il pensa aux histoires que son oncle racontait au dîner, à propos de ces ermites qui abandonnaient toute vie sociale pour vivre sur une colonne, méditant sur la nature de Dieu et mangeant ce que les passants voulaient bien leur jeter. Mais en y regardant mieux, il vit qu'il s'agissait, non d'un homme, mais d'une statue représentant un homme en uniforme de la Marine.

— Qui est-ce ? demanda Virginia subjuguée.

— Je crois que c'est l'amiral Nelson. Cela veut dire que nous sommes à Trafalgar Square. La colonne commémore une bataille célèbre qui a eu lieu en 1805.

À la base de la colonne, les jets d'eau de deux fontaines miroitaient de toutes les couleurs de l'arc-en-ciel dans les rayons du soleil. Ils étaient arrivés au cœur même de Londres, au cœur d'un Empire qui s'étendait jusque dans les endroits les plus lointains du globe.

Et quelque part dans le voisinage, Mycroft, le frère de Sherlock, devait être assis à un bureau, travaillant à la gestion de cet Empire.

Ils firent le tour de la place en admirant les magnifiques bâtiments qui l'entouraient avant de retourner à l'hôtel. Ils étaient juste à l'heure : Amyus Crowe les attendait dans le foyer, accompagné d'un garçon qui devait avoir l'âge de Matty Arnatt, mais qui portait des vêtements neufs et arborait une coupe de cheveux toute fraîche. Il fronçait les sourcils. Il fallut un moment à Sherlock pour voir qu'il s'agissait bien de Matty.

— Ne dis rien ! l'avertit son ami. Ne dis… rien !

Sherlock et Virginia se mirent à rire.

Ils se rendirent tous les quatre à la salle à manger pour déjeuner. Les femmes en crinolines de soie, plumes de paon, chapeaux et gants, les hommes en redingote, ne leur jetèrent qu'un regard distrait ; on les prenait pour une famille de touristes venue admirer la ville la plus importante du monde.

Sherlock prit des côtelettes d'agneau, qui arrivèrent à point, saignantes à l'intérieur, avec des pommes de terre et des haricots verts. Matty et Amyus choisirent le pudding de steak aux rognons, tandis que Virginia, plus hardie, essayait le poulet à la française, servi enrobé d'une sauce au poivre et à la crème.

Pendant le repas, Crowe leur expliqua pourquoi ils étaient venus à Londres.

— J'ai télégraphié à l'une de mes connaissances en ville, dit-il, un homme avec qui je suis en relations d'affaires.

Sherlock se demanda brièvement de quelles affaires il pouvait bien s'agir, mais Crowe poursuivait déjà :

— Je lui ai dit quelle route suivait le convoi, et je lui ai demandé de l'intercepter. Il va aussi chercher à savoir où ils se rendent. Je lui avais donné l'adresse de l'hôtel, et je viens de recevoir un télégramme m'informant que les carrioles ont déchargé leur cargaison de caisses dans un entrepôt à Rotherhithe. Il m'a expliqué où se trouvait cet entrepôt.

— Rotherhithe ? répéta Sherlock.

— C'est à quelques kilomètres en amont ; un endroit mal famé, où les marins de passage font escale pour se distraire, et qui sert à entreposer des marchandises avant qu'elles soient chargées sur les bateaux. Ce n'est pas un endroit où se trouver après la nuit tombée.

Crowe hocha la tête d'un air soucieux.

— Je ne courrais jamais le risque de vous y emmener en temps normal, mais cette affaire est trop importante. Le baron prépare quelque chose et il est prêt à tuer pour réussir. Il l'a déjà fait. Cela ne le dérangerait pas plus de vous supprimer tous les deux que d'écraser une araignée. Le problème, c'est que nous avons besoin de savoir si les caisses qu'il fait entreposer à Rotherhithe contiennent ses ruches. Pour cela, il faut y aller. Sherlock, je te préviens, ça peut être très dangereux.

Sherlock hocha la tête.

— Je cours le risque. Je veux savoir ce qui se passe et pourquoi il tient tant à me tuer.

Crowe regarda Matty, occupé à engouffrer ses petits pois par grandes cuillerées.

— En ce qui te concerne, jeune homme, je pense que tu connais bien les quais et les entrepôts, puisque tu vis sur une péniche. Et j'ai l'impression que tu peux te débrouiller dans une bagarre.

— Si on commence à se battre, dit Matty la bouche pleine, je m'en vais en courant. Si je ne peux pas m'en aller, je cogne bas, et je cogne dur.

— Je ne l'aurais pas mieux dit moi-même. Je viendrai avec vous, bien sûr, mais il peut arriver que nous soyons séparés.

— Et moi, alors ? demanda Virginia d'une voix indignée, qu'est-ce que je fais ?

Ses yeux violets lançaient des éclairs.

— Tu restes là, dit son père d'un ton sans réplique. Je sais que tu peux te débrouiller en cas de problème, mais tu n'as pas idée de ce qui peut arriver à une jeune fille à Rotherhithe. Les gens qui vivent là sont pires que des animaux. Je ne me le pardonnerais jamais s'il t'arrivait quelque chose, pas après…

Il se tut brusquement. Sherlock, qui regardait Virginia, vit que ses yeux s'étaient mis à briller.

— Reste ici, répéta Crowe. Si nous étions séparés, nous aurions besoin que quelqu'un soit là pour prendre les messages et les transmettre. Ce sera ton travail.

Virginia approuva de la tête sans répondre.

— Quand vous êtes prêts, dit Crowe aux deux garçons, nous y allons.

En traversant la réception de l'hôtel, Sherlock sentit que Virginia le regardait. Quand il lui fit face, elle voulut lui sourire, mais son sourire s'évanouit dans une expression soucieuse. Il essaya de la réconforter, mais le cœur n'y était pas.

Au lieu de prendre un fiacre pour Rotherhithe, Crowe entraîna les garçons vers les quais. Des marches de pierre verdies par les algues menaient à la rivière ; l'eau brunâtre avait une odeur d'égout. La rive opposée disparaissait derrière un rideau de fumée et une espèce de brume sale qui semblait être l'haleine de la Tamise elle-même. Un bateau tanguait doucement près du bord. Son propriétaire, assis à l'avant, fumait sa pipe.

— Rotherhithe, lui dit Crowe en lui jetant une pièce de monnaie.

Le marin hocha la tête, mordit dans la pièce pour s'assurer qu'elle n'était pas fausse, et s'installa aux avirons sans un mot. Crowe et les garçons s'assirent à la poupe.

Sherlock devait en garder l'impression d'une traversée étrange et dérangeante. Il essayait de ne pas regarder ce qui flottait sur l'eau : des déjections humaines, des rats crevés, des morceaux de bois couverts d'algues malodorantes. La puanteur était telle qu'il devait respirer par la bouche, mais il avait un goût infect sur la langue et dans la gorge qui lui donnait la nausée. À un moment donné, un autre bateau émergea de la brume et les frôla. Quelqu'un hurla des imprécations, et le batelier répliqua par un geste que Sherlock n'avait encore jamais vu faire, mais qu'il traduisit sans peine.

Ils mirent une vingtaine de minutes à faire le trajet jusqu'à Rotherhithe, où ils remontèrent sur le quai par des marches en tout point semblables aux premières. Crowe ouvrait la marche.

Ils empruntèrent une allée étroite et mal pavée qui suivait la rive malodorante, dépassèrent des entrepôts et des murs de brique en restant dans l'ombre le plus possible. Au bout de dix minutes, Crow s'arrêta devant une taverne comme on en voyait partout dans la métropole. Le son strident d'un piano mal accordé flottait vers eux, accompagnant une cacophonie de voix qui chantaient toutes le même air avec des paroles différentes. Quelques femmes, adossées à la porte, regardèrent Crowe d'un œil intéressé, mais elles s'en allèrent en découvrant Sherlock et Matty.

— Je crois que l'entrepôt est juste à l'angle, chuchota Crowe. Je propose que nous fassions quelques repérages avant de nous arrêter.

L'œil aux aguets, il évaluait tout ce qui pouvait représenter une menace.

— Mais si on nous repère ? demanda Sherlock.

— J'étais chasseur à Albuquerque. J'ai pisté des bêtes parmi les plus dangereuses au monde. On peut faire bien des choses pour éviter d'être repéré. D'abord, ne jamais rencontrer le regard de l'adversaire : les animaux détectent tout de suite les yeux. Regardez de biais, pas de face ; vous aurez une vision plus sensible, même si vous perdez un peu le sens des couleurs. Ne bougez pas, si vous le pouvez : l'œil remarque le mouvement, moins les objets immobiles. Portez des vêtements de couleur neutre, de la même teinte que l'environnement naturel : du gris pour la pierre, du vert pour la mousse, du brun pour la terre. Et ne portez jamais rien de métallique, parce qu'on ne trouve guère de métal à l'état naturel. Si vous suivez ces règles, vous pouvez vous adosser en pleine ville à un mur de briques : les gens laisseront leur regard vous survoler, pour s'arrêter sur quelque chose de plus intéressant.

— Ça semble magique, murmura Sherlock, peu convaincu.

— En général, quand on ne sait pas comment elles fonctionnent, les choses paraissent magiques. Ces coupures que tu as sur le front t'aideront à te fondre dans le paysage, Sherlock, mais vous êtes un peu trop propres tous les deux pour le quartier. Il faut vous salir, mettre un peu de poussière sur ces vêtements… Vous n'avez qu'à vous rouler par terre, sur les pavés !

— Mais, objecta Sherlock, est-ce que ça ne va pas éveiller les soupçons ?

— Pas si vous avez une bonne raison. Matty, donne une bonne bourrade au jeune Sherlock ici présent, veux-tu ?

— Quoi ?

— Vas-y, fais-le. Et, Sherlock, tu riposteras par un bon coup de poing sur l'épaule.

Le garçon s'illumina.

— Et nous allons finir le combat en nous roulant par terre… de cette façon, nous donnons la touche qu'il faut à nos vêtements, *et* nous montrons que nous sommes du quartier ! Si nous ne l'étions pas, nous ne serions pas en train de nous battre en pleine rue.

— Exactement, approuva Crowe.

Sherlock allait lui demander combien de temps le combat devait durer, quand il reçut un rude coup de poing dans la poitrine.

— J'te l'avais dit ! hurla Matty.

Sherlock se retint de répliquer par un direct à la mâchoire, et se contenta d'une claque sur l'épaule.

— T'as pas intérêt ! cria-t-il, un peu gêné tout de même.

Matty se jeta sur lui et ils roulèrent par terre. En une seconde, ils se battaient au milieu d'un nuage de poussière. Sherlock avait le bras de Matty dans un étau, mais Matty l'attrapa par les cheveux de sa main libre et tira de toutes ses forces.

Sherlock était sur le point d'oublier que la bataille n'était qu'une mise en scène quand il sentit la main d'Amyus Crowe se poser sur son épaule. Le précepteur fit lever les deux garçons.

— Allons, ça suffit, vous deux ! dit Crowe.

Cette fois, il avait adopté l'accent des bas-fonds de Londres.

Malgré le danger, Sherlock et Matty se regardèrent en essayant de ne pas rire. La veste de Sherlock était déchirée à l'épaule, et il était entièrement couvert de crin de cheval, de poussière, et d'autres choses qu'il préférait ignorer.

— Ne t'inquiète pas, dit Crowe, ça se nettoie, et au pire, ça se rachète. Les possessions matérielles peuvent toujours être remplacées. Un bon chasseur sait qu'il peut devoir sacrifier tout ce qu'il a pour poursuivre sa proie.

— Quel genre d'animaux avez-vous chassés ? s'enquit Matty.

— Je n'ai pas dit que c'étaient des animaux, murmura Crowe.

Et il s'éloigna avant qu'un des deux garçons lui demande des explications. Ils se jetèrent un coup d'œil, mal à l'aise, et le suivirent.

Crowe s'arrêta à l'angle de deux rues et inspecta les environs.

— L'entrepôt est là-bas, chuchota-t-il. Sherlock, reste ici. Accroupis-toi pour jouer par terre, avec des cailloux, par exemple, si tu en trouves. Rappelle-toi : ne regarde personne dans les yeux. Observe ce qui se passe à la périphérie de ton champ de vision. Matty, viens avec moi. Tu peux couvrir l'arrière, et moi, je vais me déplacer entre vous deux.

— Qu'est-ce que nous cherchons ? demanda Sherlock.

— Des choses qui sortent de l'ordinaire. Un indice qui nous donne une information sur ce qui se passe par ici.

Crowe posa une main sur l'épaule de Matty et s'éloigna avec lui. Obéissant aux instructions qu'il avait reçues, Sherlock s'accroupit dans la boue et trouva un caillou qu'il se mit à faire rouler dans un sens, puis dans l'autre. C'était un jeu ennuyeux, mais qui avait effectivement l'avantage de lui permettre de se fondre dans le paysage, tout en surveillant les alentours. Il découvrit qu'il était tout à fait capable de regarder ce qui se passait du coin de l'œil, tout en paraissant absorbé par son jeu.

L'entrepôt était un bâtiment de briques dont la façade était presque entièrement percée de larges portes de bois, montées de façon à s'ouvrir sur la rue. On ne voyait rien de bizarre, et Sherlock se demanda s'ils n'étaient pas en train de faire le guet au mauvais endroit.

Amyus Crowe réapparut après un temps qui avait paru durer des heures à Sherlock – même s'il n'avait probablement attendu qu'une demi-heure. Bien qu'il n'ait pas changé de vêtements et qu'il ne se soit pas roulé dans la crasse comme l'avaient fait Matty et Sherlock, le professeur avait maintenant l'air dépenaillé. Comme sa veste était boutonnée de travers, il paraissait tout de guingois. Un pan de chemise dépassait de son pantalon. Il titubait légèrement, et marchait en regardant la pointe de ses chaussures. Il s'arrêta près de Sherlock pour s'adosser au mur, les épaules voûtées.

— Tout est normal ? chuchota-t-il.

— Il ne se passe rien, répondit Sherlock à voix basse.

— Ça va ?

— Je m'ennuie.

Crowe eut un petit rire.

— Bienvenue à la chasse ! De longues périodes d'ennui, ponctuées de moments d'euphorie et de terreur.

Après un silence, Crowe reprit, toujours à voix basse :

— Je vais aller faire un tour dans cette taverne, écouter ce qu'on raconte.

— Bien. Vous ne pouvez pas me faire envoyer un verre d'eau, je présume ?

— Mon garçon, il vaut mieux boire l'eau de la Tamise que celle des tavernes d'ici. Si tu as faim ou soif, enregistre-le quelque part dans ta tête et n'y pense plus. L'être humain peut rester trois ou quatre jours sans boire, rappelle-toi ça.

— Facile à dire.

Crowe se mit à rire.

— Je peux vous poser une question ? demanda Sherlock, qui avait envie de retenir Crowe près de lui encore un peu.

— Qu'est-ce que vous êtes venu faire en Angleterre ? Quelles sont ces affaires dont vous parliez ?

Crowe eut un sourire sans joie et détourna les yeux. Le regard dans le vague, il murmura :

— Je ne venais pas pour devenir précepteur, c'est certain, même si c'est en train de devenir un passe-temps tout à fait intéressant. Non, j'ai été engagé par… disons pour simplifier, par l'État américain, pour rechercher des hommes coupables de crimes, d'atrocités, de choses abominables pendant la guerre civile qui vient de se terminer. Ces hommes ont échappé à la justice. C'est ainsi que j'ai rencontré ton frère : il a signé un accord qui m'autorisait à venir ici. Et c'est pourquoi je me suis attaché à développer un réseau fort utile dans les ports et les docks. Quand tu m'as dit que le baron accélérait le rythme de ses projets, j'ai fait circuler le message pour qu'on surveille ses convois. Et je dois dire que j'ai été étonné qu'ils aient trouvé si facilement… Satisfait ?

Sherlock hocha la tête.

— Je n'en ai pas parlé à grand monde… J'apprécierais que tu le gardes pour toi.

Avant que Sherlock ait eu le temps de répondre, Crowe s'était éloigné.

Sherlock se remit à faire rouler son caillou de droite à gauche. Les minutes s'égrenaient l'une après l'autre. Il gardait l'œil sur les portes du hangar, mais elles étaient hermétiquement closes, et rien ne bougeait. Lassé, Sherlock commençait à penser qu'ils s'étaient trompés.

Derrière lui, le bruit de fond en provenance de la taverne monta brusquement, et il faillit se retourner. Il fit rouler son caillou plus loin et releva un peu les yeux vers la façade. L'une des portes était ouverte et un groupe d'hommes visiblement éméchés en sortait. Ils plaisantèrent un moment avant de se mettre en marche. Ils se dirigeaient vers Sherlock, qui baissa la tête vers son caillou et tendit l'oreille dans l'espoir de saisir une conversation à propos du hangar ou des ruches, ou peut-être du Baron de Maupertuis.

— On s'en va quand, avec nos chargements ? demanda l'un.

— À la pointe du jour, demain, répondit l'autre.

La deuxième voix avait quelque chose de familier, mais Sherlock n'aurait pas su dire où il l'avait entendue.

— Qui a le tableau de service ? intervint un troisième.

— Il est dans ma tête, reprit le second. Toi, tu vas à Ripon, Snagger va à Colchester, et le gamin Nicholson, ici, aura le plus facile : Woolwich. Moi, je retourne à Aldershot.

— Je pourrais pas aller à Ascot, à la place ? demanda une voix à fort accent du Nord, celle de Nicholson, probablement.

— Tu vas là où on te dit, mon joli, répliqua son interlocuteur.

Le groupe était maintenant tout près de Sherlock. En passant, celui qui venait de prendre la parole repoussa du pied le caillou de Sherlock, qui leva les yeux sans réfléchir. Il croisa le regard de l'homme.

C'était Denny, celui qu'il avait suivi jusqu'à l'entrepôt de Farnham, le complice de Clem, qui avait vu son ami sauter sur la péniche pour attaquer Matty et Sherlock. L'homme qui travaillait pour le Baron de Maupertuis.

Voilà où aboutissaient tant d'efforts pour se rendre invisible. Le visage de Denny rougit de colère.

Sherlock roula sur le côté pour échapper aux mains qui se tendaient vers lui. Il sauta sur ses pieds et se mit à courir dans la ruelle. Il voulait aller vers la taverne où se trouvait Crowe, mais le groupe s'interposait entre la porte et lui. Alors, il courut en s'éloignant de son professeur, de Matty, et de tout ce qui lui était familier.

Derrière lui, il entendait des pas pressés dont l'écho se répercutait sur les murs de brique. Sa gorge le brûlait, et son cœur battait comme un animal affolé qui veut s'évader de sa cage. Par deux fois, il sentit des doigts dans son cou, cherchant une prise dans son col, et par deux fois, il réussit à s'échapper dans un sursaut d'énergie désespéré. À part les grognements de ses poursuivants, le bruit de leurs bottes sur les pavés et les battements de son propre cœur, le garçon n'entendait aucun bruit.

Soudain Sherlock vit que la ruelle se terminait par un mur de briques. Ses yeux s'écarquillèrent : il était pris au piège ! Il se retourna, espérant encore avoir le temps de trouver une autre issue, mais les hommes étaient derrière lui. Ils étaient cinq, nota-t-il avec un calme teinté de terreur. Ils avaient tous des couteaux ou des bâtons à la main. Il ne sortirait pas de là vivant.

Une voix se fit entendre dans sa tête. Il ne savait pas si c'était celle de son frère, celle d'Amyus Crowe ou la sienne propre, mais ce qu'elle disait était clair : « Les ruelles et les routes mènent d'un point à un autre ; une ruelle qui finit en mur de briques n'est pas logique, elle n'a aucune utilité, et par conséquent, ne devrait jamais avoir été construite. »

Sherlock se tourna vers le mur pour l'examiner. Pas de portes, pas de fenêtres, rien qu'un coin d'ombre dans l'angle, là ou la lumière du soleil ne passait pas.

S'il y avait une issue, c'est là qu'elle se trouvait.

Il courut vers le coin d'ombre. S'il n'y avait rien eu à cet endroit, il se serait tout simplement assommé, mais il trouva une mince issue.

Un moyen de s'échapper.

Un chemin étroit circulait entre deux bâtiments. Sherlock se remit à courir, en écoutant les cris de ses poursuivants qui cherchaient par où il s'était échappé. Ils arrivaient derrière lui à la file indienne ; les murs hauts répercutaient leurs grognements de rage. De la pénombre du chemin, Sherlock émergea dans une rue plus large bordée de portes de part et d'autre. Il courait toujours, poursuivi par le bruit des bottes sur les cailloux. Il les distança de quelques mètres supplémentaires en virant à gauche dans une autre ruelle. Un chien s'élança d'un trou dans le mur, mais Sherlock était déjà passé avant que ses crocs se referment, et l'animal se tourna vers ses assaillants. Après des éclats de voix, des jurons et des aboiements furieux, Sherlock entendit un bruit sourd qui le fit tressaillir : le bruit d'une botte frappant quelque chose de mou. Le chien gémit et s'enfuit.

Tournant l'angle de la ruelle, Sherlock heurta de plein fouet un couple qui marchait sur le quai le long de la

Tamise. Il envoya l'homme s'étaler trois pas plus loin, et lui-même recula, sonné.

L'homme se releva.

— Espèce de petit malappris ! Je vais te faire voir !

Et il releva les manches de sa veste pour révéler des bras musclés recouverts de tatouages marins, sirènes et ancres.

— Ne lui fais pas de mal, Bill. Il ne l'a pas fait exprès ! supplia la femme en se pendant au bras de son compagnon.

Avec son visage blanc de fond de teint mal appliqué, ses yeux charbonneux et sa bouche aussi rouge qu'une blessure, elle avait l'air plus morte que vivante.

— J'ai cru que c'était un voleur, dit l'homme, dont la colère retombait.

— Il y a des bandits à ma poursuite, haleta Sherlock. J'ai besoin d'aide !

— Tu sais ce qu'on fait aux garçons par ici, intervint la femme. Je ne souhaiterais pas ça à mon pire ennemi. Bill, fais quelque chose ! Aide ce petit gars !

— Mets-toi derrière moi, dit l'homme.

Les manches relevées, il était prêt à se battre, et peu lui importait au fond avec qui. À l'instant où ses poursuivants se ruaient sur le quai, Sherlock se glissa derrière la silhouette massive du marin.

— Arrêtez-vous là ! dit Bill avec une violence contenue, laissez le gamin tranquille.

— Pas question ! répliqua Denny.

À la tête du groupe, le bandit leva une main dans laquelle luisait la lame d'un couteau. La lumière coulait sur l'acier comme un liquide en fusion.

— Il est à nous.

Bill voulut se jeter vers le couteau, mais Denny le fit passer d'une main à l'autre et le plongea dans la poitrine de son assaillant. Le marin tomba à genoux, crachant du sang. Un air d'incrédulité gagnait son visage, comme s'il ne pouvait accepter l'idée que ces instants-là, sur ce quai, allaient être ses derniers.

Au moment où Bill s'effondrait sur les pavés, Denny sourit à Sherlock.

— Avec toi, promit-il, ça sera pas aussi rapide.

Chapitre 13

Le corps tout entier de Sherlock, d'abord paralysé d'horreur incrédule, fut traversé d'une onde de rage brûlante. Il fit un pas en avant et lança son poing dans l'aine de Denny. Le gredin se plia en deux, le souffle coupé. Au moment où il s'effondrait, Sherlock recula pour le cueillir d'un coup dans la mâchoire. Quelque chose céda. L'homme hurla, mais sa bouche était tordue et paraissait coincée dans un angle bizarre.

La femme qui accompagnait Bill hurlait aussi, d'un cri perçant qui fendait l'air comme une lame.

Les quatre autres forbans se regardèrent sans y croire, puis s'avancèrent vers Sherlock, tendant vers lui leurs mains noires. Le moindre détail s'imprimait dans l'esprit de Sherlock : la crasse sous leurs ongles, les poils sur le dos de leurs mains, le sang qui formait une flaque sur le sol, le cri de la femme et les beuglements de Denny, mêlés dans une stridulation de douleur ininterrompue. Pendant quelques instants, il eut l'impression que le monde tournait au ralenti, que le sol s'ouvrait sous ses pieds. La bouche sèche, il se pencha vers la femme.

— Je suis navré, murmura-t-il.

Et il reprit sa course. Deux des hommes se lancèrent à sa poursuite, laissant Denny recroquevillé sur les pavés à côté de Bill. Immobile, la femme les regardait tous les deux ; son cri se transformait peu à peu en sanglots.

Sherlock tourna à angle droit et vit apparaître devant lui un bâtiment massif en forme de dôme au milieu d'un grand espace vert planté d'arbres et de buissons. Plusieurs rues – de vraies rues et non plus des ruelles, s'en éloignaient, encombrées d'une foule de passants et de chevaux qui piétinaient aux alentours. Au-delà, Sherlock apercevait un mur de pierre et, plus loin, l'étendue grise et bouillonnante de la Tamise.

Il se dirigea vers le bâtiment. Au milieu de la cohue, il était sans doute plus en sécurité.

Sans perdre l'immeuble de vue, il courut en zigzags entre des messieurs et des dames bien vêtus et se baissa vivement pour passer sous les brancards d'une charrette. Arrivé devant la façade, il vit qu'elle était décorée de statues et de mosaïques. Une grande entrée s'ouvrait non loin de là ; il changea de cap pour s'y engouffrer. Derrière lui, il entendait toujours des cris et des jurons : les malandrins n'avaient pas abandonné la poursuite.

L'entrée menait à un hall circulaire éclairé par le soleil qui passait à travers une verrière faite d'une myriade de plaques de verre coloré. Tel un costume d'Arlequin, la lumière donnait à l'ensemble une ambiance clownesque. Au centre du hall, une sorte de puits était bordé d'un balcon circulaire d'où les gens se penchaient pour regarder quelque chose. Un large escalier en spirale s'enroulait sur les parois jusqu'aux profondeurs de la terre.

Sherlock se précipita et atteignit les premières marches de l'escalier en se frayant un chemin dans la foule. En se retournant, il vit ses poursuivants repousser brutalement les passants. L'un était un homme chauve dont les oreilles et le nez déformés lui firent penser, avec cette infime partie de son cerveau qui n'était pas préoccupée de sa fuite, qu'il devait s'agir d'un boxeur. L'autre, excessivement maigre, arborait des pommettes saillantes et un nez pointu. Ils étaient clairement déterminés à s'emparer de lui coûte que coûte. Avant que Sherlock ait brisé la mâchoire de Denny, ils auraient peut-être abandonné, mais maintenant ils avaient un but : l'un des leurs avait été humilié, et Sherlock devait payer.

Il se détourna et commença à descendre les marches. L'escalier, qui tournait autour d'une énorme ouverture, formait à certains endroits un palier horizontal avant de descendre de nouveau vers l'abysse. L'odeur qui en montait, humidité, pourriture et moisi, se mélangeait en une puanteur fétide qui piquait le nez et faisait monter les larmes aux yeux. Au fur et à mesure de sa descente, les pas de Sherlock prirent un rythme répétitif. Il n'avait pas la moindre idée de ce qui se trouvait en bas, mais il suffisait d'un regard vers le haut pour voir ce qui l'attendait : les deux hommes du Baron de Maupertuis descendaient au pas de course sur ses traces.

Il accéléra. Quoi qu'il trouve en bas, ce ne pouvait pas être pire que la mort certaine et probablement lente que lui promettaient ses poursuivants.

Il avait l'impression d'avoir passé une grande partie des derniers jours à fuir ou à se battre. Alors même qu'il entendait ses pas résonner sur les marches de pierre, et qu'il sentait sa main le brûler à force de frotter sur la rambarde, il ne pouvait s'empêcher de chercher à comprendre ce que le baron pensait qu'il avait découvert. C'était si important que cela suffisait à le condamner à mort, mais quels pouvaient être les projets du baron, et en quoi Sherlock leur faisait-il obstacle ?

Ses pieds trébuchèrent sur une surface plane : avant même de s'en rendre compte, il était arrivé en bas. Il se trouvait dans un hall éclairé au gaz. Deux tunnels en partaient, menant tous les deux dans la même direction. Les arches de brique avaient bien quatre ou cinq fois la taille d'un homme debout, et partout où se portait le regard, les murailles étaient humides. À en juger par leur orientation, Sherlock comprenait pourquoi : les tunnels passaient directement sous la Tamise, et arrivaient probablement dans un autre puits, sur l'autre rive.

S'il réussissait à passer de l'autre côté, il avait peut-être une chance de rester en vie.

Il se jeta dans le tunnel de gauche. Des gens déambulaient comme si le fait de marcher sous la surface d'une rivière n'avait rien d'exceptionnel. Il y avait même des chevaux, qu'on menait tranquillement. Ils n'avaient évidemment aucune idée des innombrables tonnes d'eau qui coulaient juste au-dessus de leur tête, séparées d'eux par des briques mal jointes et du plâtre.

À certains moments, l'esprit scientifique pouvait être une malédiction. À cette occasion par exemple, Sherlock avait conscience du genre de pression qui pouvait s'exercer sur ces murs. Une seule petite fissure, et l'eau se déverserait comme une cataracte pour noyer tout le monde.

Mais il continuait à courir. Il n'avait pas le choix.

Fuyant toujours, il remarqua que les deux tunnels étaient en fait creusés en parallèle, et qu'ils étaient reliés par un tunnel transversal plus petit tous les dix mètres environ. Dans chacun de ces passages, des Londoniens entreprenants avaient installé des éventaires et vendaient de tout, de la nourriture, des vêtements et tout un bric-à-brac. S'il réussissait à se faufiler dans l'un de ces passages, il pourrait revenir sur ses pas, remonter le puits et retrouver Amyus Crowe.

Il se mit sur la droite et obliqua brusquement dans le premier passage qu'il rencontra. Un homme se tourna vers lui. À la lumière de la lampe à huile qu'il avait accrochée à un clou de son étalage, sa peau paraissait humide et grisâtre, comme tout ce qui séjourne trop longtemps sous terre. Avec le temps, la vieille couverture qui l'enveloppait était devenue raide de crasse et ressemblait à une armure étrange. De ses yeux dont on ne voyait que la pupille noire, il fixa Sherlock.

— Tu veux une horloge ? demanda-t-il d'un ton plein d'espoir. Parfaite pour avoir l'heure… Toujours juste. Toujours précise. Grandes comtoises, petites comtoises… Tout ce que tu voudras, je l'ai.

— Non, merci, répondit Sherlock en se frayant un chemin pour passer.

Il pensa que sous la Tamise, l'heure ne voulait plus rien dire. Pas de soleil, pas de lune, pas de jour ni de nuit. Le temps passait, c'est tout. Qui aurait pu vouloir une horloge ?

— Alors, une jolie montre de poche ? Tu n'auras jamais besoin de demander l'heure, si tu as une montre. Un jeune gentleman comme toi, tu pourrais impressionner les dames avec une montre à savonnette[1], vendue avec sa chaîne. En argent véritable, et gravée en plus !

1. Montre à double boîtier. *(N.d.T.)*

Tu pourras garder un portrait de ta bien-aimée à l'intérieur.

En argent véritable, *gravée*, et certainement volée aussi.

— Non, merci, dit Sherlock en reprenant son souffle, mais mon père a de l'argent. Il sera là dans une minute. Dites-lui que je veux une montre et ne le laissez pas partir sans qu'il vous en achète une.

Le marchand sourit, ressemblant soudain à un prédateur marin caché sous un rocher, à l'affût de ses victimes.

Arrivé à l'angle du mur, Sherlock jeta un regard prudent vers le tunnel qu'il comptait remonter, et jura. Ses poursuivants s'étaient séparés. L'un d'eux l'avait suivi, et il se frayait un chemin dans la foule en examinant d'un air soupçonneux tous les jeunes gens de moins de vingt ans. Visiblement, ces deux-là connaissaient l'endroit mieux que lui.

Il décida d'attendre que celui-ci le dépasse avant de retourner d'où il venait. Mais son plan fut anéanti lorsqu'il entendit un grand tapage derrière lui. Il se retourna pour voir le marchand mettre de force une petite horloge dans les mains de son premier poursuivant – le boxeur chauve avec des oreilles en chou-fleur et un nez écrasé. Ce dernier repoussa le camelot avec un juron, mais l'autre revint à la charge. Avec sa couverture durcie de crasse, il ressemblait tout à fait à un homard. Il poussait son horloge sur la poitrine du forban en hurlant d'une voix stridente :

— Achète pour fils ! Achète pour fils !

L'ex-boxeur le repoussa plus violemment et, cette fois, l'homme trébucha contre sa lampe, qu'il envoya valser dans le mur. Le verre se brisa, l'huile se répandit sur sa couverture, et la mèche y mit instantanément le feu.

Les flammes gagnèrent vite en intensité. D'abord, le marchand sembla paralysé, puis il se précipita dans le tunnel de gauche en battant des bras. Horrifiés, les passants reculèrent. L'homme heurta un badaud, le feu se propagea sur la redingote du malheureux qui se mit à battre les flammes, mais ne réussit qu'à mettre le feu à la volumineuse crinoline de sa voisine. Un cheval qui arrivait se cabra, terrifié, et partit au galop en entraînant son propriétaire.

En quelques instants, le tunnel se transforma en une fournaise. Les vêtements se consumaient rapidement, puis les bâches des étalages et même leurs armatures de bois, malgré l'humidité ambiante. La vapeur d'eau et la fumée se mélangeaient en un brouillard étouffant. Horrifié, Sherlock s'éloigna du brasier et fila dans le couloir de droite, qui était encore libre.

Mais il y restait l'un de ses assaillants.

Une main poilue se posa sur son épaule.

— Je te tiens, ordure ! cracha la canaille.

Sous les bras, sa veste était tellement noire de vieille sueur que le tissu était devenu raide et comme ciré. L'odeur de ses vêtements était indescriptible.

En vain, Sherlock se débattait pour lui faire lâcher prise. Les doigts de l'homme étaient plantés fermement dans son épaule.

— Denny va vouloir t'dire un mot, murmura-t-il en se penchant tout près du visage de Sherlock.

À respirer son haleine, on avait l'impression que sa bouche abritait une bestiole morte.

— Et j'crois pas qu'tu vas aimer c'qu'il a à t'dire.

Sherlock allait répondre quand il vit le sol du passage latéral se mettre à onduler comme s'il était soudain devenu vivant. Malgré la fumée, il comprit très vite qu'il *était* vivant : il était plein de rats. Terrifiés, ils quittaient leurs trous et se sauvaient tous dans la même direction, vers un endroit sûr. Un tapis déguenillé de fourrures brunes et noires se déroulait sur le sol du tunnel. Hommes, femmes et chevaux reculaient avec horreur devant cette masse de poils, de griffes et de dents. Un petit enfant que ses parents entraînaient perdit pied et tomba. Les rats le recouvrirent aussitôt.

Quand les bestioles commencèrent à lui mordre les chevilles, l'homme qui tenait à présent Sherlock par le collet relâcha son étreinte. En jurant, il essaya de les chasser en utilisant ses mains comme battoirs, et Sherlock en profita pour s'esquiver. Il plongea dans la masse mouvante à la recherche de l'enfant qui avait disparu. Il sentait des pattes minuscules parcourir ses bras, son dos et ses jambes ; une odeur d'urine rance le suffoquait. Ses doigts trouvèrent enfin un petit bras sur lequel il tira. Une petite fille émergea du flot de rongeurs, les yeux écarquillés, la bouche ouverte pour hurler.

— Ne crains rien, tout va bien, lui cria-t-il.

Il la tendit à ses parents qui essayaient de repousser les bêtes à coups de pied et de poing ; ils la lui arrachèrent presque des mains pour la serrer contre leur cœur.

Le raz de marée animal diminuait. Il ne restait que les retardataires, les infirmes et les faibles. Ils se précipitaient maintenant dans les deux directions à la fois en s'éloignant de la fumée qui s'épaississait toujours dans le tunnel latéral. Sherlock vit son poursuivant se battre désespérément contre quelques rats qui s'étaient faufilés sous ses vêtements, où ils s'étaient retrouvés coincés. On voyait des bosses mouvantes sous son manteau. Sherlock allait s'élancer en direction du puits de la rive sud, quand il se souvint des deux autres ruffians. Ils allaient sûrement l'y attendre ; mieux valait repartir dans l'autre sens. Il se dirigea donc vers le nord. Il y avait des ponts par-là, et des bateaux : il arriverait bien à retrouver son chemin. Un jour ou l'autre…

En s'éloignant de l'incendie, il croisa un groupe d'hommes en uniforme chargés de seaux d'eau ; c'était une brigade de pompiers dépenaillés qui accouraient vers le lieu de l'incendie.

Il finit par arriver sur la rive nord de la Tamise. Le puits, avec son escalier en spirale, était la réplique exacte de celui qu'il venait de descendre. Il grimpa les marches de son mieux, proche de l'épuisement, et dut s'arrêter à chaque palier pour reprendre son souffle.

Émerger de ces ténèbres dans la lumière de l'après-midi fut comme sortir de l'enfer pour entrer au paradis. L'air sentait bon, et la brise légère était rafraîchissante sur sa peau. Il s'arrêta un instant, les yeux fermés, pour savourer ses impressions. C'était si simple, et pourtant si parfait.

Le quartier qui entourait le puits côté nord était mieux famé que celui du sud. Des bateaux de toutes tailles étaient amarrés au quai, et des débardeurs solidement charpentés allaient et venaient sur les passerelles, chargés de colis. Sherlock longea la rive à la recherche d'un pont. Il savait qu'il en existait plusieurs sur la Tamise. Ce qu'il ignorait, c'était où ils se trouvaient par rapport à Rotherhithe. Logiquement, il devait pourtant finir par en rencontrer un, à condition, bien sûr, qu'il soit parti dans le bon sens, vers le centre de la cité. Il savait que le tunnel était à l'est ; puisqu'il l'avait traversé du sud au nord, en tournant à gauche à la sortie, il devait donc être dans la bonne direction. L'hôtel Sarbonnier où ils avaient leurs chambres était tout proche de la Tamise, sur la rive nord, et en marchant assez longtemps, il le trouverait aussi. Mais, ce qu'il voulait, c'était d'abord retrouver Amyus Crowe et Matty.

elles étaient ivres. On jeta une bâche sur les débris, et on fit glisser le tout sur les pavés jusqu'à l'eau tourbillonnante. Sherlock en déduisit qu'il ne devait pas être possible de reconstruire une ruche endommagée.

— Sherlock ?

Une voix l'appelait tout bas. Prudemment, il regarda autour de lui. Ce n'était pas la voix de Crowe, ni celle de Matthew Arnatt.

— *Sherlock ?*

La voix insistait. Il fouilla l'endroit des yeux, et finit par découvrir une autre silhouette dissimulée comme lui derrière une pile de caisses. Une silhouette de fille.

— Virginia ?

Elle portait sa culotte de cheval et une veste sur un chemisier blanc tout simple. Elle lui jeta un regard inquiet.

— Qu'est-ce que tu fais là ? chuchota-t-elle.

Sherlock se baissa pour la rejoindre sans se faire remarquer.

— Ce serait trop long à expliquer.

Elle l'examina des pieds à la tête.

— Qu'est-ce que tu as fait ?

Il réfléchit un instant.

— J'ai nagé au milieu de rats, avoua-t-il enfin, entre autres. Et toi ?

Elle se détourna, plus gênée qu'il n'aurait imaginé la voir un jour.

— Je n'allais pas me laisser enfermer pendant que

vous, les garçons, vous vous amusiez, chuchota-t-elle. Alors, j'ai mis ma culotte de cheval et je vous ai suivis.

— Nous sommes passés par la rivière, *en bateau*. Comment as-tu fait pour nous suivre ?

Elle le regarda bizarrement.

— Avec un autre bateau, évidemment ! J'ai dit au batelier de vous suivre. Il a d'abord refusé, mais il me restait de l'argent que mon père m'avait donné, et ça l'a fait réfléchir. Pendant que tu surveillais le hangar, moi, je te surveillais. Et puis, j'ai vu certains des hommes se diriger par ici, et comme il ne se passait rien là où tu étais, je les ai suivis.

— Je n'ai rien remarqué… avoua faiblement Sherlock.

— Papa m'a appris toutes ses techniques de traque. Si je décide de te suivre, c'est exactement ce que tu verras : rien.

Elle se tut et lui effleura le bras.

— Ce que tu as fait était incroyablement dangereux, chuchota Sherlock, mais je suis content de te voir.

Elle haussa les épaules.

— C'était mieux que d'attendre votre retour à l'hôtel.

— Mais pourquoi m'as-tu suivi ? Pourquoi pas ton père ? Tu aurais pu lui dire ce que tu avais vu.

— C'est toi que je suivais, pas lui, répondit-elle simplement. J'ai perdu mon père de vue.

— Mais une fille… toute seule… dans l'East End…

dit Sherlock en hésitant sur la manière de finir sa phrase. Il y a de vrais malfrats par ici…

Et il se mit à lui raconter son après-midi, y compris le meurtre à coups de couteau et l'incendie du tunnel. C'était un soulagement d'en parler. Là encore, Sherlock avait couru des dangers qui auraient pu lui être fatals, et il ne savait toujours pas pourquoi.

— Il ne faut pas qu'ils s'en sortent impunis, dit Virginia. Tu n'es encore qu'un gamin, et ils auraient pu te tuer.

— Toi aussi, tu es une gamine, protesta Sherlock sans conviction.

Virginia sourit.

— Ce n'est pas ce que je voulais dire. Je pensais que ce n'était pas bien que nous soyons mêlés à une chose pareille.

— Mais nous le sommes et, quoi qu'il arrive, nous devons mettre un terme à ce qui se trame.

— Je suis prête, annonça fièrement Virginia. Je suis déguisée en garçon. J'ai trouvé un chapeau.

Elle le tira de l'endroit où elle s'était accroupie ; c'était une casquette de lainage à visière. Ramassant ses cheveux d'une main, elle fit glisser de l'autre la casquette sur sa tête. Les cheveux ainsi dissimulés, le col relevé, elle pouvait aisément passer pour un jeune garçon. De toute façon, les filles portaient des robes, pas des culottes de cheval ; et sans la connaître, personne ne pouvait deviner la supercherie.

— Puisque nous sommes ici tous les deux, nous devrions en profiter pour tâcher de savoir où va ce bateau, dit Sherlock.

Il chercha des yeux l'homme qu'il avait vu annoter ses feuillets.

— Je pense que cet homme, là-bas, est le maître marinier, ou maître de port, enfin, quelque chose comme ça. Je vais le lui demander.

— Comme ça, sans précautions ?

— Ton père m'a montré comment poser des questions.

Après s'être assuré que personne ne regardait de leur côté, Sherlock entraîna Virginia hors de sa cachette jusqu'à un endroit où ils pouvaient s'asseoir sur un petit mur face à la rivière. À découvert, il avait l'impression dérangeante qu'il était observé, et il sentit son cou se hérisser. Pourtant, il se força à ignorer son impression. S'il avait la mâchoire brisée, Denny était sans doute aux mains d'un médecin ou d'un chirurgien, et les autres n'avaient probablement pas eu l'occasion de le voir assez bien pour le reconnaître, surtout maintenant qu'il était couvert de poils de rats et de détritus de toutes sortes auxquels il préférait ne pas penser. Il resta assis à bavarder tranquillement avec Virginia, durant près d'une demi-heure, de façon à se fondre dans le paysage. Le maître de port termina son travail et repartit dans leur direction.

Au moment où il passait à leur hauteur, Sherlock l'apostropha :

— Hé, patron ! Il n'y aurait pas du travail pour moi sur les docks ?

L'homme s'arrêta, pour examiner d'un œil critique la stature menue de Sherlock et répondit toutefois sans méchanceté :

— Reviens dans cinq ans, mon gars. Il faut mettre un peu de muscle sur ces os.

— Je dois quitter Londres ! poursuivit Sherlock d'un ton suppliant. Je peux travailler dur, c'est la vérité !

Il montra le bateau du doigt.

— Eux, par exemple, ils ont l'air de ne pas avoir assez de monde.

— C'est vrai. Il leur manque trois hommes cet après-midi, mais je ne te vois pas les remplacer, et puis ce bateau ne t'emmènerait pas très loin de Londres.

— Pourquoi pas ?

— Il ne fait que l'aller-retour vers la France, sans même s'arrêter sur place. Si tu veux voir du pays, engage-toi dans la Marine ! conclut-il en riant. Ou bien reste ici jusqu'à ce que quelqu'un t'emmène.

Sur ce, il s'éloigna, riant toujours.

— La France, répéta Sherlock. Intéressant…

— Je vous ai entendu dire que vous vouliez travailler avec nous ? fit une voix qui provenait du bateau.

Sherlock fit la grimace et se détourna, mais la voix poursuivit :

— Venez donc à bord un moment, toi et la fille. Oui, nous savons que c'est une fille. Ça fait un bon moment qu'on vous observe. Vous pensiez vraiment que vous étiez invisibles ?

Sherlock jeta un coup d'œil au maître de port qui s'était arrêté un peu plus loin et qui les regardait. Il arborait une expression sévère. Il n'y avait pas d'aide à attendre de son côté.

Sherlock prit la main de Virginia et la fit lever.

— On s'en va, dit-il.

À ce moment, ils virent se dresser face à eux, venus d'ils ne savaient où, un cercle de marins et de dockers. Sherlock tenta de s'enfuir en entraînant Virginia, mais une main lourde se posa sur lui et les sépara. Tandis que tous deux se débattaient en vain, Sherlock sentit que quelqu'un approchait de son visage un chiffon imprégné d'une odeur médicinale, amère et lourde. Il faillit étouffer, puis se sentit glisser dans un puits sans fond qui avait la couleur exacte des yeux de Virginia. Il s'enfonça dans un sommeil d'épouvante.

Chapitre 14

Dans son rêve, Sherlock luttait contre un énorme serpent. Le corps de l'animal était aussi large qu'un tonneau de bière et aussi musclé que celui d'un athlète, et sa tête ressemblait à un triangle aplati pourvu de dents aiguës comme des scies. Ils luttaient sous l'eau – une eau épaisse et sombre comme de la mélasse. Lentement, le serpent s'enroulait autour de lui, le serrant si fort que ses côtes menaçaient de se briser ; mais l'eau visqueuse le gênait et Sherlock réussissait à l'écarter en le repoussant de toutes ses forces. Il s'échappait à la nage ; ralenti dans sa fuite par la texture de l'eau, il voyait le serpent le rattraper et reprendre lentement son étreinte. Et leurs efforts à tous deux – l'un pour s'échapper, l'autre pour étouffer – reprenaient en un cycle sans fin.

Quand il se réveilla enfin, il avait l'impression qu'une éternité s'était écoulée. Il avait la bouche et la gorge sèches, et il était affamé.

Au bout d'un moment, il se sentit capable de s'asseoir sans avoir la nausée. Et ce qu'il vit alors chassa loin de son esprit toute idée de faim, de soif ou d'écœurement.

Il était couché dans un lit surmonté d'un baldaquin brodé et garni d'oreillers de plume. Des boiseries de chêne décoraient les murs, le parquet verni était recouvert de tapis aux détails exquis : c'était la pièce dans laquelle il s'était réveillé après avoir été assommé par le boxeur de la foire, à côté de Farnham.

Comment était-ce possible ? Le Baron de Maupertuis avait abandonné cette maison ; elle était vide. Il ne pouvait quand même pas y être revenu si vite ? Et pourquoi l'aurait-il fait ?

Sherlock roula sur le côté, sauta du lit et se mit debout. En se passant une main sur le visage, il fut étonné de sentir une sorte d'emplâtre autour de son nez et de sa bouche. Il frotta, et vit qu'il restait, collée au bout de ses doigts, une substance noire et légèrement visqueuse.

C'est alors qu'il se souvint du chiffon qu'on lui avait plaqué sur la bouche. Était-ce un produit chimique ? Une drogue pour l'endormir ?

Et Virginia ! Une bouffée de colère l'envahit, chassant les derniers vestiges de nausée et d'engourdissement.

Qu'était-il arrivé à Virginia ? Si quelqu'un lui avait fait du mal, il allait…

Il allait… quoi ? Tuer ? Il n'était pas exactement dans la meilleure position pour faire quoi que ce soir pour le moment.

Il fallait aller se renseigner, découvrir ce qui se passait, et pourquoi. Alors seulement il pourrait agir.

Sherlock se dirigea vers la fenêtre et tira les rideaux, s'attendant à voir le terrain rougeâtre et les ruches qu'il avait aperçus la dernière fois. Ce qu'il découvrit le fit reculer, stupéfait.

Près de la maison, une plage de sable gris descendait jusqu'aux vagues qui venaient s'y abattre dans des tourbillons d'écume. Au-dessus de l'horizon, le ciel était d'un bleu éclatant ; au loin, Sherlock discerna des voiliers.

Il ferma les yeux un moment. Était-il victime d'une nouvelle hallucination? C'était possible, après tout, mais le serpent et l'eau visqueuse avaient une qualité onirique et étrange, qui le rendait d'une certaine façon conscient, tout au fond de lui, de rêver. *Ceci*, en revanche, était parfaitement net et rationnel.

Est-ce que l'image qu'il voyait par la fenêtre n'était rien d'autre qu'une peinture admirablement bien exécutée, donnant l'impression de la mer et de la plage quand il n'y avait en fait que des pigments sur une toile ? Il ouvrit les yeux. Au loin, décrivant des cercles au-dessus des vagues, il distinguait des formes blanches en V : des mouettes planant sous le vent. Elles ne pouvaient pas être représentées en peinture. Ce qui était là dehors était bien réel.

Et puisqu'il n'y avait pas d'océan près de Farnham, la conclusion était qu'il n'y était plus. Il n'était sans doute même plus en Angleterre. Le maître de port avait dit que le bateau était en partance pour la France. D'où la plage… Et la pièce ? Le Baron de Maupertuis aimait probablement ses habitudes et préférait retrouver un environnement familier partout où il allait. La maison de Farnham n'étant pas une propriété de famille, il l'avait fait décorer sur le modèle de ce qu'il appelait son chez-lui. Et c'était sans doute ici, dans cette… comment disait-on, *gentilhommière*… française, que se trouvaient ses racines.

Obscurément satisfait d'avoir percé le mystère, dont il soupçonnait qu'il avait pour but de le troubler et de le déstabiliser, il ne se retourna même pas en entendant le verrou glisser et la porte s'ouvrir vers l'intérieur. Il savait déjà ce qu'il allait voir : deux valets de pied en culottes et bas noirs, gilet et veste courte, portant des masques de velours où seuls les yeux apparaissaient. Comme la fois précédente. Il compta mentalement jusqu'à dix avant de se retourner. Il avait eu raison, en partie. Les deux valets étaient bien là, mais un troisième homme se tenait entre eux. Il était si grand qu'il occultait l'embrasure de la porte. Ses bras étaient gros comme les jambes d'un homme ordinaire, quant à ses jambes, elles ressemblaient à des troncs d'arbre. Il avait des mains comme des pelles, mais ce qui retenait le plus l'attention, c'était sa tête : il était chauve, et son crâne était si couturé de cicatrices sombres qu'on pouvait à première vue penser qu'il s'agissait de cheveux. Il portait un long manteau de cuir pardessus un costume gris très large, dont la coupe le faisait paraître encore plus gigantesque.

— Le baron veut vous voir, dit le géant d'une voix qui évoquait un grincement de meules.

— Et si moi je ne veux pas voir le baron ? répliqua Sherlock d'une voix posée.

Les deux valets échangèrent un regard, mais l'homme aux cicatrices se contenta de hocher la tête.

— Ce que le baron veut, il l'a. Aucun avis ne compte, à part le sien.

— Et si je refuse de venir avec vous ?

— Nous vous porterons.

Sherlock savait que c'était enfantin, mais il voulait qu'il soit bien clair qu'il n'était pas un prisonnier passif : il avait son propre avis sur la situation.

— Si je me retiens à la porte et que je refuse de me laisser porter ?

— Alors, nous vous casserons les doigts et nous vous porterons quand même.

L'homme eut un sourire qui découvrit largement ses dents. C'était le genre de rictus qu'affichait un tigre avant de bondir.

— Tout ce qu'il faut au baron, c'est que vous soyez assez entier pour répondre à ses questions. Cela veut dire qu'il a besoin de votre tête, pour que votre cerveau pense et que votre bouche parle ; et de vos poumons pour que vous puissiez encore respirer. Tout le reste est en option. À vous de choisir.

Sherlock tint encore un moment, pour faire savoir qu'il exerçait son droit de choisir, avant de se diriger vers la porte. L'homme aux cicatrices ne bougea pas avant que Sherlock soit assez proche pour le toucher ; alors seulement, il se tourna un peu pour le laisser passer.

— Je m'appelle M. Surd, dit-il en suivant Sherlock dans le hall. Je suis le factotum et l'intendant du baron. Ce qu'il veut, je le fais. S'il veut un verre de madère, c'est mon travail de le lui servir. S'il veut votre tête sur un plateau, c'est mon travail de la couper et de la lui livrer. Ce n'est pas un plaisir, ni une tâche particulièrement pénible. C'est juste un travail. Vous comprenez ?

— Je comprends. C'était vous qui teniez le fouet la première fois que j'ai rencontré le baron, n'est-ce pas ? Dans l'ombre ?

— Un travail, c'est tout, répéta l'homme, mais j'aime qu'il soit bien fait.

Le corridor était le même qu'à Farnham, ainsi que l'escalier. Sherlock se défendit de chercher les marques de sabots qu'il avait laissées lors de sa précédente évasion.

Ce n'était pas la même maison, mais une autre qui lui ressemblait.

Virginia attendait devant la porte de la pièce où, Sherlock le savait, se tenait le baron. Deux valets masqués l'encadraient, près d'un meuble en teck.

— Ça va ? demanda-t-il.

— J'ai fait des rêves bizarres, répondit-elle. Je montais Sandia, mais elle s'emballait et je ne pouvais pas la maîtriser. Et nous chevauchions au milieu d'un paysage qui n'arrêtait pas de se dissoudre quand je le regardais.

Elle s'ébroua comme pour chasser le souvenir de son rêve.

— Et toi ? demanda-t-elle.

— Des serpents, dit brièvement Sherlock.

— Avec quoi est-ce qu'ils nous ont drogués ? J'ai encore la tête toute brouillée.

— Je pense que c'était du laudanum, de la morphine dissoute dans de l'alcool. Mon père et ma mère en donnaient à ma sœur, j'ai reconnu l'odeur. C'est fait avec des pavots.

— Des pavots ? dit-elle en riant. Je n'ai jamais aimé les pavots, c'est une fleur macabre.

M. Surd passa devant eux pour ouvrir la porte derrière laquelle attendait le baron, et leur fit signe d'entrer.

La pièce était presque entièrement plongée dans l'obscurité, comme la première fois. On voyait deux chaises placées à un bout d'une longue table; l'autre extrémité disparaissait dans l'ombre. Les rideaux de velours noir ne laissaient pratiquement pas passer de jour, et les seuls endroits du mur exposés à la lumière étaient recouverts d'épées et de boucliers. Une armure complète était exposée près de la porte, de telle sorte qu'on avait l'impression de voir un chevalier.

M. Surd leur fit signe de s'asseoir. Sherlock pensa refuser, mais il vit quelque chose dans l'œil de l'intendant. Ce dernier n'avait qu'une envie : qu'il refuse d'obéir, pour pouvoir lui infliger une punition douloureuse et définitive. Il s'assit donc, Virginia à ses côtés. M. Surd et les quatre valets s'éloignèrent vers le fond de la pièce, où ils disparurent dans les ténèbres.

Le silence s'installa, rompu seulement par les grincements des cordages et des armatures de bois que Sherlock avait déjà entendus.

Puis une voix chuchotante comme le bruit du vent dans les feuilles mortes s'éleva.

— Vous persistez à contrecarrer mes plans, et pourtant vous n'êtes qu'un enfant. J'ai été forcé d'abandonner l'une de mes résidences à cause de vous.

— Vous semblez aimer que toutes vos maisons soient décorées à l'identique, répliqua Sherlock. Vous préférez les choses qui ne changent pas ?

Il y eut encore un silence pendant lequel Sherlock s'attendit à sentir la pointe du fouet, mais la voix reprit :

— Quand je trouve une chose qui me plaît, je ne vois pas de raison de souffrir quelque chose de différent. La décoration d'une maison, un système de gouvernement... Quand j'ai trouvé ce qui marche, je le veux reproduit partout. Je trouve cela... réconfortant.

— Et c'est pourquoi vos valets portent des masques, pour vous permettre de croire que ce sont toujours les mêmes, partout où vous êtes.

— Très perspicace.

— Et où sommes-nous ? En France ?

— Vous avez reconnu le paysage ? Oui, cette maison est en France. Vous avez été endormis pendant la traversée en bateau et le transport jusqu'ici.

— Mais M. Surd ? Il n'existe qu'en un seul exemplaire.

— M. Surd est irremplaçable. Il va partout où je vais.

— Vous êtes le Baron de Maupertuis, n'est-ce pas ?

— Vous me surprenez encore. Je ne croyais pas mon nom si bien connu.

— Je l'ai... trouvé d'après certains indices.

— Intelligent. Très intelligent. Et qu'avez-vous trouvé d'autre ?

Virginia posa une main sur celle de Sherlock pour l'inciter à la prudence, mais Sherlock sentait une certaine fierté le gagner : il avait enquêté, découvert des faits, et en avait déduit un raisonnement qui lui permettait de comprendre la nature du complot. Et il jugeait utile que de Maupertuis sache que ses plans n'étaient plus secrets.

— Je sais que vous élevez des abeilles, une espèce étrangère très agressive, mais pas pour le miel. Vous les élevez pour leurs dards. Vous voulez blesser et tuer des gens.

L'esprit de Sherlock s'emballait ; les faits qu'il avait découverts s'organisaient en un schéma qui se précisait peu à peu. Le baron le prenait au sérieux, il écoutait ses déductions comme si elles comptaient vraiment, pas comme des réponses à des questions théoriques à propos de lapins et de renards.

— Vous possédez une fabrique de vêtements, des uniformes militaires, je pense.

Sherlock fit une pause ; il avait tous les éléments, il n'avait plus qu'à compter sur son intuition pour en tirer la conclusion.

— Votre homme, Wint, je crois, avait volé des vêtements qu'il gardait chez lui. Il a été attaqué par des abeilles. Un autre, un jardinier de mon oncle, avait été employé dans une usine de confection de Farnham, la vôtre, je pense. Il a lui aussi été tué par des abeilles. Avait-il gardé certains effets pour son usage, les avait-il volés ? Ainsi, il y a donc quelque chose, dans ces vêtements, qui pousse les abeilles à piquer. Tant qu'ils sont emballés dans des caisses, il ne se passe rien, mais quand quelqu'un les porte… les abeilles sont attirées, et tuent celui qui les a sur le dos.

La main de Virginia serrait désormais la sienne comme un étau, mais il l'ignora.

— Les hommes du hangar de Rotherhithe parlaient d'envoyer les caisses à Ripon, Colchester, et Aldershot. Ce sont des bases militaires. Donc, les vêtements étaient sans doute des uniformes. Qu'est-ce que vous avez fait ? Obtenu une commande de l'État pour fournir des uniformes à l'armée britannique ? Les soldats portent leurs uniformes neufs, peut-être avant de partir pour les Indes, et alors…

Les pensées de Sherlock l'avaient entraîné très vite, mais arrivé là, il s'arrêta net. Son père. Aldershot. L'Inde. Des uniformes.

— Et alors, vous lâchez les abeilles, et elles attaquent tout le monde, simples soldats, adjudants, officiers, chaque soldat de l'armée britannique, murmura-t-il effaré.

— Des milliers de morts, survenant de façon totalement inexplicable et inévitable, chuchota le baron à son tour. Un coup démoralisant dirigé au cœur même de l'Empire britannique, et porté par une humble abeille, celle-là même qui fournit le miel pour les thés du dimanche après-midi. L'ironie est… savoureuse.

— Mais pourquoi ? demanda Sherlock.

Il imaginait son père, le visage enflé, couvert de piqûres, tombant, étouffant sous les dards, tandis que les abeilles s'acharnaient à le piquer encore et encore.

— Pourquoi ?

La voix du baron n'était pas plus forte, mais elle était chargée d'une haine nouvelle.

— *Pourquoi* ? Parce que votre pathétique petite nation souffre d'un délire de grandeur qui l'a conduite à conquérir la moitié du monde. Ce serait difficile de trouver un pays plus petit que l'Angleterre, à peine un trou d'épingle. Si petit que, sur les globes, les cartographes ne peuvent même pas inscrire le mot « Angleterre » à l'intérieur des frontières. Et pourtant, vous avez l'arrogance, la témérité de croire – pur délire – que le monde a été créé pour obéir à vos règles bienveillantes. Et le monde se plie en quatre pour vous laisser faire ! Ahurissant ! Mais il y existe des hommes, des militaires, qui ne laisseront pas vos instincts prédateurs aller plus loin. Les limites de l'Empire britannique doivent être réduites, pour laisser à d'autres nations le droit de respirer. Je représente un groupe de ces hommes. Allemands, Français, Américains, Russes… ils se sont rassemblés pour restreindre vos ambitions territoriales. Vous ne serez pas satisfaits avant que la couleur de l'Empire britannique s'étende sur la carte du monde ; nous ne serons pas satisfaits avant qu'elle soit réduite aux limites de votre minable pays. Et peut-être au Honduras, ajouta-t-il après une pause. Vous pouvez garder le Honduras.

— Ainsi, votre plan, c'est de détruire toute l'armée britannique d'un seul coup ?

— Pas tant d'un seul coup que par un mal progressif, qui frappe les soldats, et personne d'autre. Mes abeilles, vous savez, protègent leur territoire, et elles sont plus agressives que les autres. Elles sont élevées pour cela et elles se reproduisent très vite. Le produit contaminant absorbé par le tissu des uniformes imprègne la peau de ceux qui les portent. Il passe dans leur sang et leur sueur. Les abeilles, dès qu'elles le sentiront, attaqueront. Une fois lâchées, elles se répandront en quelques mois dans tout le pays. Nous en élèverons d'autres dans des lieux secrets d'Europe en prévision du stade suivant. La terreur, la crainte, la panique généralisée seront nos meilleurs alliés. Une mystérieuse peste s'attaquant aux soldats. Et l'Angleterre sera reléguée au rang qu'elle mérite : celui d'une nation de troisième catégorie.

— Mais les deux hommes qui sont morts, votre employé et le jardinier de mon oncle ? Ils ne faisaient pas partie du complot ?

Un grincement se fit entendre, comme si le baron haussait les épaules. Ou comme si on lui faisait hausser les épaules.

— Je savais que certains ouvriers volaient des uniformes, mais je n'y ai pas prêté attention. J'ai eu tort. Une de nos ruches a été renversée par un cheval, et les abeilles se sont échappées. Elles sont devenues folles et, quand elles ont senti le produit contaminant sur les uniformes, elles ont attaqué. M. Surd a retrouvé la reine et a réussi à la faire rentrer avec ce qui restait de l'essaim. C'était une mission qui demandait beaucoup de courage.

— Je n'ai fait que mon travail, monsieur, dit Surd dans l'ombre.

Sherlock avait le souffle coupé par l'audace incroyable du plan. Et il n'y trouvait pas de défaut : si les abeilles étaient agressives, et les uniformes distribués efficacement, le plan allait réussir. Il allait *réussir.*

— Mon frère saura vous arrêter, affirma tranquillement Sherlock.

C'était son dernier espoir.

— Votre frère ?

— Mon frère.

Dans l'ombre, Sherlock entendit un murmure. Le timbre râpeux de Surd se faisait encore entendre.

— Ah, reprit de Maupertuis de sa voix coupante, vous vous appelez Sherlock Holmes. Votre frère, par conséquent, est Mycroft Holmes. Un homme brillant. Nous l'avions déjà repéré pour notre groupe. Vous paraissez lui ressembler.

— Je lui ai déjà envoyé un télégramme pour lui raconter ce qui se passe, affirma Sherlock aussi tranquillement qu'il le put.

— Non. Ce n'est pas vrai. Si vous l'aviez fait, vous n'auriez pas eu besoin de devenir espionner mon bateau. Mycroft Holmes aurait envoyé ses propres agents pour cela.

Ses agents ? Brusquement, Sherlock comprit l'étendue des pouvoirs de son frère.

Il y eut de nouveaux chuchotements.

— Il est possible que nous ayons affaire à votre frère cependant. Si votre intelligence est à l'aune de la sienne, il pourrait deviner nos projets et essayer de les contrecarrer. Vous et lui mourrez la même semaine, voire le même jour, ou même à la même heure si je peux l'organiser ; je suis un homme d'ordre. Et cela permettra à vos parents d'économiser les frais de deux enterrements.

Sherlock comprit alors où l'avait mené son arrogance. En montrant qu'il avait compris le complot, en étalant ses capacités de raisonnement devant le baron, et pire encore, en se vantant de l'influence de son frère, il venait de se condamner à mort avec lui.

— Je crois que vous m'avez dit tout ce que vous savez, poursuivit le baron, et je suis surpris de voir tout ce que vous avez trouvé. À l'avenir, il faudra que nous soyons plus discrets. Merci de nous l'avoir fait comprendre, au moins.

— Pourquoi Londres ? demanda très vite Sherlock, qui sentait que l'entretien se terminait et que l'issue fatale était proche, pour lui comme pour Virginia. Pourquoi avez-vous déménagé toutes vos ruches à Londres avant de les apporter ici, plutôt qu'à Portsmouth ou Southampton ?

— Votre évasion nous a forcés à partir plus tôt que prévu. Il n'y avait pas de mouillage libre à Portsmouth ou Southampton, et le bateau attendait nos instructions à Londres. Inefficace, mais inévitable. Et maintenant, vous avez cessé de m'être utile, vous et la fille qui vous accompagne. J'avais l'intention de la menacer pour vous faire parler, mais nous n'avons pas eu besoin d'utiliser la force. Il aura été plus difficile de vous faire taire que de vous faire parler !

Sherlock regarda Virginia en rougissant de honte, mais elle lui sourit.

— Grâce à toi, je n'ai pas été torturée, chuchota-t-elle. Merci.

— Pas de quoi, répondit Sherlock automatiquement.

— Monsieur Surd, fit la voix du baron.

Il avait beau chuchoter, sa voix portait jusqu'au bout de la pièce. C'était une voix habituée au commandement.

— Il faut accélérer nos projets. Donnez l'ordre. Relâchez les abeilles du fort. Quand elles auront trouvé leur chemin à travers le pays, les uniformes auront déjà été distribués. Et alors la confusion régnera.

Chapitre 15

Les paroles du baron résonnèrent dans la pièce, sinistres. Il y eut des signes d'activité dans l'ombre quand un serviteur quitta la salle à manger pour transmettre les ordres. Sherlock jeta un coup d'œil vers Virginia. Elle était pâle, mais sa bouche avait un arc déterminé. Il lui serra la main, et elle eut un petit sourire.

Son cran donna à Sherlock le courage de continuer.

— C'est un plan grandiose, lança-t-il, mais ça ne marchera pas.

Il y eut un silence, rompu seulement par les grincements habituels – qui évoquaient ceux de voiliers dans le vent.

— Vous semblez très sûr de vous pour un gamin, dit enfin la voix du baron.

— Réfléchissez. Ce n'est pas parce que deux hommes sont morts à cause de vos machinations que ça rend votre plan infaillible. Par exemple, toutes sortes de choses pourraient détruire les produits chimiques sur les uniformes. Rappelez-vous, il pleut en Angleterre. Il pleut beaucoup. Et certains soldats feront laver leurs uniformes avant de les porter, surtout les officiers.

Il était lancé maintenant, débordant d'idées sur tout ce qui pouvait faire échouer de Maupertuis.

— Des soldats préféreront leurs vieux uniformes, ou en feront faire par leur tailleur militaire, plutôt que d'utiliser les vôtres. Je ne sais pas comment ça se passe en France, en Allemagne et en Russie, mais en Angleterre, on n'aime pas beaucoup que quelqu'un nous dise quoi faire et quoi porter. Les gens trouvent des moyens pour échapper à ce genre d'autorité.

— Et les abeilles ? reprit Virginia. Combien d'entre elles vont arriver sur le continent ? Et combien vous en faudra-t-il pour couvrir toutes les garnisons d'Angleterre ? Vous en avez assez ? En cas de coup de froid, les abeilles meurent, ou bien elles tombent sur des prédateurs, ou encore ellles vont essaimer dans la nature ? Les chances de croisement avec les abeilles anglaises sont grandes, ce qui leur ferait perdre cette agressivité dont tous vos projets dépendent.

— Nous avons tenu compte de tous ces facteurs, répliqua la voix, aussi sèche que la poussière.

Pourtant, pour la première fois, Sherlock avait l'impression d'y détecter une trace de doute.

— Même si quelques uniformes sont lavés, même si quelques abeilles meurent, les attaques seront de toute façon mortelles, les morts très nombreux, et l'armée britannique sera paralysée par la peur. *Paralysée.*

— Vous ne comprenez vraiment pas la manière de penser anglaise, n'est-ce pas ? s'esclaffa Sherlock.

Sherlock repassait dans son esprit les souvenirs de ses lectures et de ses cours d'histoire, et ce que Mycroft lui avait expliqué.

— Vous avez entendu parler de la Charge de la Brigade légère ? demanda-t-il.

Le bruit de fond cessa brusquement. Sherlock eut l'impression que toutes les oreilles présentes dans la pièce s'étaient soudain dressées, et écoutaient ce qu'il disait avec beaucoup d'attention.

— Oh oui, siffla le baron. J'ai entendu parler de la Charge de la Brigade légère.

— En 1854, poursuivit Sherlock imperturbable, pendant la guerre de Crimée, on a donné l'ordre aux soldats du 4e et 13e Dragons, les 17e Lanciers et les 18e et 11e Hussards de charger les lignes russes pendant la bataille de Balaclava. Ils chargeaient au fond d'une vallée bordée de canons de part et d'autre, et ils ont continué, tous jusqu'au dernier. Ils suivaient les ordres, sans panique et sans mutinerie. Je ne dis pas que l'obéissance aveugle aux ordres est une bonne chose, mais les soldats britanniques ont la discipline chevillée au corps. Je le sais, mon père est officier. Ils ne paniquent pas. Jamais. S'il y a des morts par piqûres d'abeilles, ils les traiteront comme un accès de choléra ou de variole. Vous ne comprenez pas ? *Ils vont les ignorer.* C'est ça que font les Anglais. C'est pourquoi l'Empire est si fort et si vaste. *Nous ignorons ce qui ne nous plaît pas.*

— Vous parlez bien, mais je ne vous crois pas. Vous tenez à croire que votre Empire est bâti sur des fondations inébranlables, mais vous vous trompez. Les fondations sont pourries, et l'édifice tout entier s'écroulera si on le pousse assez fort. Vous avez envie de croire que demain sera comme hier, mais ce ne sera pas ainsi. Le monde va changer, l'équilibre des pouvoirs sera modifié en faveur de la Chambre Paradol !

La Chambre Paradol ? Qu'est-ce que ça pouvait être ? Pendant que de Maupertuis parlait, Sherlock mémorisa ce qui pouvait être une information importante pour Mycroft, et qui avait échappé au baron sans qu'il semble s'en apercevoir.

Évidemment, il faudrait d'abord qu'il puisse un jour revoir Mycroft…

— Vous voulez croire que votre frère continuera à être quelqu'un d'important au gouvernement britannique, mais il n'en sera pas ainsi. Lui et le reste de ses collègues seront balayés par la marée de l'Histoire. Quand ce petit pays prétentieux qui est le vôtre ne sera plus qu'une simple province d'un État européen très puissant, capable de rivaliser en taille et en pouvoir avec l'Amérique, alors Mycroft Holmes et ses pareils deviendront superflus. Nous n'aurons pas besoin d'hommes de son espèce dans le nouvel ordre mondial. Pour eux, ce sera le garrot ou la guillotine. Ils ne survivront pas.

La voix de Maupertuis n'était plus qu'un sifflement. La haine si profondément ancrée en lui enflammait sa diatribe. Pourquoi haïssait-il autant la Grande Bretagne ? Sherlock se demanda s'il avait plus de chances en provoquant le baron pour le faire sortir de ses gonds. À vrai dire, il avait peu d'issues. Virginia et lui allaient certainement mourir.

— Il est fou, dit tranquillement Virginia. Fou furieux. Son plan est celui d'un malade, et le but qu'il poursuit est impossible. Qu'il le veuille ou non, l'Angleterre est une puissance mondiale. Il n'y peut rien.

— Je suis surpris que vous défendiez si vivement ce pays, grinça le baron.

Virginia leva la tête.

— Pourquoi surpris ? Je n'aime pas voir tuer des innocents. C'est inhabituel ?

— Votre pays est resté dominé par l'Angleterre pendant deux cents ans. Toutes les décisions étaient prises à Londres. Vous n'étiez qu'un comté comme le Dorset ou le Hampshire, plus loin et plus grand. Il vous a fallu vous révolter contre la mainmise anglaise et rejeter le joug de Westminster.

— Et nous l'avons fait loyalement, pas avec des complots diaboliques. S'il faut des guerres, qu'elles soient menées ainsi, justement ! Il devrait y avoir des règles pour la guerre comme pour la boxe.

— Naïve, murmura le baron. Et si inutilement ! Le garçon et vous serez morts avant même de voir votre précieux monde transformé.

— Vous aimez bien agir dans l'ombre, n'est-ce pas ? poursuivit Virginia d'un ton dur qui alerta Sherlock.

— Celui qui se bat pour gagner sort de l'ombre pour frapper, et se cache à nouveau, pour que son adversaire, même plus fort, plus grand, ne sache pas où l'atteindre, chuchota le baron. C'est la guerre de l'avenir. C'est de cette façon qu'un adversaire plus faible renverse son supérieur en taille. Furtivement.

Virginia se leva.

— Vous préférez l'ombre ? Voyons ce que vous penserez du soleil !

Il y eut un mouvement derrière le baron, comme si Surd se préparait à lancer son fouet, mais Virginia avait été plus rapide. La mèche à pointe de métal la manqua d'un cheveu. Elle saisit les rideaux et tira de toutes ses forces. On entendit le bruit sec du tissu qui se déchire, et tout un pan tomba à terre dans une avalanche de velours, laissant entrer le soleil lumineux du matin.

Dans la pièce, les silhouettes en noir se protégèrent les yeux de la main, mais Sherlock ne vit que le baron, assis dans une chaise immense à l'autre bout de la table. C'était bien le vieillard aux yeux roses qu'il avait aperçu dans sa voiture à Farnham. Il grimaçait en protégeant son visage d'une main, tandis que, de l'autre, il ajustait sur son nez une paire de lunettes noires. Ses bras étaient maigres et tordus comme les branches d'un vieux chêne. Il portait ce qui paraissait être un uniforme militaire, noir à galons d'or ouvragés sur la poitrine et les poignets. Une sorte d'armature de bois entourait sa tête – laquelle se releva brusquement. Le baron fixa Sherlock avec tant d'intensité, à travers ses verres foncés, que son regard semblait brûler. Des cordes, attachées à l'armature et qui allaient se perdre dans le plafond, s'étaient tendues quand sa tête s'était levée.

M. Surd se tenait près du baron. Ses cicatrices, livides à la lumière, faisaient penser à un nid de vers grouillant sur un squelette. Il brandit son fouet, avec dans les yeux une promesse de meurtre.

— Non ! intervint le baron. Ils sont à *moi !*

D'autres cordes encore étaient attachées à des armatures plus petites, qui entouraient les poignets et les bras de Maupertuis, et à une grande qui lui enserrait le torse. Ces cordes-là étaient plus épaisses, et, en levant les yeux, Sherlock vit qu'elles étaient fixées à une poutre, aussi grosse qu'un gibet, suspendue juste au-dessus de la tête du baron. À l'extrémité la plus proche de lui, venait s'encastrer une autre poutre munie de crochets de métal et de roues pivotant sur des axes. Les cordes passaient à travers ces crochets et ces roues. Il devait y en avoir au moins vingt ou trente, chacune reliée à une partie du corps du baron. Elles étaient manipulées par des serviteurs masqués. Incrédule, Sherlock les observa : pendant que les uns tiraient de toutes leurs forces, les autres laissaient filer leur corde ou se contentaient de la maintenir. Et c'est ainsi que le baron se leva.

Il n'était qu'une marionnette. Une marionnette humaine, entièrement actionnée par d'autres.

— Grotesque, hein ? persifla le baron.

Sa bouche et ses yeux semblaient les seules parties de son corps capables de bouger par sa propre volonté. D'une main, il montrait sa poitrine, mais le geste avait été exécuté par une série de cordages attachés à ses poignets, ses bras, son épaule, qui se mouvaient non pas parce qu'il l'avait décidé, mais parce que ses serviteurs de noir vêtus anticipaient les mouvements qu'il aurait faits s'il en avait été capable.

— Voilà l'héritage que m'a laissé l'Empire britannique. Vous avez mentionné la Charge de la Brigade légère, mon garçon. Une bataille sans objet, reposant sur des ordres mal compris. Elle n'aurait jamais dû être livrée. J'y étais, ce jour-là, avec le comte de Lucan. J'étais sur son flanc gauche, l'officier de liaison avec la cavalerie française. J'ai vu les ordres tels qu'ils sont parvenus de lord Raglan. Je savais qu'ils étaient mal exprimés, et que Lucan les avait compris de travers.

— Qu'est-ce qui s'est passé ? demanda Sherlock.

— Mon cheval a été pris dans la charge. Affolé par le canon, il m'a jeté à terre. J'ai été projeté au sol devant des centaines de chevaux anglais qui me sont passés sur le corps au grand galop. J'ai senti mes os se briser un à un sous leurs sabots. Mes jambes, mes bras, mes côtes, mon crâne. Chaque os important a été brisé, et la plupart des plus petits aussi. J'étais devenu un puzzle.

— Vous auriez dû mourir, chuchota Virginia.

Sherlock se demanda si c'était du regret ou de la pitié qu'il entendait dans sa voix.

— J'ai été retrouvé par mes compatriotes, une fois les Anglais déchiquetés par les canons russes. Ils m'ont porté, ils ont soigné mes blessures. Ils m'ont réparé comme ils ont pu, mais j'avais le cou brisé, et je ne pouvais plus bouger. Ils n'ont pas osé me transporter trop loin ; je suis resté sous une tente, dans la chaleur étouffante ou le froid glacial de Crimée, pendant un an. Un an ! Et à chaque seconde, chaque minute, chaque heure de cette année, j'ai maudit les Anglais et leur stupidité, qui les pousse à suivre des ordres quoi qu'il arrive, même s'ils sont imbéciles.

— Vous aviez choisi d'être là, fit remarquer Sherlock. Sous l'uniforme. Et vous avez vécu, alors que des centaines d'hommes de valeur sont morts.

— Et chaque jour, je regrette de ne pas être mort avec eux. Mais je suis vivant, et j'ai un but : mettre l'Empire à genoux. À commencer par toi, mon garçon.

Dans un grincement qui emplit la pièce, de Maupertuis parut s'envoler pour se poser légèrement sur la table. Au-dessus de lui, les cordes étaient tendues par les marionnettistes vêtus de noir. Ils avaient deviné ce qu'il voulait faire. Ils devaient travailler pour lui depuis si longtemps, pensa Sherlock, qu'ils savaient instinctivement saisir ses pensées et les traduire en gestes sur-le-champ. Au moment où les pieds du baron touchèrent la table, Sherlock sauta de sa chaise. Virginia l'imita.

— Baron ! supplia Surd. Vous n'avez pas besoin de le faire vous-même. Laissez-moi tuer ces mômes pour vous !

— Non ! Je ne suis pas infirme ! Je vais anéantir ces petits espions moi-même ! Tous ces mois passés à concevoir ce harnais alors que j'étais paralysé, ce ne sera pas pour rien. Je vais les tuer moi-même ! Vous comprenez ?

— Mais au moins, laissez-moi tuer la fille, laissez-moi faire ça pour vous.

— Très bien. Je m'occupe du garçon.

Comme en apesanteur, le baron se dirigea vers Sherlock. Ses pieds bougeaient mais ils touchaient à peine la table. Il tendit la main ; des cordes et des filins se raidirent sous sa manche, et une lame luisante apparut, tirée d'un fourreau dissimulé dans ses vêtements. Ses doigts en forme de brindilles se refermèrent sur la poignée, non pour tenir, mais pour guider.

Sherlock recula vers l'armure qui était exposée près de la porte et en saisit l'épée. L'armure tomba à terre avec un grand fracas.

Il avait vaguement conscience de voir M. Surd avancer, son fouet à la main. Le baron sauta de la table et brandit son sabre. L'échafaudage compliqué qui le soutenait était monté sur roues ; des serviteurs le tiraient, le poussaient et le faisaient tourner. De Maupertuis pouvait se déplacer à n'importe quel endroit de la pièce en quelques secondes, bien plus vite que Sherlock.

Le baron leva son sabre. Sherlock para maladroitement. Il vit jaillir des étincelles au point de contact de leurs armes et sentit le choc se répercuter jusqu'à son épaule. Le baron bondit, sabre en avant, visant la tête du garçon qui esquiva. La lame fendit le fauteuil d'où il venait de se lever. Le dossier éclata en projetant des échardes dans toute la pièce.

Sherlock jeta un regard désespéré vers sa droite. Virginia reculait devant M. Surd et son fouet. Comme un serpent qui frappe, la longue mèche partit. La jeune fille tressaillit et recula, mais trop tard. Une estafilade vint barrer sa joue ; le sang jaillit telle une fleur s'ouvrant sur sa peau.

Plus que tout au monde, Sherlock désirait courir vers elle pour l'aider, mais le baron se posa devant lui. Sherlock s'élança afin de couper les cordes qui le soutenaient ; les valets poussèrent leur maître hors de son atteinte. Le visage cadavérique du baron se fendit dans un sourire grimaçant. Ses yeux de rat brillaient d'un sentiment de triomphe. Il bondit, le pied droit glissant sur le tapis, l'épée brandie au bout du bras droit exécutant une passe d'escrime impeccable. Avec le pied gauche, il équilibrait la position. On entendait les grognements des valets qui peinaient en le tirant de tout leur poids. La lame fendit l'air vers la gorge de Sherlock, qui, essayant de parer, se prit les pieds dans le tapis et tomba en arrière en se heurtant violemment la tête.

— J'étais le meilleur maître escrimeur de France ! hurla le baron. Et je le suis toujours !

Virginia poussa un cri, et Sherlock ne put s'empêcher de tourner les yeux vers elle. Surd l'avait clouée contre le mur. Une nouvelle blessure ornait son front. Le rouge du sang se mêlait au cuivre de ses cheveux qui brillaient au soleil. Sherlock voulut se rapprocher, mais le sabre de son adversaire surgit de nulle part, fendit le col de sa chemise et tira un trait fin sur sa poitrine. Il recula dans un dernier sursaut et essaya de parer.

Dans un grincement sinistre de cordes et de bois, le corps du baron sembla entrer en lévitation. Il vola vers son adversaire dans un mouvement qu'aucun escrimeur n'aurait pu réussir, et brandit son sabre à l'horizontale comme une faux. Malgré ses vantardises, il avait oublié l'art de l'escrime : il frappait comme une brute, et Sherlock, dont les muscles se tendaient comme des cordes de violon, s'épuisait à parer les coups.

Un gantelet de fer vola dans l'air au-dessus de sa tête – il appartenait à l'armure dont il utilisait l'épée. Virginia l'avait ramassé et lancé sur M. Surd qui se baissa juste à temps. Virginia lui jeta une botte de métal ; celle-ci atterrit au-dessus de son œil. Surd jura.

Sherlock reculait devant de Maupertuis. Comment les marionnettistes faisaient-ils pour si bien coordonner ses mouvements ? De Maupertuis avait l'aisance d'un homme normal ; il semblait même à la parade.

Le baron abattit son sabre dans un large et violent mouvement oblique visant la tête de Sherlock, mais il réussit encore une fois à parer. Une nouvelle nuée d'étincelles jaillit lorsque les deux lames se croisèrent.

C'était sans espoir. Le baron était un maître, même si d'autres le mettaient en mouvement. Ou bien les serviteurs étaient d'excellents escrimeurs eux-mêmes, ou ils travaillaient depuis si longtemps avec lui qu'ils étaient capables de fonctionner comme un seul organisme, sans avoir besoin de communiquer. Combien de milliers d'heures de Maupertuis avait-il passées à les entraîner pour qu'ils réagissent aussi impeccablement à ses besoins ?

Sherlock sentit une résistance derrière ses épaules. Le mur ! Il ne pouvait plus reculer.

Le coude de Maupertuis partit en arrière et – tel un éclair – son sabre zébra l'air. Sherlock roula de côté, mais la lame s'enfonça dans le col de sa veste et vint se ficher entre deux dalles, le clouant au sol.

Il était pris comme un papillon épinglé dans sa boîte.

Prêt à s'échapper, il attendit que de Maupertuis dégage sa lame pour le coup final, mais le baron leva la main gauche. Des sortes de tendons – des cordes et des fils – se mirent en mouvement, et quelque chose glissa de sa manche. Sherlock pensa que c'était un couteau, mais il vit très vite qu'il s'agissait d'autre chose : une roue métallique dentelée qui se mit à tourner en vrombissant.

Des reflets de lumière partaient dans toutes les directions. Sherlock sentit le souffle de l'engin contre son visage ; le baron l'approchait de son œil droit.

Le désespoir l'envahit. Avec ce genre de traitement, il n'avait aucune chance de durer plus de quelques instants.

Mais il fallait qu'il sauve Virginia.

Cette pensée lui donna l'énergie nécessaire pour un dernier effort. Il roula sur lui-même en sortant son bras de sa veste et s'écarta. Le disque alla frapper le mur derrière lui dans une gerbe d'étincelles et d'éclats de pierre. Le baron jura et essaya de récupérer son sabre.

S'il ne pouvait pas le battre à l'escrime, Sherlock n'avait plus qu'à déjouer les plans du baron par le seul pouvoir de son intelligence. Il fallait trouver son point faible, un élément qu'il puisse exploiter. Ce devait être en rapport avec sa façon de se déplacer : la faiblesse du baron était là. Le garçon essaya encore de taillader les cordes, mais le baron l'en empêcha en brandissant son disque coupant.

En reculant, Sherlock faillit trébucher sur les restes de la chaise massacrée. Une ébauche d'idée lui vint à l'esprit. La lame du sabre vint se ficher dans le bois. Avant que son agresseur ait pu l'en retirer, Sherlock souleva tout ensemble l'arme et le bouclier improvisé et réussit à les coincer dans les cordages qui retenaient le baron. Il força sur le pied de chaise pour le faire tourner et l'emmêler un peu plus, saisissant une par une les cordes encore libres pour les nouer inextricablement.

— Qu'est-ce que tu fais ? hurla le baron.

Trop tard. Le réseau qui le soutenait était maintenant irrémédiablement emmêlé dans les débris du siège. De Maupertuis pendait comme un pantin, paralysé. À l'autre bout de la pièce, les serviteurs se démenaient, sans succès. Ils ne pouvaient pas libérer le système.

Reculant d'un pas, Sherlock fit passer son épée entre les câbles et réussit à en sectionner une demi-douzaine. La tension se relâcha brusquement avec un bruit sec, et la tête du baron roula sur le côté.

— Tu vas me payer ça, chuchota-t-il.

— N'oubliez pas de m'envoyer la facture, répliqua calmement Sherlock.

Il se tourna vers Virginia, prêt à courir à son aide, à l'instant où elle fracassait le lourd heaume de fer sur le crâne de Surd. Inconscient, le ruffian s'effondra, couvert de sang, sur le sol.

— J'allais venir à ton secours, dit Sherlock.

— C'est drôle, moi aussi.

Chapitre 16

— Que Dieu soit loué d'avoir inventé le Baron de Maupertuis ! murmura Sherlock en refermant la porte de la bibliothèque.

Comme il n'y avait pas de serrure, il tira de toutes ses forces sur l'armoire de teck qui se trouvait dans le hall, pour enfermer ceux qui se trouvaient encore à l'intérieur. Les pieds du meuble crissèrent sur le dallage.

— Et pourquoi ? demanda Virginia en ajoutant ses forces à celles de Sherlock, qu'est-ce qu'il a fait pour nous, au juste ?

Les serviteurs du baron étaient maintenant derrière la porte. Elle s'entrebâilla, à peine, et buta contre l'armoire. Il y eut des coups, mais l'armoire ne bougea pas.

— Il aime avoir partout la même chose. Et c'est comme ça que je sais où sont les écuries. Viens !

Il conduisit Virginia jusqu'à une porte de derrière, et

quand il fut certain qu'aucun des domestiques ne veillait dans les parages, il l'entraîna au pas de course vers les écuries. À en croire la position du soleil, c'était le milieu de la matinée. Ils étaient donc restés endormis au moins une nuit, peut-être plus, après avoir été drogués.

Toujours pragmatique, Virginia se mit immédiatement à seller deux chevaux.

— Comment allons-nous faire, Sherlock ? Nous sommes en pays étranger, et nous ne parlons même pas la langue !

— Euh, en réalité, moi, si, avoua Sherlock en rougissant un peu.

— Ah. Et comment ça ?

— Ma famille vient de France, du côté de ma mère. Elle a insisté pour que nous apprenions sa langue ; elle disait que c'était notre héritage.

Virginia se pencha pour lui effleurer le bras.

— Tu ne parles jamais de ta mère. Tu parles de ton père, de ton frère, mais pas d'elle.

— Non, répondit Sherlock en se détournant.

Virginie resserra les harnais.

— Bon, alors, puisque tu parles la langue du pays, où allons-nous ? Est-ce qu'on cherche de l'aide ?

— On file sur la côte. De Maupertuis a donné l'ordre de lâcher les abeilles. Si nous ne l'arrêtons pas, il va tuer. Peut-être pas autant qu'il le désire, mais il va y avoir des morts dans l'armée britannique. Nous ne pouvons pas le laisser faire.

— Mais…

— Une chose à la fois. Il faut arriver à la côte, et, de là, envoyer un télégramme à mon frère. Il faut tenter quelque chose !

Virginia hocha la tête.

— En selle, alors, maître escrimeur !

Sherlock eut un grand sourire.

— Tu étais magnifique aussi, dans ton genre.

Elle lui rendit son sourire.

— Oui, je n'étais pas trop mal, n'est-ce pas ?

Enfourchant leurs montures, ils s'éloignèrent du château juste au moment où les premiers cris d'alarme commençaient à se faire entendre. Quelques minutes encore, et ils seraient hors de portée.

Au premier village, ils firent halte et demandèrent où ils étaient. Ils avaient faim, mais sans argent français, ils ne pouvaient qu'admirer de loin les saucisses et les pains longs comme le bras. Un fermier leur dit qu'ils se trouvaient à quelques kilomètres de Cherbourg, et leur indiqua la route à suivre.

En chemin, Virginia jeta un regard approbateur à Sherlock.

— Pas mal, concéda-t-elle. Tu montes ton cheval comme un vélo, pas comme une créature vivante, mais tu te débrouilles.

Un peu plus tard, ils longèrent un verger, et remplirent leurs poches de poires, qu'ils dévorèrent en route en laissant le jus couler sur leur menton. Sherlock se demandait comment organiser la suite des opérations et, quand ils arrivèrent près de Cherbourg, il n'avait toujours pas trouvé.

La ville avait été construite autour de son port. En arrivant dans les rues bordées de boutiques et d'étals où déambulait une foule de chalands, ils durent ralentir le pas. C'était la même scène qu'en Angleterre, à peu de chose près : le style des vêtements était différent, et on trouvait plus de fromages sur les éventaires des marchands.

Sherlock et Virginia descendirent de leurs montures et les attachèrent à une clôture. Sherlock fit appel à toutes ses ressources linguistiques pour demander où était le poste télégraphique le plus proche, et fut consterné d'apprendre qu'il se trouvait à Paris. Comment mettre Mycroft au courant maintenant ?

Il fallait dénicher un bateau et rentrer en Angleterre. C'était le seul espoir.

Ils gagnèrent le bureau du maître de port, et demandèrent si des bateaux appareillaient pour l'Angleterre. On leur répondit qu'il y en avait plusieurs. Quatre d'entre eux étaient des bateaux du coin qui apportaient des denrées au marché, fromage, oignons, viande ; il était facile de les recommander au capitaine.

Le cinquième était un bateau anglais qui était arrivé le matin même sans être annoncé.

Il s'appelait *Mlle Eglantine*.

En entendant ce nom, Sherlock eut l'impression de recevoir un seau d'eau glacée. Un instant, il se demanda si Mlle Eglantine, la gouvernante de son oncle, était le cerveau de cette organisation, mais il ne tarda pas à retrouver son bon sens. Quelqu'un avait pris ce nom pour attirer son attention. Et cette personne avait réussi.

Le *Mlle Eglantine* était un petit bateau couvert de filets de pêche, amarré près d'une jetée un peu à l'écart. Amyus Crowe et Matty Arnatt attendaient près de la passerelle.

Virginia se jeta dans les bras de son père. Il la serra contre lui et la fit tourner dans les airs. Sherlock donna une tape dans le dos de Matty.

— Comment avez-vous su où nous retrouver ? demanda-t-il. Comment avez-vous même su dans quel *pays* chercher ?

— Souviens-toi que la traque est mon métier, répondit Crowe. Quand nous ne t'avons pas vu rentrer à l'hôtel, et quand nous avons compris que Virginia n'allait pas rentrer non plus, nous avons essayé de retracer vos pas. J'ai entendu parler de l'incendie dans le tunnel de Rotherhithe, et il ne m'a pas fallu bien longtemps pour apprendre qu'un garçon correspondant à ton signalement avait été vu en train de s'échapper. Pendant ce temps, Matty avait retrouvé le taxi qui avait conduit Virginia sur les quais. Mais quand nous y sommes parvenus, le bateau de Maupertuis venait de lever l'ancre. Un maître de port se souvenait de vous avoir vus emmenés à bord, *traînés* à bord, plus précisément. Il savait que le bateau ne faisait qu'un aller-retour jusqu'à Cherbourg. Alors, nous avons loué un bateau de pêche, et nous sommes venus vous attendre. Nous avons mis pied à terre peu après le bateau de Maupertuis ; ils étaient lents, ou bien ils se sont arrêtés quelque part avant d'arriver ici, je ne sais pas.

Comme toujours, Crowe parlait d'une voix tranquille, et ce qu'il racontait n'exprimait rien de ses sentiments personnels, toutefois Sherlock le trouvait vieilli, et fatigué. Il gardait un bras autour des épaules de Virginia et il la serrait contre lui. Curieusement, elle n'avait pas l'air d'avoir envie de s'éloigner.

— J'ai découvert que le baron avait un château dans les environs, et j'étais en train de recruter une troupe armée parmi les habitants du coin quand vous êtes arrivés. Je dois dire que nos chemins se croisent au bon moment.

— C'est normal, remarqua Sherlock. Nous nous dirigions vers le port le plus proche du château du baron, là où, de toute évidence, son bateau était amarré, et vous, vous suiviez son bateau. Il y avait de grandes chances que nous nous retrouvions tous à Cherbourg. Ce qui est extraordinaire, c'est que vous ayez trouvé un bateau qui porte le nom de la gouvernante de mon oncle. La probabilité était vraiment faible !

— En fait, le bateau s'appelait le *Rosie Lee*, mais j'ai pensé qu'un nom plus familier attirerait votre attention, au cas où vous seriez dans le coin, cherchant un moyen de rentrer en Angleterre. Je voulais le baptiser *Mycroft Holmes,* mais le propriétaire m'a fermement expliqué que les bateaux portaient des noms féminins. Il n'y avait pas à discuter.

— Vous vous attendiez à ce que nous réussissions à échapper aux griffes du baron ?

Crowe hocha la tête.

— J'aurais été déçu du contraire. Tu es mon élève, et Virginia est ma fille. Quel genre de professeur serais-je si vous étiez restés passifs tous les deux, et si vous aviez accepté votre sort de prisonniers ?

Le ton était enjoué, et Crowe souriait ; mais Sherlock sentait chez son maître un profond malaise et même une anxiété que sa réapparition et celle de Virginia n'avaient pas encore entièrement fait disparaître. Crowe lui posa une main sur l'épaule.

— Tu as veillé à sa sécurité, dit-il plus sérieusement, je t'en remercie.

— Je sais que tout ce que vous avez fait pour arriver jusqu'ici était logique, reprit Sherlock. Nous sommes là parce que les choses se sont passées d'une certaine façon, mais si elles s'étaient passées différemment ? Si nous n'avions pas pu nous échapper, ou si nous étions partis dans une autre direction, ou encore, si vous aviez été à un bout des docks et nous à l'autre, en partance sur un bateau différent ? Qu'est-ce qui se serait passé alors ?

— Les choses auraient été différentes. Quand on use de logique, on réduit le nombre de possibilités, et on augmente les chances en sa faveur. Évidemment il y a toujours le hasard… Nous avons eu de la chance… cette fois-ci. La prochaine fois… qui sait ?

— Je n'ai pas l'intention qu'il y ait une « prochaine fois », assura Sherlock, et pourtant nous devons quand même faire échouer les projets du baron.

— En quoi consistent-ils exactement ? J'en ai compris une partie, seulement.

Virginia et Sherlock lui racontèrent l'histoire des abeilles, des uniformes contaminés, et du projet de tuer la plus grande partie possible de l'armée britannique cantonnée dans ses casernes. Comme Sherlock, Crowe se montra sceptique quant à l'efficacité du projet ; il admit pourtant qu'il risquait d'y avoir des morts, et qu'une seule mort était déjà de trop. Il fallait arrêter ces abeilles.

— Comment les abeilles feront-elles pour retrouver leur chemin jusqu'au continent, et ensuite, jusqu'aux casernes ? demanda Crowe.

— J'ai trouvé un livre sur le sujet dans la bibliothèque de mon oncle, répondit Sherlock. Les abeilles sont des créatures incroyables. Elles savent discerner des centaines d'odeurs, à des concentrations bien plus faibles que celles dont nous aurions besoin, et elles peuvent voyager sur des kilomètres à la recherche de la source. Le baron a parlé d'un fort, et il a dit à cet homme, Surd, de libérer les abeilles. Existe-t-il des fortifications sur cette côte, ou en face, en Angleterre, qu'il aurait pu occuper ?

— Ce n'est pas cette sorte de fort, dit Matty Arnatt.

— Qu'est-ce que tu veux dire ?

— Il a des forts construits sur la côte, autour de Southampton, Portsmouth et l'île de Wright. Au cas où Napoléon aurait eu l'idée de nous envahir. La plupart sont abandonnés aujourd'hui, parce qu'il n'y a jamais eu d'invasion.

— Comment sais-tu ça ? demanda Virginia.

— Mon père y était en garnison, dans la Marine, dit Matty en fronçant les sourcils. Il m'a tout raconté.

— Et pourquoi crois-tu que de Maupertuis s'y est installé ? intervint Sherlock.

— Tu as dit qu'il hait les Anglais. Est-ce que ça n'est pas logique que justement pour nous attaquer, il utilise l'un des forts que nous avons construits pour nous défendre des Français ?

Crowe hocha la tête.

— Bien raisonné. Même s'ils ont quitté Londres avant nous, ils sont arrivés à Cherbourg presque en même temps. Ils ont dû s'arrêter à l'un de ces forts pour y déposer les ruches.

— Mais il y en a des quantités ! objecta Matty. Nous n'avons pas le temps de tous les explorer.

— Il ne veut pas que ses abeilles voyagent trop loin, dit Sherlock. Nous allons chercher le fort le plus proche de la côte. Il nous faut des cartes de l'Angleterre ; il suffira de tracer des lignes droites entre les forts et les garnisons les plus proches. C'est de la géométrie, ajouta-t-il à l'intention de Crowe et Virginia.

— Et qu'est-ce qu'on fera quand on aura trouvé le fort ? demanda Matty.

— Nous pouvons rejoindre la côte britannique et envoyer un message à Mycroft Holmes, suggéra Crowe. Il enverra un navire de la Royal Navy jusqu'au fort.

— Pas le temps, objecta Sherlock. Nous devrons y aller nous-mêmes, tout de suite.

Finalement, ils firent les deux. Le *Mlle Eglantine*, qui n'allait pas tarder à s'appeler de nouveau le *Rosie Lee*, appareilla pendant que Crowe et Sherlock traçaient des lignes sur la carte pour identifier le fort le plus probable. Quand ils y arrivèrent enfin, plusieurs heures plus tard, le soleil baissait et la côte anglaise dessinait une ligne sombre sur l'horizon.

— Ils vont repérer le bateau, dit Crowe, même avec les voiles bordées, s'ils surveillent, ils verront le mât.

— Il y a un canot à rames attaché au côté, ajouta Sherlock. Matty et moi, nous pouvons atteindre le fort à la rame. Vous, allez jusqu'en Angleterre, et donnez l'alarme.

— Et si moi, j'allais jusqu'au fort en canot, pendant que vous et Virginia allez en Angleterre ?

— Nous ne savons pas naviguer, objecta Sherlock, et le ministère de la Guerre et l'Amirauté vous croiront plus facilement que nous.

En pensant à ce à quoi il s'engageait, Sherlock se sentait nerveux. Et pourtant il ne pouvait se dérober.

— Logique, concéda Crowe.

— Partout où vous allez débarquer, que ce soit aux docks de Porthsmouth, de Chatham, à Deal, Sheerness, Great Yarmouth ou Plymouth, il y a des relais de sémaphore. Si vous leur donnez un message, ils pourront le transférer jusqu'à l'Amirauté bien plus vite qu'un télégramme.

Crowe sourit et tendit à Sherlock sa grande main calleuse.

— Nous nous retrouverons bientôt, dit-il.

— J'y compte bien !

Sherlock et Matty se glissèrent dans le canot et se mirent à ramer de toutes leurs forces en direction du fort. Personne n'allait remarquer un petit bateau à rames, plus discret qu'un bateau de pêche. Crowe et Virginia poursuivirent leur chemin vers l'Angleterre.

Virginia, sur le pont du *Mlle Eglantine*, avait les yeux fixés sur Sherlock. Il la regarda s'éloigner en se demandant s'il la reverrait un jour.

La mer d'un gris verdâtre était agitée. Sherlock sentait le goût du sel sur ses lèvres. Au loin, le fort n'était encore qu'une tache sombre. Malgré leurs efforts, il paraissait ne jamais devoir se rapprocher. Sherlock se demandait comment il avait pu se laisser entraîner dans cette étrange aventure.

Enfin, il leva les yeux et aperçut le fort à une centaine de mètres devant lui. C'était une masse de pierres incrustée d'algues qui paraissait surgir des eaux. L'endroit semblait désert. Il n'y avait personne sur ces créneaux, d'où, une vingtaine d'années plus tôt, des soldats avaient fait le guet pour repérer les navires de guerre français.

Le canot aborda près d'un escalier de pierre recouvert d'algues.

Matty l'attacha rapidement à un anneau de fer fixé entre deux dalles, et les deux garçons montèrent les marches en courant. Sherlock glissa et serait tombé sans l'aide de son ami.

— Comment savoir s'il n'est pas trop tard ? demanda Matty.

— C'est le soir ; les abeilles dorment la nuit. Le domestique du baron n'a pas eu beaucoup plus de temps que nous pour transmettre son ordre. Les abeilles seront lâchées demain matin.

Arrivés au sommet, ils s'agenouillèrent derrière un mur de pierre qui encerclait le fort. Les intervalles entre les pierres disparaissaient sous la mousse.

Sherlock examinait le niveau supérieur, correspondant au pont, bien que ce vaisseau-ci n'aille nulle part. Il n'y avait rien sur les dalles, à part de vieux cordages, des herbes folles et de temps à autre une caisse à moitié démolie.

De l'autre côté du fort, la flamme d'une allumette illumina soudain un visage barbu traversé par une cicatrice. Les occupants du fort avaient posté des gardes. Il fallait être prudent.

Le garde s'éloignait d'eux, et Sherlock le vit dépasser une ouverture entourée d'un rail. C'était le départ d'un puits qui descendait dans les profondeurs du fort. Sherlock tira sur la chemise de Matty pour le faire avancer.

Des marches s'enfonçaient dans le puits où régnait une odeur de moisi.

— Viens, chuchota Matty, on y va.

Les garçons se dépêchèrent de descendre. Ils eurent d'abord l'impression de ne voir que le noir de l'enfer, mais, graduellement, leur vue s'ajusta et ils aperçurent des lampes à huile fixées au mur. Ils arrivèrent à un corridor qui ouvrait sur une vaste salle circulaire. Tous les deux ou trois mètres, des piliers de pierre soutenaient le plafond, à peine visible dans la lumière orange des lumignons. La respiration de Sherlock s'accéléra : les ruches étaient là, alignées sur les dalles. Il y en avait des centaines. En comptant des dizaines de milliers d'abeilles dans chacune, plus d'un million d'insectes agressifs étaient à leur portée. Il en eut la chair de poule, comme s'il les sentait déjà courir sur son dos. Que le plan guerrier de Maupertuis réussisse ou non, les abeilles représentaient un danger terrible pour quiconque s'en approchait.

— Dis-moi qu'on ne va pas les transporter sur nos épaules et les jeter dans la mer, chuchota Matty.

— Non, on ne va pas les transporter sur nos épaules et les jeter dans la mer.

— Alors, qu'est-ce qu'on fait ?

— Je n'en suis pas sûr…

— Comment ça, tu n'es pas sûr ?

— Je veux dire que je n'ai pas encore eu le temps d'y réfléchir. Tout a été un peu précipité.

Matty ricana.

— Tu as eu tout le temps sur le bateau.

— Je pensais à autre chose.

— Oui, j'ai remarqué. On pourrait y mettre le feu, ajouta-t-il après un silence.

Sherlock fit signe que l'idée ne lui plaisait pas.

— Regarde comme les caisses sont espacées. On pourrait mettre le feu à une ou deux, mais les flammes ne s'étendraient pas, et les abeilles seraient très vite sur nous.

Matty jeta un coup d'œil circulaire.

— Qu'est-ce qu'elles mangent ? demanda-t-il.

— Qu'est-ce que tu veux dire ?

— Nous sommes au milieu de la Manche. Il n'y a pas de fleurs par ici, et je ne crois pas qu'on puisse compter les algues. Alors, que mangent les abeilles ?

Sherlock réfléchit.

— C'est une bonne question. Je n'en sais rien.

Il regarda autour de lui.

— Cherchons ! Séparons-nous, et retrouvons-nous de l'autre côté. Ne te fais pas prendre.

Matty partit vers la gauche et Sherlock vers la droite. Quand il se retourna, Sherlock vit que son ami avait déjà été englouti par l'obscurité.

Les ruches en rangs serrés formaient un dessin presque hypnotique. On ne voyait que peu d'abeilles – peut-être était-ce l'ombre qui les maintenait à l'intérieur, mais on entendait, à la limite de l'audible, un faible bourdonnement un peu soporifique. Sherlock remarqua des cadres de bois installés à différents endroits, les uns chargés de plateaux, les autres vides. Ces plateaux avaient quelque chose de familier, mais Sherlock n'aurait pas su dire quoi.

Une silhouette grotesque apparut dans la pénombre : un homme vêtu d'une combinaison intégrale de toile, la tête couverte d'un casque de mousseline monté sur un cadre de bambou. Il se pencha sur une grande caisse au milieu d'une rangée alignée contre le mur courbe de la cave. Il se redressa en tenant un plateau, et se dirigea vers les ruches. Une légère brume s'élevait du plateau.

À cet instant, Sherlock se souvint qu'il avait vu des plateaux semblables dans le manoir de Maupertuis près de Farnham. Tout alors prit sens : les plateaux, le nuage de poudre qui s'en élevait, la glace qu'il avait vu Denny décharger de la carriole, et la question de Matty sur ce que mangeaient les abeilles en l'absence de végétation… Tout était parfaitement logique ! Les abeilles ramassaient leur nourriture, le pollen, dans les poils minuscules de leurs pattes arrière, jusqu'à leur retour à la ruche. En posant un plateau sous la ruche et en créant une sorte d'entrée par où devaient passer les abeilles, on pouvait ramasser le pollen et le conserver. Les plateaux remplis de grains de pollen étaient conservés au frais sur de la glace pour un usage futur. Les abeilles pouvaient ainsi récupérer le pollen des plateaux sans savoir qu'elles le faisaient pour la deuxième fois.

En pensant à Farnham, Sherlock se souvint encore de quelque chose que Matty lui avait raconté, à propos de poudre explosive et de boulangeries.

Matty lui avait raconté qu'un incendie s'était déclaré dans une boulangerie où il travaillait. Flottant dans l'air, la farine, comme toute poudre fine, était très inflammable. Si un grain de farine s'enflammait, le feu se propageait si vite sur les autres qu'un homme n'avait même pas le temps de prendre la fuite.

Si c'était vrai de la farine, cela pouvait l'être aussi du pollen…

— À quoi penses-tu ? fit une voix derrière lui.

Quand Sherlock se retourna, il savait déjà qui il allait trouver derrière lui : M. Surd, le fidèle serviteur du baron de Maupertuis. La lanière de cuir de son fouet glissait de son poignet pour s'enrouler à ses pieds.

— Pas de problème, dit-il en avançant d'un pas, si le baron veut savoir ce que tu as dans la tête, je vais lui apporter ta tête, et il en fera ce qu'il voudra.

Chapitre 17

Sherlock s'écarta. M. Surd le suivit. Le bout métallique du fouet raclait le sol de pierre.

Le visage de Surd n'exprimait qu'une indifférence polie, soigneusement étudiée ; seules ses cicatrices enflammées étaient rouges et trahissaient sa colère.

— Est-ce que le baron vous a puni ? Nous avoir laissés nous échapper comme nous l'avons fait n'a pas dû arranger votre réputation, le défia Sherlock. Je suis sûr qu'il jette les serviteurs inutiles comme d'autres jettent une allumette usagée.

Le visage de Surd resta impassible, mais sa main se mit en mouvement et le fouet partit. Sherlock recula une fraction de seconde avant que la mèche ne lui arrache l'oreille.

— C'est un numéro de cirque amusant… j'en connais de bien meilleurs, poursuivit Sherlock en faisant un effort pour que sa voix ne tremble pas. Peut-être, la prochaine fois, le baron pourrait-il engager un cracheur de feu ?

Un nouveau coup de fouet près de son oreille l'assourdit. Sherlock pensa qu'il y avait échappé et pourtant le jet de sang chaud dans son cou et la douleur glacée qui se répandit brusquement sous son crâne lui montrèrent le contraire. Il trébucha en se tenant l'oreille. Il fallait changer de position avant d'avoir trop mal.

— Chaque sarcasme te vaudra une bande de chair que je vais t'arracher du visage, annonça calmement Surd. Tu vas me supplier de te tuer, et moi, je vais rire. Je vais rire !

— Riez donc tant que vous le pouvez encore. Je pourrais peut-être persuader le baron de m'employer à votre place ? J'ai montré que j'étais plus compétent que vous.

— Je te garderai en vie juste assez longtemps pour que la fille voie ce que j'ai fait de toi, poursuivit Surd comme si Sherlock n'avait rien dit. Elle ne voudra pas te regarder. Elle hurlera en te voyant. Qu'est-ce que ça te fera, hein ? Qu'est-ce que ça te fera ?

— Vous savez de quoi vous parlez, vous êtes habitués ! dit Sherlock en faisant encore un pas sur le côté.

Surd le suivit.

Les caisses de bois remplies de pollen étaient maintenant dans le dos de Sherlock. D'une main, il tâta derrière lui et sentit le bord de l'un des plateaux, frais à cause de la glace.

— Qu'est-ce que tu fabriques, mon gars ? Tu crois qu'il y a quelque chose par ici qui peut te sauver ? Tu as tort. Tort.

— Ce qui peut me sauver, c'est mon cerveau, dit Sherlock en saisissant l'un des plateaux qu'il mit devant lui.

Le pollen jaune et poudreux s'en échappa et le fit tousser.

Surd fit claquer son fouet en visant l'œil gauche de Sherlock, mais celui-ci leva le plateau comme un bouclier et la mèche s'enroula autour du cadre. Le bout de métal s'incrusta dans le bois. Sherlock tira de toutes ses forces et réussit à enlever le fouet des mains de Surd stupéfait. Il le jeta loin de lui.

Rugissant comme un taureau, Surd se précipita vers Sherlock, bras étendus. Le garçon lui écrasa un autre plateau sur le crâne. La brute recula en toussant, environnée d'un nuage pulvérulent. Si Surd survivait, il allait pouvoir afficher une nouvelle collection de cicatrices.

Mais s'il survivait, Sherlock allait mourir.

Il avança vers son adversaire, qu'il saisit aux oreilles pour lui donner un grand coup de genou en pleine face. On entendit le nez craquer. Le bruit était presque aussi fort qu'un coup de fouet, et Surd recula, ensanglanté.

Avant qu'il puisse attaquer, Sherlock ramassa le fouet

et dégagea le bout de métal. Quand Surd chargea en hurlant comme un possédé à travers le nuage de pollen, Sherlock leva son arme et frappa. Il n'avait jamais essayé de se battre au fouet, mais il avait observé la technique de Surd. La mèche s'enroula autour du crâne chauve et vint entailler profondément la joue. Surd recula sous l'impact.

Il recula en plein dans une ruche.

Elle s'effondra, les lattes de bois explosèrent sous le poids de l'homme qui fut vite couvert de miel et de cire collante.

Et d'abeilles. De milliers d'abeilles.

En une seconde, elles recouvrirent sa tête comme une capuche vivante, pénétrèrent son nez, sa bouche et ses oreilles, pour planter leur dard partout où elles trouvaient un espace disponible. Il hurla, de plus en plus fort. Comme il roulait sur lui-même pour essayer d'écraser les abeilles, il renversa la ruche voisine.

Très vite, il disparut complètement sous la masse grouillante et ses cris furent assourdis par les abeilles qui lui remplissaient la bouche.

Sherlock avait reculé, épouvanté. Jamais il n'avait rien vu de pareil. Il n'avait fait que défendre sa vie, mais ce qui se déroulait sous ses yeux l'horrifiait. Il avait tué un homme.

— Je ne peux pas te laisser seul cinq minutes, alors ? demanda la voix de Matty près de lui.

— Tu crois que ça m'amuse de me battre ? demanda Sherlock d'une voix qui tremblait, au bord de l'hystérie. Ce n'est pas moi qui cherche le combat.

— En tout cas, tu t'en sors plutôt bien, concéda son ami.

— Je sais ce qu'il faut faire, reprit Sherlock en faisant un effort pour se ressaisir.

Il montra le nuage de pollen qui s'élevait dans l'air en se dissipant lentement.

— Il y a des plateaux pleins de pollen dans ces caisses. Il faut le répandre partout.

— Pourquoi ? demanda Matty.

— Tu te souviens de ce que tu m'as raconté, cet incendie dans une boulangerie de Farnham ?

Les yeux de Matty s'éclairèrent.

— J'ai compris ! Mais...

Son visage s'était assombri d'un coup.

— Mais... et nous ?

— Nous devons empêcher ce qui se trame, et il faut le faire tout de suite. Nous sommes moins importants que les centaines, peut-être les milliers de soldats qui vont mourir si nous ne faisons rien.

— Mais tout de même...

Matty s'arrêta net en voyant l'air choqué de Sherlock, et sourit.

— Je plaisante. Allons-y.

Ensemble, ils ramassèrent tous les plateaux de pollen qu'ils trouvèrent et se mirent à courir dans les allées entre les ruches, en les secouant pour en faire s'envoler la poudre en nuages de plus en plus épais. En dix minutes, ils ne voyaient plus à un mètre devant eux, et l'air était devenu irrespirable. Sherlock prit Matty par l'épaule.

— Allons-y, dit-il.

À demi aveuglés, ils se dirigèrent à tâtons vers le couloir et les escaliers en essayant de ne pas renverser les ruches.

Le pied de Sherlock heurta quelque chose de mou qui le fit trébucher. Il se pencha et vit une masse boursouflée de chair écarlate où il eut peine à reconnaître le visage de Surd. Les yeux disparaissaient sous des plis de peau et la bouche ouverte était remplie d'abeilles mortes.

En dépit de tout, Sherlock ressentit un besoin profond d'aider le mourant, mais il était trop tard. Glacé, il repartit.

Ils arrivaient en face d'une muraille. Fallait-il aller à droite ou à gauche ? Sherlock choisit la gauche et continua, en tenant Matty par un pan de sa chemise.

Ils mirent sans doute moins d'une minute à trouver l'entrée du couloir, et pourtant cela leur parut durer des heures. Derrière eux, on ne voyait plus qu'un mur effervescent de fumée jaune.

Sherlock saisit l'une des lampes à huile accrochées au mur du couloir. En la soupesant, il eut une pensée pour les abeilles. Elles n'avaient rien fait de mal, à part être elles-mêmes.

Mais il n'avait pas le choix.

Il lança la lanterne, qui décrivit un arc dans la fumée avant de disparaître. On entendit le fracas du verre brisé.

Suivi d'un *vvvouffffff* énorme lorsque le pollen prit feu.

Sherlock fut alors propulsé en arrière, vers le couloir, comme si un poing invisible venait de le frapper en pleine poitrine. En face de lui, l'air paraissait brûler ; il sentait ses sourcils grésiller. Il tomba durement sur le sol ; Matty s'écroula sur lui.

Derrière eux, c'était l'enfer. En se couvrant la bouche d'une main, les garçons s'élancèrent dans l'escalier qui menait au sommet du fort. L'air, en s'engouffrant près d'eux, allait alimenter le feu en contrebas.

En haut, les gardes allaient et venaient en criant, affolés. Le ciel s'était assombri. Il ne restait qu'une ligne rouge à l'horizon, là où le soleil venait de disparaître. Personne ne fit attention aux deux garçons qui redescendaient les marches vers la mer et s'éloignaient dans leur canot à rames.

Quand ils furent assez loin, Sherlock se retourna. Le fort entier était en feu. Les hommes à la solde de Maupertuis se jetaient dans la mer du haut des remparts, certains déjà comme des torches vivantes.

C'était une vision que Sherlock n'allait jamais oublier.

Le retour vers les côtes anglaises se fit dans un

brouillard d'épuisement et de douleur. Leurs brûlures à vif les faisaient souffrir. Plus tard, Sherlock se demanda comment ils avaient réussi, Matty et lui, sans chavirer ni dériver vers le large.

Peut-être en calculant la direction du vent et le sens des courants, mais peut-être aussi par chance, Amyus Crowe avait trouvé à peu près l'endroit où ils devaient arriver. Sherlock ne le savait pas, et s'en souciait peu. Il voulait simplement être roulé dans une couverture et porté jusqu'à un lit confortable. Et pour une fois, ce qu'il voulait arriva.

Le lendemain, il se réveilla en entendant les cris des mouettes. Le soleil, en se reflétant sur l'eau, dessinait des vagues lumineuses sur le plafond de sa chambre. Il rejeta les couvertures, découvrit sur le dossier d'une chaise des vêtements qui n'étaient pas les siens mais qui lui allaient parfaitement. Il descendit un escalier qu'il ne se rappelait pas avoir monté, et se trouva dans le hall d'une auberge qui louait des chambres aux voyageurs… et aux aventuriers.

Une pelouse s'étendait au-delà du seuil et s'arrêtait net à une corniche qui surplombait la mer. Ébloui par le soleil, Sherlock plissa les yeux. Matthew Arnatt était installé dehors à une table, occupé à dévorer un énorme petit déjeuner. Amyus Crowe fumait sa pipe à côté de lui.

— Bonjour, dit aimablement Crowe. Tu as faim ?

— Je pourrais manger un cheval.

— On ne va pas le dire à Virginia. Assieds-toi, ça va être prêt.

Sherlock s'assit. Il avait les yeux secs et irrités, un sifflement continu dans les oreilles, et ses muscles lui faisaient mal. Il se sentait différent. Plus âgé. Il avait vu mourir, il avait provoqué des morts, il avait été drogué et torturé au fouet. Comment allait-il pouvoir retourner à la pension Deepdene maintenant ?

— Tout s'est arrangé ? demanda-t-il.

— Ton frère a eu notre message, et il a immédiatement réagi. Je crois qu'un navire de la Marine est allé au fort de Napoléon, mais d'après ce que tu as pu indiquer hier, ils ne trouveront que des cendres. Et même si le gouvernement britannique arrive à convaincre le gouvernement français de perquisitionner au château de Maupertuis, je pense qu'ils le trouveront vide. Le baron se sera sauvé avec ses serviteurs. Mais son complot est tombé comme un château de cartes au vent, grâce à toi et à Matthew, ici présent.

— Ça ne pouvait pas marcher de toute façon, pas comme il le voulait.

— Peut-être, ou peut-être pas. Mais je crois qu'il y aurait eu des morts, et vous nous avez épargné ces morts. Vous pouvez en être fiers. Ton frère vous remerciera lui aussi, quand il sera là.

— Mycroft va venir ?

— Il est dans le train.

Une femme en tablier apporta un plateau chargé de tout ce qu'on pouvait imaginer vouloir manger au petit déjeuner, et même des choses que Sherlock n'aurait jamais imaginées. Elle lui sourit en le posant devant lui.

— Vas-y, l'encouragea Crowe. Tu l'as bien mérité.

Sherlock ne bougea pas. Tout lui paraissait trop brillant, et en même temps, lointain.

— Tu te sens bien ? demanda son professeur.

— Je ne sais pas.

— Tu en as vu de dures. Tu as été assommé, drogué au laudanum, pour ne pas parler des combats et de votre long périple à la rame. Tout cela ne peut pas être sans effet.

Du laudanum. En se rappelant les rêves étranges qu'il avait faits sous son influence, Sherlock sentit un léger tiraillement. Était-ce de la mélancolie, du regret… Ce ne pouvait pas être de la nostalgie ? Quel que soit ce sentiment, il le repoussa. Il avait entendu parler de personnes dépendantes de ces substances, et il n'était pas question que cela lui arrive. Absolument, pas question !

— Comment va Virginia ? demanda-t-il pour rompre le charme.

— Vexée d'avoir raté le meilleur, et son cheval lui manque, bien sûr. Elle a envie d'aller explorer la ville, mais je lui ai interdit d'y aller seule. Elle va être contente de vous savoir réveillés.

Sherlock hocha la tête.

— Je n'arrive pas à croire que tout ça est fini.

— Ça ne l'est pas. C'est devenu une partie de ta vie, et ta vie continue. Tu ne peux pas séparer ces événements du reste. Tu es devenu une autre personne à cause d'eux, et cela veut dire que l'histoire n'aura pas vraiment de fin. Mais en tant que professeur, j'ai une question à te poser : qu'as-tu appris, avec tout ce que tu viens de vivre ?

Sherlock réfléchit un moment.

— J'ai appris que les abeilles sont des créatures fascinantes et très négligées. Je pense que je vais étudier le sujet, et peut-être même faire changer le point de vue des gens sur elles. Je leur dois bien ça, ajouta-t-il en faisant une grimace, j'en ai tué beaucoup ! Et toi, Matty, qu'est-ce que tu as retenu ?

Matty leva le nez de son assiette.

— J'ai appris que tu as besoin de quelqu'un qui veille sur toi. Autrement, toutes tes belles idées logiques vont te conduire à une mort certaine.

— Tu poses ta candidature pour le poste ? demanda Crowe dont les yeux pétillaient de bonne humeur.

— Sais pas. C'est bien payé ?

Crowe se mit à rire, et Matty protesta : il était parfaitement sérieux ! Pendant ce temps, Sherlock réfléchissait à son sort en regardant la mer immuable. Il avait l'impression d'avoir été mené sur une route de traverse, une route dont il avait toujours ignoré l'existence. Qu'allait-il trouver au bout du chemin ?

Un mouvement au loin attira son attention. Au-delà de la taverne, la chaussée se séparait en deux. Une voiture approchait ; une voiture noire tirée par deux chevaux de la même couleur. Un moment, Sherlock pensa que Mycroft arrivait, et il se leva à demi.

Mais il vit à travers la vitre de la portière un visage aussi blanc qu'un squelette et des yeux rosâtres qui le regardaient fixement. Comme la voiture passait devant l'auberge, une main gantée baissa le store d'un geste sec. Sherlock sut alors que son impression était juste : jamais sa vie ne redeviendrait comme avant. Le baron de Maupertuis et la Chambre du Paradol existaient toujours quelque part, et ne seraient jamais en repos.

Ce qui signifiait que, lui non plus, il ne trouverait jamais le repos.

Remerciements

J'ai consulté un certain nombre de livres sur l'histoire générale de l'époque et sur l'histoire locale. Je voudrais citer en particulier :

London's Lost Route to Basingstoke : The Story of the Basingstoke Canal, de P. A. L. Vine, publié par Allan Sutton Publishing, 1968.

Une mine d'informations sur les canaux et voies navigables dans la région de Farnham.

The Tongham Railway, de Peter A. Harding, publié par l'auteur en 1994.

Fruit de l'obsession d'un seul homme, mais très utile.

Bygone Farnham, de Jean Parratt, publié par Phillimore & co. Ltd, 1985.

Comprend la liste exhaustive des pubs et tavernes de la région. On en déduit que toutes les maisons de Farnham vendaient de la bière.

London Under London – A Subterranean Guide, de Richard Trench et Ellis Hillman, publié par John Murray (premier éditeur des histoires reliées de Sherlock Holmes) 1984.

Le guide classique des tunnels et rivières souterraines de Londres.

Subterranean City – Beneath the Streets of London, de Antony Clayton, publié par *Historical Publications* en 2000. Mêmes renseignements que le guide de Trench et Hilman, mais montre aussi des découvertes récentes.

The London of Sherlock Holmes, de Michael Harrison, publié par David & Charles, 1972.

Une enquête très bien conduite sur le Londres qu'aurait pu connaître Sherlock Holmes.

L'argent

Pour avoir une idée de la valeur de l'argent en Angleterre dans les années 1860, il faut se souvenir que le système décimal que nous connaissons ne date que de 1971. Une livre (pound) vaut aujourd'hui 100 pence. À l'époque, une livre en valait 240. Les personnages du roman utilisent le vocabulaire de l'époque – *farthings*, souverains, *shillings*, etc.

Voici une table de conversion :

1 farthing = 0,1 pence = env. 0,00125 euros
1 demi-penny = 0,2 pence = env. 0,00250 euros
1 penny = 0,4 pence = env. 0,005 euros
Tuppence (deux pence) = 0,8 pence = env. 0,01 euros
Thruppence (trois pence) = 1,2 pence = env. 0,015 euros
1 shilling (12 pence) = 5 pence = env. 0,06 euros

1 demi-couronne = 12,5 pence = env. 0,15 euros
1 couronne = 25 pence = env. 0,30 euros
1 demi-souverain = 50 pence = env. 0,60 euros
1 souverain = 1 livre / £1 = env. 1,17 euros
1 guinée (1 souverain et 1 shilling) = 1 livre et 5 pence / £1,05 = env. 1,23 euros

Postface de l'auteur

Arthur Conan Doyle a écrit cinquante-six histoires et quatre romans sur Sherlock Holmes. On les trouve toujours en librairie. Sherlock Holmes a fait sa première apparition à trente-trois ans environ. C'était déjà un détective pourvu de toutes ses capacités et habitudes. Dans sa dernière histoire, il a près de soixante ans, et il a pris sa retraite dans le Sussex pour élever des abeilles. Oui, des abeilles.

Mon intention, dans le livre que vous avez entre les mains, et dans ceux qui vont suivre, est de trouver à quoi ressemblait Sherlock avant que Conan Doyle ne le présente au public. Quel genre d'adolescent était-il ? Quelles écoles a-t-il fréquentées, et qui étaient ses amis ? Où et quand a-t-il acquis les talents qu'il a montrés plus tard : son esprit logique, ses qualités de boxeur et d'escrimeur, son amour de la musique, ses dons de violoniste ? Dans quel domaine a-t-il fait ses études à l'université ? Quand a-t-il voyagé hors d'Angleterre, s'il l'a fait ? Qu'est-ce qui lui faisait peur ? A-t-il aimé, et qui ?

De nombreux auteurs ont écrit sur Sherlock, qui est peut-être le personnage de fiction le plus célèbre au monde. Les histoires de Sherlock Holmes écrites par d'autres sont beaucoup plus nombreuses que celles de Doyle, et pourtant, on revient sans cesse aux siennes. Il y a une raison à cela : Doyle *comprenait* vraiment son personnage de l'intérieur. Les autres écrivains, pour la plupart, se sont contentés de reproduire l'extérieur.

Arthur Conan Doyle a très peu parlé des années de jeunesse de Sherlock, et la plupart de ses émules en ont fait autant. On ne sait pas grand-chose de sa famille ou de l'endroit où il a vécu. Nous savons qu'il descendait par sa mère du peintre français Vernet, et qu'il avait un frère, Mycroft, qu'on rencontre dans certaines histoires. Cela m'a donné la liberté de créer pour Sherlock une histoire compatible avec les indices que Doyle nous a laissés, et aussi avec l'homme que son personnage allait devenir. Dans cette recherche, j'ai eu la chance d'obtenir l'approbation de la succession Conan Doyle (il est mort en 1930) représentée par Jon Lellenberg. J'ai eu aussi le bonheur d'être soutenu par un agent et un éditeur, respectivement Robert Kirby et Rebecca McNally, qui comprenaient parfaitement ce que je voulais faire.

Des auteurs variés ont tenté d'écrire leur biographie personnelle de Sherlock Holmes, en rattachant sa vie aux événements historiques de l'époque. Ces essais sont fatalement incomplets et subjectifs, mais je dois avouer ma faiblesse pour l'ouvrage de William Baring-Gould *: Sherlock Holmes, A Biography of the World's First Consulting Detective.* J'ai emprunté quelques détails, surtout des dates, à ce grand classique.

Je vous promets que les aventures de Sherlock au lycée et à l'université vont suivre… En attendant, vous pourrez lire les histoires originales de Conan Doyle. Elles sont réunies en cinq volumes : *Les Aventures de Sherlock Holmes, Les Mémoires de Sherlock Holmes, Le Retour de Sherlock Holmes, Son dernier coup d'archet, Les Exploits de Sherlock Holmes.* Les romans s'intitulent : *Une étude en rouge, Le Signe des quatre, Le Chien des Baskerville* et *La Vallée de la peur.*

À propos de l'illustrateur

Matthieu Bonhomme est né à Paris. Il débute sa carrière en dessinant pour des magazines tels que *Spirou* ou *Je bouquine*. Ses premiers travaux ont été publiés chez Nathan notamment. Il est également l'illustrateur de la série « Le château des Poulfenc » dans la collection Flammarion Jeunesse.

À propos de l'auteur

Andrew Lane est l'auteur d'une vingtaine de livres. Certains sont des romans originaux qui ont pour cadre l'univers de séries télévisées (*Doctor Who, Torchwood* et *Feu Randall et Hopkirk),* d'autres sont des romans contemporains écrits sous un pseudonyme, et d'autres encore sont des ouvrages de référence sur des films et des séries télévisées, en particulier *James Bond* et *Wallace et Gromit.* Il a écrit aussi pour *Radio Times* et son équivalent américain, *TV Guide*. Andrew vit dans le Dorset avec sa femme, leur fils, et une vaste collection de livres de Sherlock Holmes, qu'il déniche depuis vingt ans et qu'il va enfin pouvoir déduire de ses revenus imposables.

Mise en page
PCA
44400 Rezé

CET OUVRAGE
A ÉTÉ ACHEVÉ D'IMPRIMER
PAR L'IMPRIMERIE NIIAG
À BERGAME (ITALIE)
EN JANVIER 2011

N°édition : L.01EJEN000495.N001
Dépôt légal : mars 2011